○ 古代闲雅小品丛书 ○

主编 吴小林

浮生半日闲
——笔记小品赏读

李延祜 编著

中州古籍出版社
·郑州·

图书在版编目（CIP）数据

浮生半日闲：笔记小品赏读 / 李延祜编著. —郑州：中州古籍出版社，2012.4（2023.6重印）

（闲雅小品丛书）

ISBN 978-7-5348-3765-4

Ⅰ.①浮… Ⅱ.①李… Ⅲ.①笔记小说–文学欣赏–中国–古代 Ⅳ.①I207.62

中国版本图书馆CIP数据核字（2011）第276548号

FUSHENG BANRI XIAN：BIJI XIAOPIN SHANGDU

浮生半日闲：笔记小品赏读

丛书策划	梁瑞霞
责任编辑	梁瑞霞
责任校对	牛冰岩
装帧设计	知耕书房

出 版 社	中州古籍出版社（地址：郑州市郑东新区祥盛街27号6层 邮编：450016 电话：0371-65723280）
发行单位	河南省新华书店发行集团有限公司
承印单位	河南大美印刷有限公司
开 本	890 mm×1240 mm A5
印 张	11.125
字 数	230千字
版 次	2012年4月第1版
印 次	2023年6月第5次印刷
定 价	25.00元

本书如有印装质量问题，请联系出版社调换。

总序

　　小品文是源远流长、丰富多彩的中国古代散文遗产中的重要组成部分。钱穆先生曾指出："中国散文之文学价值，主要正在小品文。"（《中国文学中的散文小品》）此说有些绝对化，不尽恰当，但他认为小品文有很高的文学价值的看法十分正确。古代小品文短小隽永，活泼灵动，饶有情趣，富于美感，在中国散文史上独具魅力，广为人们所喜爱。

　　"小品"一词，在晋代就已出现，原是佛教用语。南朝宋刘义庆《世说新语·文学》中有"殷中军读小品"语，刘孝标注曰："释氏《辨空经》有详者焉，有略者焉。详者为大品，略者为小品。"小品与大品相对，是佛经的节本。把"小品"一词移植到文学领域，并将其看做一种文章的类型，是在晚明时期，当时出现了许多以"小品"命名的文学作品。当时，有人把自己的集子称为"小品",如朱国桢的《涌幢小品》、陈继儒的《晚香堂小品》等;有人把编选的作品命名为"小品",如王纳谏编的《苏长公小品》、陆云龙编的《皇明十六家小品》等。这些作品所收多为短篇小文。"小",即篇幅短小,就成为小品文外在形式上的一个特征,也是其最基本的标志。

不过,短篇文章不等于小品文,正如叶圣陶先生所言:"篇幅短小,不一定就是小品文。"(《关于小品文》)小品文除有短小的外在特征外,还具有其内在特质。对此,前人多有论述。如陈继儒提出"短而隽异"(《苏长公小品叙》),在篇幅短小之外,还强调隽永新异。唐显悦说"幅短而神遥,墨希而旨永"(《文娱序》),突出语短意长,尺幅千里。袁中道指出:"率尔无意之作,更是神情所寄,往往可传者。托不必传者以传,以不必传者易于取姿,炙人口而快人目。"(《答蔡观察元履》)认为文章应该随意任情,富有神韵,快人耳目。要而言之,简约隽永,以小见大,自由灵活,韵趣兼胜,就是小品文所具有的内在特质。

一提起小品文,人们往往想到晚明小品,似乎古代小品文直至晚明才出现。其实小品文历史悠久,古已有之,晚明只不过是小品文的鼎盛时期。本丛书所收小品文,自魏晋始,至清末终,并以晚明为侧重点,是与古代小品文的流变轨迹相一致的。有的论者认为小品文最早在先秦就产生了,《论语》、《孟子》、《庄子》等书中含有不少很好的小品文,但那只是著述片断,还未独立成篇,故而只能看做古代小品文的滥觞。小品文正式出现于"文学的自觉时代"（鲁迅《魏晋风度及文章与药及酒之关系》）——魏晋。曹丕、曹植兄弟的书札，王羲之的序文，陶渊明的序、记，吴均、陶弘景的书信，其中有不少精美的小品文。刘义庆的笔记集《世说新语》，更是后世小品文的典范。唐代白居易的序、记，韩愈的杂著，柳宗元的游记、寓言，其中优秀的小品文甚多。至唐末，皮日休、陆龟蒙、罗隐等人的讽刺小品，成为"一塌糊涂的泥塘里的光彩和锋芒"（鲁迅《小品文的危机》）。及至宋元，欧阳修、苏轼、黄庭坚、秦观、陆游、倪瓒等人的序跋、笔记、书信、游记中颇多隽秀的小品文。其中尤为突出的是苏轼，被公认为晚明小品文名家的不祧之祖。明代嘉靖年间的唐宋派唐顺之、归有光等人富有情韵的散文小品，可看做晚明小品文高潮的前导。之后，公安派"三袁"，竟陵派钟惺以及稍后的张岱，则为晚明小品文作家群体的中坚，他们与同时或前后的徐渭、屠隆、汤显祖、张大复、江盈科、陈继儒、李日华、王思任、刘侗、祁彪佳、吴从先等人，创作和编选小品文蔚然成风，佳作迭现，异彩纷呈，共同创造出晚明小品文的繁荣局面。清代则是其余波，金圣叹、李渔、廖燕、郑燮、袁枚等人，在小品文创作上都有不少上乘之作。这就是古代小品文发展的大致轮廓。可见，小品文的创作由来已久，代不乏人，名家辈出，众星闪耀，形成了中国散文史上的亮丽景观。

　　古代小品文林林总总，千姿百态，不过就其内容风格而言，大致可分为两类。一类是金刚怒目、激昂奋发的，一类是闲适清雅、冲淡飘逸的，后者占了古代小品文的大部分，也是这套"闲雅小品丛书"收录的主要内容。此处所说的"闲雅"，是个比较宽泛的概念，或闲适，或清雅，或萧散，或简淡，或爽朗明快，或轻松活泼。

本丛书精选历代闲雅风格的小品文，按文体分为五册，即笔记小品、序跋小品、尺牍小品、游记小品、杂言小品。笔记小品收随笔、杂录、杂记等闲散小文。序跋小品收短篇序（叙）、引、题词和题跋、书后。尺牍小品收书信短文。游记小品除山水游记外，亦包括园亭台阁记和序跋、尺牍中记叙山水的短文。杂言小品收录富有哲理的杂感、杂说等议论短文和箴言式、格言式及语录体小文。每篇包括原文、注释和赏读三部分。注释简明准确，以帮助读者排除文字障碍。赏读是为了使读者更好地理解原文，文字活泼生动，优美流畅，与所选原文相得益彰，相映成趣。

工作之余，偶尔得半日闲暇时光，捧起一本装帧精美的小书，翻阅那些"闲暇自得，清美可口"，赏心悦目的美文，时而被其真挚绵邈的深情所感染，时而被其情趣盎然的叙事所吸引，时而为其精辟警策的议论所打动，体味淡泊宁静的平和心境，领略青山绿水的秀丽风光，感悟耐人寻味的人生哲理，收到娱耳目、益心智之功效，那么我们编纂这套丛书的目的也就达到了。是为序。

吴小林

2011 年 10 月于北京

前言

笔记，是一种随笔杂录见闻感想的文体的通称，又称随笔、笔谈、闲话、散记等，或考辨野史旧闻、典章制度、名物文字，或记录日常琐事、岁时节俗、随想杂感等。笔记小品随手而录、不拘形式，笔调轻松闲适，读来妙趣横生。

中国古代早已有笔记。《汉书·艺文志》就载有十五种。后人又常称之为笔记小品、笔记小说。

现代笔记就是笔记，小说就是小说，界定分明，不会混淆。在过去，总是搅在一起。应该说古代笔记主要有两方面的内容：一是包括社会百态、自然万象的杂记式的短篇作品。二是带有一定故事性的完整的或片段的短小的真人真事的记录。后一类作品的内容是奇闻异事，有情节，有对话，有简单描写，这类作品也可称做"笔记小说"。不管是《搜神记》还是《世说新语》，或者在此前留下的已经散佚的笔记故事的遗文，都是只截取人物或故事的一个片段、一个侧面或几个镜头。它不是人物丰满、情节完整的传记，也不是长篇故事，多半只是一个故事梗概。

古代笔记的"小说"概念跟现在不同。现代的小说一般都有人物的塑造、故事的虚构、环境的描写、内在的冲突等。中国古代最早之所谓"小说"一词见于《庄子》，有"饰小说以干县令"这样的话。"饰"，粉饰；"小说"，只言片语；"干"，追求；"县"，高名；"令"，美好。意思就是：以修饰言辞来追求美誉令名。这里说的"小说"是和长篇大论相对而言的，强调的是"短小"，与后来的真正意义上的小说不搭界。《汉书·艺文志》说："小说家者流，盖出于稗官。街谈巷语，道听途说者之所造也。"这又向真正的小说前进了一步，它是采集的"街谈巷语"，有点口头文学的味道。桓谭《新论》说："小说家合丛残小语，近取譬论，以作短书，治身治家，有可观之辞。"说到了"小说"的作用。但终究还是"丛残小语"的"短书"，还没有成为一种独立的体裁。

《汉书·艺文志》记载的十五种笔记著作，有记神怪者，有记人物佚事者，今皆不存，只有遗文散见于后人著作。直到魏晋南北朝时期，《搜神记》、《世说新语》面世，集腋成裘，蔚为大观，笔记才作为一种体裁臻于成熟，开中国古代志怪、志人两大类笔记之先河。但此时作者并非有意写小说、编故事，而是把它当做真人真事记录下来。正如《搜神记》所说，其写作的目的就是要证明神道不是骗人的。

到了唐代"传奇"，小说有了一个质的飞跃，作者是在有意识地虚构故事、夸张描写、安排结构、组织材料，而且故事内容较长，情节曲折离奇，完全具备了真正小说的特点。这时小说作为一种文学体裁完全独立了，成熟了。同时唐朝依然有不少人继续沿着"志怪"、"志人"笔记小品的轨道向前。到宋、明、清时期，笔记小品的写作则达到鼎盛，内容也五花八门，涉及范畴极为广泛，已经不限于狭隘的志人、志怪，笔之所及，针砭时弊、善言懿行、闲情写意、风土习俗、风花雪月、花鸟虫鱼、百工杂艺、诗文评骘，世间万象，无所不包。

笔记小品的风格也多种多样，辛辣讽刺、轻松幽默、清新散淡、戏谑搞笑，各逞其彩。由原来的客观地采摘文史、记录传闻，进而有以"我"写自己的所见所闻所历者。篇幅也有长有短，鸿篇巨制者有之，如《夷坚志》、《太平广记》、《容斋随笔》、《坚瓠集》、《阅微草堂笔记》等，篇幅短小者有之，如《随手杂录》等。

如果说正史是统一的"钦定"的官腔，笔记就是山林野老的闲谈；如果说正史是台上人物的公开演说，笔记就是台下听众的窃窃私语；如果说正史是瞭望社会发展视野广阔的望远镜，笔记就是放大社会细胞的显微镜;如果说正史犹如大河奔流,笔记就是涓涓小溪;如果说正史是浓墨重彩的绘画,笔记就是工笔细描的小品;如果说正史是气势磅礴的大合唱,其主旋律是时代的颂歌和挽歌,笔记就是荒腔走板的曲艺小调,唱出的是民间的喜怒哀乐……

正史所载历史人物的言论多半是大庭广众之下的"官话",可能言不由衷,而笔记小品往往是肺腑之言,流露的是真性情。笔记反映的多是达官文人失意或退隐后的闲情或孤愤,多半有所寄托,无意中给后人留下了社会生活的真实记录。他们率意写作,记有趣之事,抒真实之情,摆脱了科考八股、奏议表章的刻板,因之文章也鲜活生动、活泼有趣。

了解历史发展源流读正史,了解社会百态读笔记。笔记小品可以矫正正史的谬误,弥补正史的缺漏。从笔记中可以看见历史大幕后的小故事,使历史人物更丰满,更有血肉,使历史事件更具多面性,更有趣味。

古代随笔小品如恒河沙数,限于篇幅,本书只能选取一拳之握,便当短文,可随手翻阅,即读即止,启人心智,聊博一笑。工作之余,行旅途中,何不到此一览,放松一下身心,调节一下生活?

目录

邯郸淳	汉世老人	1
	楚人卖山鸡	2
干　宝	韩凭妻	3
	宋定伯卖鬼	5
葛　洪	汉元帝失王嫱	7
	东方朔救乳母	9
	凿壁借光	11
	秋胡戏妻酿祸	12
陶渊明	五柳先生传	13
刘义庆	雪夜访戴	15
	管宁割席	17
	谢安围棋	18
	曹操立威	19
	假寐避祸	21
	郭淮救妻	23
	班婕妤自辩	25
	殷仲堪节俭	27

	殷荆州息谚言	28
	王恭送席	30
侯白	孔门弟子的年龄	31
	令宰学犬吠	33
殷芸	孔文举暴病寻火	35
	子路揽虎尾	36
	贫人之瓮	38
道世	河间男女	39
刘𣫣	炀帝妒杀薛道衡	41
	贾嘉隐巧对重臣	42
	魏征直言恼太宗	44
刘肃	封德彝知隐情	45
	狄仁杰不计前嫌	47
	宇文士及善谄媚	48
	终南捷径	50
张鷟	唐太宗改过	51
李肇	路嗣恭入觐	53
	汴州佛流汗	55
	崔昭行贿事	56
	卢迈不食盐醋	58
赵璘	郭暧骂公主	59
孟棨	人面桃花	61
张固	钱可通神	64
范摅	红叶题诗	66
佚名	裴度失印	68
王定保	饭后钟	70

王仁裕	发冢盗	72
李　昉	李勣赠物	74
文　莹	陶毂出丑	76
	掉书袋	79
王　巩	曹彬伐太原	81
欧阳修	杨亿被谮	82
	卖油翁绝技	84
	钱思理财	86
	预浩造斜塔	87
	养鱼记	88
	题青州山斋	90
王安石	伤仲永	92
沈　括	此卖宅者	94
	牡丹花图	96
	王圣美说孟子	98
	老辛快活	100
苏　轼	郗愔父子	102
	文与可画筼筜谷偃竹记	104
	鸟雀近人	108
	苏轼别妻	110
	戴嵩画牛	112
彭　乘	榜下择婿	114
王　说	赦盗	116
张表臣	方竹杖	117
佚　名	食肉有智	119
	鬼怕恶人	120

叶梦得	月夜泛舟	122
周紫芝	半日闲	124
	监司和杜甫诗	126
朱弁	县尉上书裁宫人	127
蔡绦	韩生储月光	129
吴曾	幼卿浪淘沙词	131
俞成	杨大年空纸读祭文	133
洪迈	水旱祈祷	135
	贫富习常	137
	汉阳石榴	138
陆游	白席	139
	姓马非司马	141
	僧行持	143
	晏景初作墓志	145
	放火三日	147
	优人滑稽	148
朱熹	记孙觌事	151
罗大经	张乖崖惩贪官	153
	不死酒	155
王暐	书换古董	157
沈俶	大盗"我来也"	159
周密	观潮	162
	寒材望	165
杨瑀	捡钞人与失主争讼	167
盛如梓	慰足	169
刘绩	甲子丙子生	171

宋　濂	书斗鱼	172
	束氏狸狌	174
方孝孺	越巫	176
文　林	钱尚书治第	178
	老者求墨宝	180
	安禄山大地图	181
黄　㫋	题太白墓	182
顾元庆	朱元璋抄袭黄巢诗	183
归有光	寒花葬志	185
田艺蘅	点选绣女	187
刘元卿	偷技不传子	190
王士性	都人好游	192
	大理宜居	194
张大复	月能移世界	196
	破躁	198
	士风	199
	囊萤	200
赵南星	贫士	202
	秀才买柴	204
谢肇淛	秦士	205
朱国桢	请教讲官	207
	一味听命	209
	鹤	210
袁宏道	荷花荡	212
	斗蛛	214
冯梦龙	抱鸡养竹	216

	易术 ……………………………	218
浮白主人	诱出户 ……………………………	219
	靳阁老子 …………………………	220
	好睡 ……………………………	221
张夷令	争金 ……………………………	222
张　岱	柳敬亭说书 ………………………	224
	夜航船 ……………………………	227
	秦淮河房 …………………………	229
	绍兴灯景 …………………………	231
	彭天锡串戏 ………………………	234
	姚简叔画 …………………………	236
	小青佛舍 …………………………	239
祁彪佳	通霞台 ……………………………	241
魏学洢	核舟记 ……………………………	243
郑　瑄	叶南岩息讼 ………………………	247
林嗣环	口技 ……………………………	249
李　渔	取景在借 …………………………	252
	柳 ………………………………	255
	冬季行乐之法 ……………………	257
	看花听鸟 …………………………	259
周亮工	相思鸟 ……………………………	261
郑仲夔	石中异马 …………………………	263
褚人获	题路程图 …………………………	264
	题鹁鸪 ……………………………	266
	谕俗歌（节录） …………………	267
	内江女子 …………………………	268

	解大绅	269
蒲松龄	车夫	271
	偷桃	272
	地震	275
	大鼠	277
	狼	279
	义犬	281
廖 燕	半幅亭试茗记	283
王应奎	周璕画龙	285
郑 燮	题画	287
	游江	289
	竹石	291
袁 枚	钱塘苏小是乡亲	293
	说读书	295
	买妾者自取其辱	296
	僧出家	297
	箍桶匠的诗	298
纪 昀	老媪乞药	299
	伏虎	301
	侠妓	304
钱 泳	成衣	306
沈 复	童趣	308
梁章钜	沧酒	310
梁绍壬	苏杭游女	312
	衷心语	314
	毒谑	315

陆以湉	秘方	317
黄钧宰	买梦	319
	雁	321
	祭文	322
独逸窝退士	染布	323
	告荒	324
薛福成	巴黎观画记	325
顾 禄	消夏湾看荷花	327
	游春玩景	328
林 纾	馋人	330
李宝嘉	令人不忍欺	332
	灵岩古梅	334

汉世老人　邯郸淳①

汉世有人，年老无子。家富，性俭啬。恶衣蔬食。侵晨而起，侵夜而息，营理产业，聚敛无厌，而不敢自用。

或人从之求丐者，不得已而入内，取钱十，自堂而出，随步辄减。比至于外，才余半在。闭目以授乞者。寻复嘱云："我倾家赡君，慎勿他说，复相效而来。"

老人俄死，田宅没官，货财充于内帑②矣。

《笑林》

【注释】

①邯郸淳（约132～221）：又名竺，字子叔，三国魏颍川阳翟（今河南禹州）人。汉末魏初文学家。汉献帝初年，客居荆州。后归曹操，以博学多才而深受敬重。魏文帝黄初初年，任博士给事中。著有《笑林》三卷，今存二十九则。后人尊为笑林祖师。

②内帑（tǎng）：国库。

【赏读】

法国喜剧作家莫里哀的喜剧《悭吝人》中的财主阿巴贡，一见人跟他伸手，"就浑身抽搐"，灵魂出窍。这位汉世老人，可谓阿巴贡的师祖。为了攒钱，他一辈子恶衣蔬食，起早贪黑，身体受尽劳累冻馁之苦；花钱，心如刀割，如送命，精神上是极大折磨。钱本来能给人带来幸福和快乐，对他来说却形同枷锁。

楚人卖山鸡 邯郸淳

楚人有担山鸡者,路人问曰:"何鸟也?"担者欺之曰:"凤凰也。"路人曰:"我闻有凤凰久矣,今真见之。汝卖之乎?"曰:"然。"乃酬千金,弗与;请加倍,乃与之。方将献楚王,经宿而鸟死。

路人不遑惜其金,惟恨不得以献耳。国人传之,咸以为真凤而贵,宜欲献之,遂闻于楚王。王感其欲献己也,召而厚赐之,过买凤之值十倍矣。

《笑林》

【赏读】

卖山鸡的随口撒个谎,没想到路人高价购买。可惜隔夜山鸡就死了。"路人不遑惜其金,惟恨不得以献耳。"路人真的对楚王如此忠心吗?也未必,这山鸡到他手里,第二天就死了,怎么这么巧?他是不是故意把山鸡杀死了?因为如果真的用山鸡冒充凤凰献给楚王,有很大风险,一旦露了破绽,那是要杀头的。现在山鸡死了,它是不是凤凰就无从查考了。然后再向外宣传,他是准备把凤凰献给楚王的,让国人都为他未能如愿而惋惜,这么一炒作,就传到了楚王那里,楚王感念路人一片忠心,以路人买"凤凰"的十倍价钱厚赐之,路人最后赚了一大笔。这时我们才恍然大悟,怪不得他舍得用两千金买一只不值钱的山鸡。他仅用一只山鸡,就既博得了爱戴国王之名,又获得了丰厚的奖赏,可谓一举两得,名利双收。

韩凭妻 干 宝①

宋康王②舍人③韩凭，娶妻何氏，美。康王夺之。凭怨，王囚之，论④为城旦⑤。妻密遗⑥凭书，缪其辞⑦曰："其雨淫淫⑧，河大水深，日出当心。"

既而王得其书，以示左右，左右莫解其意。臣苏贺对曰："其雨淫淫，言愁且思也；河大水深，不得往来也；日出当心，心有死志也。"

俄而凭乃自杀。其妻乃阴⑨腐⑩其衣。王与之登台，妻遂自投台，左右揽之，衣不中手⑪而死。遗书于带曰："王利其生，妾利其死。愿以尸骨，赐凭合葬。"

王怒，弗听。使里人埋之，冢相望也。王曰："尔夫妇相爱不已，若能使冢合，则吾弗阻也。"

宿昔之间，便有大梓木生于二冢之端，旬日而大盈抱，屈体相就，根交于下，枝错于上。又有鸳鸯，雌雄各一，恒栖树上，晨夕不去，交颈悲鸣，音声感人。宋人哀之，遂号其木曰"相思树"。相思之名，起于此也。今睢阳⑫有韩凭城，其歌谣至今犹存。

《搜神记》

【注释】

①干宝（？~336）：字令升。汝阴新蔡（今属河南）人。东晋史学家、文学家，著有《晋纪》二十卷，时称"良史"。另著有

《搜神记》，是儒家思想、方术、巫术、道教迷信的大融汇。书的本意是证明神道的存在，客观上却搜集保存了不少民间传说故事。

②宋康王：春秋时宋国国君，暴虐无道。

③舍人：掌管宫廷事务的官吏。

④论：判罪。

⑤城旦：秦汉时刑罚的一种。受刑者白日戍边，夜晚筑城。

⑥遗（wèi）：赠，送。

⑦缪（miù）其辞：故意曲折隐晦表达。"缪"与"谬"意通。

⑧淫淫：水流不断。

⑨阴：暗地里，私下。

⑩腐：使之腐烂。

⑪衣不中手：衣服经不住手拉。

⑫睢（suī）阳：古县名。在今河南商丘南。

【赏读】

　　爱情的力量惊天地泣鬼神，在这里爱情是一种不灭的精神，此处死彼处生，转化而为梓木、鸳鸯，生生不息。韩凭夫妻终得成为比翼鸟、连理枝，愿作形与影，生死恒相随。现实中得不到的，到另一个世界去追求。幻想中的胜利，也是对死者的一点慰藉。

宋定伯卖鬼 <small>干 宝</small>

南阳①宋定伯年少时，夜行逢鬼。问曰："谁？"鬼曰："我是鬼。"鬼问："汝复谁？"定伯诳之，言："我亦鬼。"鬼问："欲至何所？"答曰："欲至宛②市。"鬼言："我亦欲至宛市。"遂行数里。鬼言："步行太迟，可共递③相担，何如？"定伯曰："大善！"鬼便先担定伯数里，鬼言："卿太重，将非鬼也？"定伯言："我新鬼，故身重耳。"定伯因复担鬼，鬼略无重。如是④再三。定伯复言："我新鬼，不知有何所畏忌？"鬼答言："惟不喜人唾。"

于是，共行。道遇水，定伯令鬼先渡，听之，了然无声音。定伯自渡，漕漼⑤作声。鬼复言："何以有声？"定伯曰："新死，不习渡水故耳。勿怪吾也。"

行欲至宛市，定伯便担鬼着肩上，急执之，鬼大呼，声咋咋⑥然，索⑦下，不复听之。径至宛市中，下着地，化为一羊，便卖之。恐其变化，唾之。得钱千五百乃去。当时石崇有言："定伯卖鬼，得钱千五。"

《搜神记》

【注释】

①南阳：秦汉时设南阳郡。在今河南省南部。

②宛：自秦起为南阳郡治所。今河南南阳。

③递：按顺次，轮流。

④如是：像这样。

⑤漕漼（cáo cuǐ）：拟声词，形容蹚水声。

⑥咋（zé）咋：拟声词，大声呼叫。

⑦索：要求。

【赏读】

"鬼"是可怕的，因为它有超人的力量。但是鬼怕"恶人"，此之谓道高一尺，魔高一丈，一物降一物。宋定伯就是让鬼害怕的"恶人"，鬼的克星。少年宋定伯有勇有智，勇者遇鬼不怕鬼；智者巧于周旋，打消了鬼的疑虑，取得信任，为捉鬼、卖鬼奠定了基础。

看似可怕的庞然大物，都有它的"死穴"。宋定伯就是掌握了鬼的"死穴"，战而胜之，不受其害，反受其利。对于强敌，不可力搏，只可智取。

汉元帝失王嫱　葛　洪①

元帝②后宫既多,不得常见,乃使画工图形,案③图召幸④之。诸宫人皆赂画工,多者十万,少者亦不减五万,独王嫱⑤不肯,遂不得见。

后匈奴入朝,求美人为阏氏⑥,于是上案图,以昭君行。及去,召见,貌为后宫第一,善应对,举止娴雅。帝悔之,而名籍已定。帝重信于外国,故不复更人。

乃穷案⑦其事,画工皆弃市⑧,籍⑨其家资皆巨万。

《西京杂记》

【注释】

①葛洪(约281~341):字稚川,自号抱朴子。晋丹阳句容(今属江苏)人。道教学者、医学家、炼丹术士、文学家。著作有《抱朴子》、《神仙传》及《西京杂记》。《西京杂记》多记西汉逸闻轶事。西京,西汉京都,今之西安。

②元帝:名刘奭(shì),西汉皇帝。

③案:同"按"。

④幸:皇帝宠爱某人或到某地。

⑤王嫱:字昭君。中国古代美女之一。自愿去匈奴"和亲",在匈奴称宁胡阏氏。

⑥阏氏(yān zhī):匈奴皇后的称谓。

⑦穷案:彻底追查。

⑧弃市：在闹市执行死刑，弃尸街头示众。

⑨籍：查抄登记没收（财产）。

【赏读】

元帝可恶，画工可恨，宫人可悲，王嫱可敬。

王昭君远嫁匈奴，不论是自愿还是被迫，都是无奈。即令是自愿去的，也是不甘在后宫受冷落，与其幽囚一生，葬送青春，不如远嫁匈奴碰碰运气，遂请缨漠北。

后来的文人墨客总想把一个宁不受宠也不行贿，宁走荒漠也不愿空耗青春的刚强的王昭君"软化"，塑造成一个合于封建礼教的淑女。白居易的《王昭君》里就说："汉使却回凭寄语，黄金何日赎蛾眉。君王若问妾颜色，莫道不如宫里时。"王昭君时时想着汉家把她赎回去。皇帝把我当玩物送了人，我还要时时念着君王，这才符合温柔敦厚之旨。

王安石却慧眼独具，他以昭君的口气给家里人带口信说："家人万里传消息，好在毡城莫相忆。"（《明妃曲》）我在这里挺好的，不必挂念。在另一首《明妃曲》里更进一步说："汉恩自浅胡自深，人生乐在相知心。"汉朝把她作为工具献出去，匈奴作为皇后把她宠起来，恩浅恩深自分明。人生最快乐的事莫过于得到知心人，得到爱情。王安石的见解可能更接近事实。

东方朔救乳母 葛 洪

武帝^①欲杀乳母,乳母告急于东方朔^②。朔曰:"帝忍而愎^③,旁人言之,盖^④死之速耳。汝临去,但屡顾^⑤我,我当设奇以激之。"乳母如言^⑥。

朔在帝侧曰:"汝宜速去!帝今已大,岂念汝哺乳时恩邪?"帝怆然^⑦,遂舍之。

《西京杂记》

【注释】

①武帝(前156~前87):汉武帝刘彻,汉朝第五代皇帝。在位期间,独尊儒术,振兴经济,开拓疆土,汉朝达到鼎盛时期。

②东方朔(前154~前93):字曼倩,汉平原厌次(今山东惠民)人。性诙谐滑稽,善辞赋。

③帝忍而愎:皇帝残忍而固执任性。

④盖:可能、或许。

⑤顾:回头看。

⑥如言:按(他)说的做了。

⑦怆(chuàng)然:悲伤的样子。

【赏读】

《史记·滑稽列传》记载武帝乳母的亲属横行霸道,有人奏请把他们发配到边疆去,武帝准奏,并没有要杀乳母。而且救乳母的是郭舍人。《西京杂记》故事略有改变。

东方朔知道武帝性格倔犟，不宜正面劝导，宜于侧攻，动之以情。在乳母配合下，他成功地导演了一场双簧。

　　要救乳母，就要从武帝是乳母奶大的这层关系入手。为了照顾武帝面子，让他有台阶可下，只能以斥责乳母的口气，话中有话地提醒武帝忘了哺乳之恩。这一招果然灵验，武帝回心转意。

　　喋喋不休抓不住要害，费力不讨好，于事无补；一语击中要害，打开人的心扉，四两可以拨千斤。

凿壁借光 葛 洪

匡衡①字稚圭,勤学而无烛。邻舍有烛而不逮②,衡乃穿壁引其光,以书映光而读之。

邑人大姓③文不识,家富多书。衡乃与其佣作而不求偿,主人怪问衡。衡曰:"愿得主人书遍读之。"主人感叹,资给以书,遂成大学④。

《西京杂记》

【注释】

①匡衡:生卒年不详,字稚圭,东海郡承(今山东枣庄南)人。家贫好学,尤通《诗经》。汉元帝时官至丞相。
②逮:到,及。
③大姓:大户人家。
④大学:大学问家。

【赏读】

有烛的不读书,有书的不读书,无烛少书的要读书。凿壁借光打短工,匡衡统一了这个矛盾。打工挣钱,眼前实惠;以打工换书读,是长远投资。风物长宜放眼量,匡衡正确地选择了后者。

贫穷可以励志,发愤图强,改变命运;富贵无吃穿之虞,少了进取精神,最后坐吃山空,一事无成。所以穷困也是一笔财富。

秋胡戏妻酿祸 葛 洪

昔鲁人秋胡,娶妻三月而游宦,三年休还家。其妇采桑于郊。胡至郊而不识其妻也,见而悦之,乃遗黄金数镒①。妻曰:"妾有夫,游宦不返。幽闺独处,三年于兹,未有被辱如今日也。"采不顾。胡惭而退。

至家,问家人:"妻何在?"曰:"行采桑于郊未返。"既还。乃向所挑②之妇也。夫妻并惭。妻赴沂水而死。

《西京杂记》

【注释】

①镒:二十两或二十四两。

②挑:挑逗,调戏。

【赏读】

由妻子郊野采桑判断,秋胡出身农家。游宦三年,回家探亲,到了家门口,不急着回家会亲人,却不惜重金调戏采桑女,且"见而悦之",见美女而色心萌动。三年混迹官场,秋胡已经变质忘本,沾染了官场恶习。

妻子三年独守空房,盼夫归来,不为重金利诱。结果归来的丈夫却是如此不堪。希望与现实反差如此之大,苦守三年,等来的却是这样的结果,希望变成绝望。不免使人恨秋胡之轻佻,哀其纯贞妻子三年空等而命殒沂水之悲惨。

五柳先生传 陶渊明①

　　先生不知何许人也,亦不详其姓字,宅边有五柳树,因以为号焉。闲静少言,不慕荣利。好读书,不求甚解②;每有会意③,便欣然忘食。性嗜酒,家贫,不能常得。亲旧④知其如此,或置酒而招之。造⑤饮辄尽,期在必醉。既醉而退,曾不吝情去留⑥。环堵⑦萧然,不蔽风日。短褐穿结⑧,箪瓢⑨屡空,晏如⑩也。常著文章自娱,颇示己志,忘怀得失,以此自终。

　　赞⑪曰:黔娄⑫之妻有言:"不戚戚于贫贱,不汲汲于富贵。"极其言⑬,兹若人之俦⑭乎!酣觞赋诗,以乐其志。无怀氏⑮之民欤?葛天氏之民欤?

《陶渊明集》

【注释】

　　①陶渊明(365 或 372 或 376~427):一名潜,字元亮。浔阳柴桑(今江西九江)人。曾任江州祭酒、镇军参军、彭泽令等职。因不满黑暗政治而退隐。长于辞赋,诗多写自然景色及农村生活。散文以《桃花源记》最有名。有《陶渊明集》。

　　②不求甚解:了解大意,不拘泥于章句。

　　③会意:体会。

　　④亲旧:亲朋旧友。

　　⑤造:到,去,拜访。

　　⑥不吝情去留:吝,舍不得。"去留"为偏意复词,意思是

"去"，离开。

⑦环堵：屋子的四面墙。

⑧穿结：穿，衣服上的洞。结，缝补。

⑨箪（dān）瓢：箪，盛饭的圆形竹器。瓢，饮水器具。

⑩晏如：平静，安逸，悠然自得。

⑪赞：赞语。史传最后作者的评论。

⑫黔娄：春秋时齐国隐士，家贫，拒绝齐、鲁国君请他做官的要求。妻子和他一样安贫乐道。他死后，他的妻子对前来吊丧的曾子说，黔娄"甘天下之淡味，安天下之卑位，不戚戚于贫贱，不忻忻于富贵。求仁而得仁，求义而得义"。

⑬极其言：推究她（黔娄妻）的话。

⑭兹若人之俦（chóu）：他（五柳先生）就是那一类的人。俦，类。

⑮无怀氏：及后之"葛天氏"都是远古传说中太平盛世的帝王。

【赏读】

　　陶渊明假托五柳先生写自己，以抒发志趣。他追求的生活是随性自然，放达任性，连读书都不求甚解。在他看来，做学究，皓首穷经，一字一句抠出处，就失去了读书的本意。读书是享受，是快乐，如同浏览风景尝美味，有所触发，可以"忘食"，即庄子所谓"得意而忘言"之意。

　　五柳先生不拘小节。有人请酒就去，去则酩酊大醉，尽兴以后拔腿就走，高兴而来，兴尽而去。一切顺其自然，绝不拘礼仪而违性情。

雪夜访戴 刘义庆①

王子猷②居山阴③。夜大雪,眠觉,开室命酌酒,四望皎然。因起傍偟④,咏左思《招隐诗》⑤,忽忆戴安道⑥。

时戴在剡⑦,即便夜乘小船就之。经宿方至,造⑧门不前而返。人问其故,王曰:"吾本乘兴而来,兴尽而返,何必见戴!"

《世说新语》

【注释】

①刘义庆:南朝宋武帝刘裕的侄子。曾任高官。喜爱文学。所著《世说新语》按内容分类记事,共分三十六部分。所记多为人物的言行逸事,对了解当时的人文风貌颇有价值。

②王子猷:王徽之,字子猷,王羲之第五子。东晋名士。

③山阴:晋属会稽郡,郡治在今浙江绍兴。

④傍偟:同"彷徨",徘徊。

⑤左思:西晋文学家。曾作《三都赋》,轰动一时,竞相传写,洛阳纸贵。《招隐诗》:左思诗作,歌颂隐居之乐。

⑥戴安道:即戴逵,字安道。工于文章书画,善弹琴。

⑦剡(shàn):晋代县名。治所在今浙江嵊州。

⑧造:前往,到。

【赏读】

大雪冬夜,一叶扁舟,一夜行程,何等不易,如此铺垫,顺理成章的是扣门访友,彻夜长谈。然而王子猷却"造门不前而返"。

艺术的魅力就在于出人预料，这一折返，王子猷的任性放达一下子就突显出来了。

　　王子猷活得潇洒。兴来就去，兴尽就回，一切行为只要让自己舒心就好，不是活给别人看的。如果"兴尽"，还要强迫自己访友，就违背了他雪夜访戴的初衷，岂不把高兴变成了扫兴！

　　王子猷的行为，在常人看来不通情理，然而这正是他的率真可爱处。世俗之见奈我何？

管宁①割席 刘义庆

管宁、华歆②共园中锄菜,见地有片金,管挥锄与瓦石不异③,华捉而掷去之。又尝同席读书,有乘轩冕④过门者,宁读如故,歆废书出看。宁割席分坐曰:"子非吾友也。"

《世说新语》

【注释】

①管宁(158~241):字幼安,三国北海朱虚(今山东临朐东南)人。东汉末,避乱辽东三十多年。拒绝了魏文帝、明帝的征召,一生不仕。

②华歆(xīn)(157~231):字子鱼,三国平原高唐(今山东禹城西南)人。东汉末任尚书郎、豫章太守。在吴任尚书令。魏文帝时任司徒。

③不异:没什么两样。

④轩冕(miǎn):轩是士大夫坐的车子;冕是帝王大臣戴的帽子。此处是复词偏义,指士大夫的华贵车子。

【赏读】

地上片金,管宁视若不见,华歆捡起打量后掷去;贵人车马路过,管宁置若罔闻,华歆放下书本看热闹。两个细节检验出两个人情趣的高下,做事的专心与浮躁。

在读书困倦时,瞧一下热闹,放松放松,调节一下精神,也不为太过。人情练达皆学问,人的生活也应该更丰富多彩。事情应当因人因时而异,所以管宁由一两件小事,就判定一个人。与朋友割席绝交,也未免太过。

谢安围棋　刘义庆

谢公①与人围棋,俄而谢玄②淮上信至。看书竟,默然无言,徐向局③。客问淮上利害④,答曰:"小儿辈大破贼。"意色举止,不异于常。

《世说新语》

【注释】

①谢公:即谢安(320~385),字安石,陈郡阳夏(今河南太康)人。东晋政治家,孝武帝时曾任宰相。383年,前秦的苻坚率大军南下,扬言可以投鞭断流,一举灭晋。谢安命侄子谢玄等以八万人在今安徽淮南一代迎敌。在淝水大战,晋军取得胜利。

②谢玄(343~388):谢安侄,东晋名将。

③徐向局:悠闲地转向棋局。

④利害:此处指战争胜负如何。

【赏读】

在休闲下棋的时候,军情快报还要及时送到,说明谢安早有指示,对战局非常关心。他身在棋局,心在前线。

这场战役关系国家存亡。淝水大捷,理应马上宣布,欢喜共享,但谢安却"默然无言"。喜怒哀乐不形于色的修养令人折服,宰相肚里能撑船,此言不虚。喜讯传来,本应是覆棋局而欢呼,推杯换盏而庆祝。谁料想谢安却没事人一样沉默无言,继续面对棋局。淡淡一句"小儿辈大破贼",意定神闲,似乎一切都在预料之中。

曹操①立威 刘义庆

魏武②尝言:"人欲危己,己辄心动。"因语所亲小人曰:"汝怀刃密来我侧,我必说心动。执汝使行刑,汝但勿言其使③,无他,当厚相报。"执者信焉,不以为惧,遂斩之。此人至死不知也。左右以为实,谋逆者挫气矣。

魏武常云:"我眠中不可妄近,近便斫④人,亦不自觉。左右宜深慎⑤!"此后阳⑥眠,所幸⑦一人窃以被覆之,因便斫杀。自尔⑧每眠,左右莫敢近者。

《世说新语》

【注释】

①曹操(155~220):即魏武帝,字孟德,小名阿瞒。沛国谯(今安徽亳州)人。东汉末政治家、军事家、诗人。曾任东汉丞相。其子曹丕称帝后,追尊其为武帝。

②魏武:即曹操。

③汝但勿言其使:你千万不要说是谁指使的。

④斫(zhuó):用刀斧砍。

⑤深慎:很小心谨慎。

⑥阳:通"佯",假装。

⑦所幸:所宠幸的人。

⑧自尔:从此以后。

【赏读】

曹操，一位了不起的政治家、军事家、诗人。大概因其挟天子以令诸侯，其子又篡汉自立，为正统观念所不容，于是曹操就成了乱世的"奸雄"。

在这里，他自导自演了两个"戏剧小品"。拿自己的亲信祭刀，假戏真做，而且不露破绽，左右信以为真，达到了预期目的。这是曹操的残暴、奸诈，为了成就自己，不惜滥杀无辜。从另一个方面说也是他的"智慧"、"聪明"，也是在群雄并起、尔虞我诈的乱世，"奸雄"之所以为"奸雄"的自保手段。

他的"戏"演得好，演得真实，是因为他设计了一个密藏利刃者靠近他的情节，一个他假睡梦中杀人的情节。两个冤魂成就了他的"戏剧"效果。

假寐避祸 刘义庆

王右军①年减②十岁时,大将军③甚爱之,恒置帐中眠。大将军尝先出,右军犹未起。须臾,钱凤④入,屏⑤人论事。都忘右军在帐中,便言逆节之谋⑥。

右军觉,既闻所论,知无活理,乃剔吐⑦污头面被褥,诈熟眠。

敦论事造半⑧,方忆右军未起,相与大惊曰:"不得不除之。"及开帐,乃见吐唾纵横,信其实熟眠,于是得全。于时称其有智。

《世说新语》

【注释】

①王右军:即王羲之(321~379,一作303~361)。字逸少,琅邪临沂(今属山东)人,东晋书法家。出身贵族,官至右军将军,人称"王右军"。文中所载事情,一说是王允之。

②减:少于。

③大将军:即王敦(266~324),字处仲,王羲之堂伯父。东晋大将,曾谋篡夺东晋皇位。

④钱凤:字世仪,王敦参军,谋士。

⑤屏(bǐng):屏退,使离开。

⑥逆节之谋:叛逆篡夺的阴谋计划。

⑦剔吐:用手指抠嘴使呕吐。

⑧造半：到一半。

【赏读】

　　王右军，一个不到十岁的孩子，为什么会如此成熟？如此聪明？这跟他官宦之家的出身分不开，从小耳濡目染，知道谋反就要杀头，谁了解谋反者的秘密，就要被灭口，即使亲属也不例外。有这样的认知，才明白听到伯父谋反，给自己带来的生命危险，所以必须当机立断而自救。

　　王右军知道要保全自己，就要证明自己什么都没听到，要证明什么都没听到，唯一的办法就是假装睡觉，而且睡得很死。他急中生智，在危急关头迅速采取了应急之策。

　　全文文字不多，情节曲折，聚焦"镜头"，不断变换场景，前后衔接紧密，有条不紊。

　　开始是王右军惊恐，后来是王、钱大惊，一个怕被杀，一个定要杀，一惊一乍，最后多云转晴，波澜不惊。双方唱了一场另类的《蒋干盗书》。

　　两个老谋深算的高官，没有斗过一个不到十岁的孩子，难怪人们"称其有智"。

郭淮①救妻 刘义庆

郭淮作关中都督,甚得民情,亦屡有战庸②。淮妻,太尉王凌③之妹,坐凌事④,当并诛。使者征摄⑤甚急,淮使戒装⑥,克日⑦当发。州府文武及百姓劝淮举兵,淮不许。

至期遣妻,百姓号泣追呼者数万人。行数十里,淮乃命左右追夫人还,于是文武奔驰,如徇身首之急⑧。既至,淮与宣帝⑨书曰:"五子哀恋,思念其母。其母既亡,则无五子;五子若殒,亦复无淮。"宣帝乃表。特原⑩淮妻。

《世说新语》

【注释】

①郭淮:字伯济,三国时期魏国名将。
②庸:功劳。
③王凌:曾任三国魏司空、太尉。谋立楚王曹彪,为司马懿征讨,投降自杀。
④坐凌事:因王凌的事受牵连而治罪。坐,治罪的原因。
⑤摄:追,捕。
⑥戒装:准备行装。
⑦克日:约定或限定日期。
⑧如徇身首之急:像遭遇到牺牲的危机一样。徇,通"殉",以身从物。
⑨宣帝:即司马懿,其孙司马炎代魏立晋称帝后,尊他为宣帝。
⑩原:宽恕。

【赏读】

郭淮为救妻，必须先遣妻。不听军民举兵造反的建议，坚决让妻子赴死，君命不可违，表示自己忠于朝廷。尔后造成数万人为其妻请命的场面，给司马懿施压——不赦妻子可能酿成民变。形势严峻，郭淮才好为妻子说话。但是他上书司马懿，绝不能以百姓请愿相要挟，只能动之以情：孩子不能没有娘，自己不能没有妻子，否则一殒俱殒，全家灭门。

最后一句话"五子若殒，亦复无淮"寓意双关：表面是说，没了妻子孩子，我也活不下去，弦外之音是，不要把我逼上绝路，否则，我就要拼命搏一把。

多谋善断的司马懿自然心知肚明，郭淮掌握着地方军政大权，是一方诸侯，又深得人心。况且要处死的不是郭淮本人，只是他的妻子，何必穷追猛打？所以也只好做个顺水人情，上书魏王说情。

这次郭淮谈判的胜利，是技巧的胜利，是实力的胜利，没有实力没筹码，惊动不了司马懿，救不了自己的妻子。再次证明"实力是谈判的后盾"这一真理。

班婕妤自辩 刘义庆

汉成帝①幸赵飞燕②,飞燕谗班婕妤③祝诅④,于是考问。辞曰:"妾闻死生有命,富贵在天。修善尚不蒙福,为邪欲以何望?若鬼神有知,不受邪佞之诉;若其无知,诉之何益?故不为也。"

《世说新语》

【注释】

①汉成帝:名刘骜,谥号"孝成皇帝"。宠爱赵飞燕姊妹,不理朝政,留下王莽篡汉的祸根。

②赵飞燕:原为长安阳阿公主家舞女,号飞燕,后为成帝所宠幸,立为皇后。

③班婕妤(jié yú):名不详。班固祖姑。西汉女文学家。作品仅存《自悼赋》等三篇。少有才学,汉成帝时被选入宫,立为婕妤,世称"班婕妤"。婕妤,古代女官名,是帝王嫔妃的称号。

④祝诅:向鬼神祷告进行诅咒。

【赏读】

这是一篇很好的自我辩护词。

班婕妤知道,赵飞燕是最得宠的时候,汉成帝很相信她的话,若没有强有力的证据,一味否定赵飞燕的诬陷,成帝不会相信自己。所以辩护必须从分析道理切入,从根本上否定诅咒存在的动机,动机不存在了,祝诅自然也就不存在了,只有这样才能还自己以清白。

为了证明自己"故不为也",从两个方面说明:首先拿"天命"

作为依据。死生有命,富贵在天,是当时人们的共同信仰。我修善积德还得不到福佑呢,干些歪门邪道的事还能得到什么?言下之意,天命不可违,我不会做劳而无益的事。其次,提出鬼神有没有灵智的问题。如果有灵智,他就能辨别善恶是非,不会被别有用心的花言巧语所迷惑,而加害他人;如果没有灵智,你向他告状,等于对牛弹琴,又有什么用?结论是:不管鬼神有知还是无知,祝诅都没用。既然如此,我怎么会干这种无益的蠢事?

分析深刻周到。"欲以何望?""诉之何益?"语气婉柔谦卑,但让你难以反驳。

殷仲堪①节俭 刘义庆

殷仲堪既为荆州②,值水俭③。食常五碗盘,外无余肴。饭粒脱落盘席间,辄拾以啖之。虽欲率物④,亦缘其性真素。每语子弟云:"勿以我受任方州,云我豁⑤平昔时意,今吾处之不易。贫者,士之常,焉得登枝而捐其本⑥?尔曹其存之⑦!"

《世说新语》

【注释】

①殷仲堪:孝武帝召为太子中庶子,甚相亲爱。以擅文学著名。
②荆州:东晋时治所在江陵(今属湖北)。
③水俭:因水灾而歉收。俭,岁歉,收成不好。
④率物:为人做表率。
⑤豁:舍弃。
⑥登枝而捐其本:登上高枝而丢弃树干。
⑦存之:保存、记住我的话。

【赏读】

殷仲堪能做到权重不弃操守,官高不忘本初,已经很难得。不但自己做出表率,而且谆谆教诲子弟,牢牢记取,更为可贵。

清人魏禧说过:"凡不能俭于己者,必妄取于人。"(《日录里言》)做官不能俭于己,则开支必大,欲壑难填,必然寻找生财之道,于是萌生贪腐之心,最后堕落为贪官污吏。殷仲堪可贵之处,就在于他在源头上防止了贪腐的滋生——无欲则无求。

殷荆州①息谗言 刘义庆

　　王绪②数谗殷荆州于王国宝③,殷甚患之,求术于王东亭④。曰:"卿但数诣王绪,往辄屏人⑤,因论它事。如此,则二王之好离矣。"

　　殷从之。国宝见王绪,问曰:"比⑥与仲堪屏人何所道?"绪云:"故⑦是常往来,无它所论。"

　　国宝谓绪于己有隐,果情好日疏,谗言以息。

《世说新语》

【注释】

　　①殷荆州:即殷仲堪。曾授都督荆、益、宁三州军事,故称。
　　②王绪:以邪佞著名,在宫廷斗争中被斩于市。
　　③王国宝:东晋大臣王坦之子,谢安之婿。兖、青二州刺史王恭、荆州刺史殷仲堪不满王国宝乱政,打算"清君侧"。王国宝自杀。
　　④王东亭:东晋大臣王导之孙,书法家王羲之之侄。与殷仲堪等以才学文章受知于孝武帝,累官散骑常侍。
　　⑤屏人:让人离开、回避。
　　⑥比:近来。
　　⑦故:本来。

【赏读】

　　王绪、王国宝是从兄弟,都受重于官高权大的司马道子。王绪不断地造谣中伤殷仲堪，殷仲堪自然害怕，于是求计于王东亭。

王东亭用了"反间计"，让殷仲堪主动接近对手，每次都要背着人，单独和王绪"密谈"。王国宝果然猜疑，质问二人谈的什么，王绪说："故是常往来，无它所论。"说的是实话。可是在心生疑窦的王国宝听来，就是故意隐瞒的托词。从此兄弟猜忌，谗言终止。

反间计何以能够奏效？王绪、王国宝本来都是奸佞小人，虽是从兄弟，也是各怀鬼胎，各有各的小算盘，面和心不完全合。王东亭看准了兄弟俩以利相交的"缝"，才让殷荆州去下反间的"蛆"。再次证明了堡垒是最容易从内部攻破的这一真理。

王恭①送席

刘义庆

王恭从会稽还,王大看之。见其坐六尺簟,因语恭:"卿东来,故应有此物,可以一领及我。"恭无言。大去后,即举所坐者送之。既无余席,便坐荐上。后大闻之,甚惊,曰:"吾本谓卿多,故求耳。"对曰:"丈人不悉恭,恭作人无长物②。"

《世说新语》

【注释】

①王恭:晋孝武帝皇后之兄。少有美誉,清操过人。不满会稽王司马道子执政,经常正色直言,为道子所忌。后在与司马道子斗争中被杀。

②长物:多余的东西。

【赏读】

跟一个皇亲国戚王恭讨张席,在王大看来不过是九牛一毛的事。王大认为无官不贪渎,无官不奢靡,所以当后来知道了真相,才"甚惊"。

王大开口向王恭要席的时候,王恭没有说话。因为他正坐在席子上,如果不给,就要说明就这一张,王大肯定会认为王恭在说谎,如果给吧,王大也会认为这是假惺惺作秀。况且当时把坐着的席子给他,王大也不会接受,怎能夺人所爱?不管怎么处理,场面都会很尴尬。所以王大走后,王恭才让人把自己坐的唯一一张席子给王大送去。通过这件事的处理,充分表现了王恭处事的精细和对人的厚道及其为官的清廉。

孔门弟子的年龄　侯　白①

动筩②又尝于国学③中看博士④论难⑤云:"孔子弟子达者有七十二人。"动筩因问曰:"达者七十二人,几人已着冠⑥?几人未着冠?"博士曰:"经传无文。"动筩曰:"先生读书,岂合不解孔子弟子着冠有三十人,未着冠者有四十二人?"博士曰:"据何文以知之?"动筩曰:"《论语》云'冠者五六人⑦',五六三十也;'童子六七人',六七四十二也,岂非七十二人?"

坐中大悦。博士无以应。

《启颜录》

【注释】

①侯白:生卒年不详,字君素,魏郡临漳(今属河北)人。著有《启颜录》十卷。该书采集历代旧文,并记述自己的滑稽言行。原书已散佚,今存约百余则。

②动筩(tǒng):全名石动筩,《启颜录》中的滑稽人物。

③国学:京师官学的通称。

④博士:专掌经学传授的学官。

⑤论难(nàn):辩论诘难。

⑥冠:把帽子戴在头上,古代男子二十岁举行冠礼,表示已经成年。

⑦冠者五六人:见《论语·先进篇》:"暮春者,春服既成,冠者五六人,童子六七人。浴乎沂,风乎舞雩(yú),歌而归。"

【赏读】

　　中国古代数词连用,有两种意思。一是作为概数约数来看,"冠者五六人"、"童子六七人",实际上可以说,在"五六"、"六七"之间有一个未写出的顿号。这类例子很多。如《晋书》:"天下不如意,恒十居七八。"辛弃疾词:"七八个星天外,两三点雨山前。"《西厢记》:"有接屋连甍,五七万人家。"一是作为乘法的积来看的。这种例子也很多。《左传》:"女乐二八",即有女乐十六人。《古诗十九首》:"三五明月满,四五蟾兔缺。"苏轼诗句:"二八佳人细马驮,十千美酒渭城歌。"以上数字都是按乘法的积计算的。

　　文中石动筩故意用乘法看待"五六"、"六七",自然就成了"三十"和"四十二"。事有巧合,孔子的得意门生正好是七十二人,石动筩的三十加四十二也正好是七十二之数。虽然他是拿《论语》开一个玩笑,但从语言逻辑上还真不好反驳。

令宰学犬吠 侯 白

侯白初未知名,在本邑,令宰初至,白即谒。会知识①曰:"白能令明府②作狗吠。"曰:"何有明府得遣作狗吠?诚如言,我辈输一会饮食;若妄,君当输。"

于是入谒,知识俱在门外伺之,令曰:"君何须得重来相见?"白曰:"公初至,民间有不便事,望谘公。公到前,甚多盗贼,请命各家养狗,令吠惊,自然盗贼止息。"令曰:"若然,我家亦须养吠之狗,若为可得?"白曰:"家中新有一群犬,其吠声与余狗不同。"曰:"其声如何?"答曰:"其声呦呦者。"令曰:"君全不识,好狗吠声当作号号,呦呦声者,全不是能吠之狗。"伺者闻之,莫不掩口而笑。

白知得胜,乃云:"若觅如此能吠者,当出访之。"遂辞而出。

《启颜录》

【注释】
①知识:相知,相识,熟悉的人。
②明府:汉时是郡守的尊称,唐以后多专用以称县令。

【赏读】
令宰刚到,还不知道人家是贪官还是廉吏,侯白就要戏弄一番,看来他是蔑视一切达官贵人的。

令宰说:"君何须得重来相见?"可见侯白是第二次拜见令宰,并提出咨询意见,显示他对令宰是多么敬重和对他执政的成败是如此关心。首先就取得了令宰的好感和信任。其次就是跟令宰套近乎,感情上"融洽"。由当地的治安说到养狗的重要,两人就聊起养狗的话题,絮絮拉起了家常,让令宰完全解除了戒备之心。火候到了,侯白就步步引导,不露痕迹地引鱼上钩。说到自己养的狗如何如何,还故意把犬吠之声学得怪怪的,让令宰纠正,令宰就真的"号号"纠正起来。

令宰学了狗叫,别人都看令宰的笑话,而令宰对自己的失态和受到愚弄却又毫无察觉。这样,侯白的狡黠就产生了喜剧效果。

孔文举暴病寻火 殷 芸①

孔文举②中夜暴疾,命门人钻火,其夜阴暝,不得火,催之急,门人忿然曰:"君责人太不以道③,今暗若漆,何不把火照我,当得钻火具,然后得火。"文举闻之曰:"责人当以其方④。"

《殷芸小说》

【注释】

①殷芸(471~529):字灌蔬,陈郡长平(今河南西华)人。南朝梁文学家。有《殷芸小说》十卷,宋代因避太祖父讳,改称《商芸小说》。明时失传。鲁迅《古小说钩沉》有辑本。

②孔文举:即孔融,字文举。曾任北海相,时称孔北海。恃才傲物,能诗文,为"建安七子"之一。

③不以道:不考虑实际情况。

④责人当以其方:批评人应当适应他能接受的程度。方,适宜。

【赏读】

没理的理直气壮,忿然作色,振振有词,板着面孔说蠢话,越说越可笑;有理的赔着小心作检讨,好像犯了错。这就是喜剧。

《笑笑录》里有一篇大致相同的笑话:艾子一夕疾呼一人钻火。久不至,艾子促之。门人曰:"夜暗索钻具不得,可持烛来,共索之也。"艾子曰:"非我之门,无是客也。"

艾子的门人态度倒还不错,说话口气也平和。艾子的回答更幽默:不在我的门下,就没有这样的门客。

子路揽虎尾 殷 芸

孔子尝游于山,使子路①取水,逢虎于水所,与共战,揽尾得之,内怀中②,取水还,问孔子曰:"上士③杀虎如之何?"子曰:"上士杀虎持虎头。"又问曰:"中士杀虎如之何?"子曰:"中士杀虎持虎耳。"又问:"下士杀虎如之何?"子曰:"下士杀虎捉虎尾。"

子路出尾弃之。因恚④孔子曰:"夫子知水所有虎,使我取水,是欲死我。"乃怀石盘,欲中⑤孔子。又问:"上士杀人如之何?"子曰:"上士杀人使笔端。"又问曰:"中士杀人如之何?"子曰:"中士杀人用舌端。"又问:"下士杀人如之何?"子曰:"下士杀人怀石盘。"子路出而弃之,于是心服。

《殷芸小说》

【注释】

①子路(前542~前480):姓仲,名由,字子路,又字季路。孔子学生。性情直爽勇敢。

②内怀中:把虎尾放在怀里。内,同"纳"。

③上士:道德高尚的人。依次为中士、下士。

④恚(huì):怨恨。

⑤中:正中目标,击中。

【赏读】

子路勇猛强悍,却有勇无谋。孔子让他去取水,大概也是一次

"因材施教"的考验吧。如果让颜渊去,难免成为老虎腹中物。

子路因杀虎持尾被作为"下士",内心很有怨气,于是怀揣石盘要暗算孔子。没想到孔子说:上士杀人是有笔如刀,中士杀人是口蜜腹剑,下士杀人是怀揣石盘,笨拙粗暴。

子路这才明白,杀人也有高下之分,自己只是一个只会动粗的"下士"蠢汉。子路扔了石盘,心服口服,老师处处是学问,还得跟老师好好学啊,要达到"上士"的目标还早着呢。

孔子的冷静沉着、循循善诱,子路的自作聪明、知错必改,在短短小文中都得到充分体现。

春雨润物细无声。孔子就地取材,因势利导,给子路上了生动的一课。

贫人之瓮 殷 芸

俗说：有贫人止①能办②只瓮之资，夜宿瓮中，心计曰："此卖之若干，其息已倍矣。我得倍息，遂可贩二瓮，自二瓮而为四，所得倍息，其利无穷。"遂喜而舞，不觉瓮破。

《殷芸小说》

【注释】

①止：仅，只。
②办：置办。

【赏读】

建在一口瓮上的空中楼阁，自然要轰然倒塌。一只瓮还没卖出去呢，空想就搞混了头脑，手舞足蹈起来，结果踏破了瓮，破碎了梦。

一瓮变两瓮，两瓮变四瓮，四瓮变八瓮……原始积累膨胀得也太快了。还是踏踏实实先把第一只瓮卖出去吧，有了第一桶金，再图未来。创业在于艰苦的实践，蓝图才能一步步实现。幻想诱人，实践困难，没有实践，幻想变空想。

河间①男女 道世②

晋武帝③世，河间郡有男女相悦，许相配适。既而男从军积年。父母以女别适④人。无几而忧死。

男还悲痛，乃至冢所。始欲哭之，不胜其情，遂发冢开棺，即时苏活。因负还家，将养数日平复。

其夫乃往求之。其人不还，曰："卿妇已死，天下岂闻死人可复活耶？此天赐我，非卿妇也。"

于是相讼。郡县不能决。谳⑤于廷尉⑥。廷尉奏以精诚之至，感于天地，故死而更生，在常理之外。非礼之所处，形⑦之所裁。断⑧以还开冢者。

《法苑珠林》

【注释】

①河间：河间为郡，郡治在乐城，今河北献县东南。

②道世（？~683）：俗姓韩，字玄恽，祖籍洛阳伊阙，因祖代居官长安，遂为长安人。著有《法苑珠林》等。《法苑珠林》据各种经典编纂而成，具有佛教百科全书之性质。全书又以内容之不同而分类，使用极为方便。其引文并非照抄经文，而系录其要义。

③晋武帝：即司马炎。晋朝的建立者。

④适：出嫁。

⑤谳（yàn）：判决定罪。

⑥廷尉：掌管刑狱的官。

⑦形：通"刑"。
⑧断：判决。

【赏读】

  故事讲的是情与法的矛盾。河间男女有情而不合礼法，女子与丈夫合于礼法而无情。最后河间男子胜诉，理由是女子之所以死而复生，是"感于天地"，出于常理之外，所以礼法不能处理，刑法不能裁决。"天地"高于礼法、刑法。从河间男女角度来看，是爱情战胜了礼教刑法。

  问世间情为何物，只教人生死相许。正如汤显祖所说："情之所至，生可以死，死可以复生。生不可以死，死不可以生者，皆非情之至也。"河间男女可谓情之至者。

  文章不长，故事曲折跌宕，浪漫主义的想象，给我们设置了一个美好的结局。现实的世界让人痛苦，理想的世界让人幸福。现实的遗憾，幻想中弥补。

炀帝^①妒杀薛道衡^②　刘 觫^③

　　炀帝善属文^④，而不欲人出其右，司隶薛道衡由是得罪，后因事诛之，曰："更能作'空梁落燕泥^⑤'否？"

《隋唐嘉话》

【注释】

　　①炀帝（569~618）：杨广，又名英。隋末代皇帝。

　　②薛道衡：字玄卿。有才学，工诗文。因赞颂隋文帝杨坚和前宰相高颎（jiǒng），遭炀帝忌恨，被迫自杀。

　　③刘觫（sù）：生卒年不详，字鼎卿。唐代史学家刘知几之子。天宝初任集贤殿学士，兼掌史官。官至右补阙。著作现存《隋唐嘉话》三卷。辑录由隋至唐玄宗时的逸闻轶事，多为言行片段。

　　④属（zhǔ）文：写文章。属，连续，连缀。

　　⑤空梁落燕泥：薛道衡代表诗作《昔昔盐》中有"暗牖悬蛛网，空梁落燕泥"，被传为佳句。

【赏读】

　　伴君如伴虎，诗高别震主。薛道衡犯了忌，虽然不是被杀的主因，但也不无关系，从杨广刻薄的话语可以看到端倪。杨广没有爱才之心，却有妒才之意。

　　用反问的口气说"更能作'空梁落燕泥'否"比直说"不能更作'空梁落燕泥'矣"更能准确、生动地表现杨广刻薄、狠毒、幸灾乐祸的心理，仿佛看到了他那得意冷笑的神色。

贾嘉隐巧对重臣 刘 悚

　　贾嘉隐年七岁,以神童召见。时长孙太尉无忌①、徐司空勣②于朝堂立语。徐戏之曰:"吾所倚者何树?"曰:"松树。"徐曰:"此槐也,何得言松?"嘉隐曰:"以公配木,何得非松?"长孙复问:"吾所倚何树?"曰:"槐树。"公曰:"汝不能复矫对③耶?"嘉隐曰:"何烦矫对,但取其以鬼对木耳。"

　　年十一二,贞观年被举。虽有俊辩,仪容丑陋。尝在朝堂取进止④,朝堂官退朝并出,俱来就看。余人未语,英国公徐勣先即诸宰贵⑤云:"此小儿恰似獠面,何得聪明?"诸人未报,贾嘉隐即应声答之曰:"胡头⑥尚为宰相,獠面何废⑦聪明。"举朝人皆大笑。徐状⑧胡故也。

《隋唐嘉话》

【注释】

①长孙太尉无忌:即长孙无忌。历高祖、太宗、高宗三朝,居显位。因反对高宗立武则天为皇后,被放逐,后被诬谋反自杀。太尉,全国军政首脑。

②徐司空勣:即李勣,原姓徐,名世勣,字懋公,亦作茂公。曾参加农民起义军,后降唐,赐姓李,单名勣,封英国公。

③矫对:无理强辩。

④取进止:指所奏的事情或进行或停止,听候皇帝裁定。

⑤宰贵:高官权贵。

⑥胡头：胡人的面貌。
⑦废：毁弃，败坏。
⑧状：形状，样子。

【赏读】

贾嘉隐和两位重臣的对话，是一场博弈，唱了一场"智斗"。

皇帝召见一个七岁的孩子，长孙无忌和徐勣心里有点酸溜溜，所以"戏之"。拿常见的槐树来考问神童，分明是瞧不起人。没想到神童还真"不知道"，居然说是"松树"！这下，徐勣得意了，纠正神童：这是槐树，你怎么说是松树？贾嘉隐这时还是很有礼貌的，很尊重徐勣，把他称做"公"，所以说"以公配木"为"松"。

接着长孙无忌问同一个问题，心想看你怎么狡辩。贾嘉隐意识到来者不善，是有意挑衅。于是也就针锋相对，遂有"以鬼对木"而成"槐"的回答。一语双关，既是"槐"字的拆字游戏，又把长孙无忌比做了鬼。搬起石头砸了自己的脚，长孙无忌自讨没趣。

在这次博弈中，贾嘉隐还算给徐勣面子。没想到徐勣却不识抬举，蹬着鼻子上脸。几年后，当贾嘉隐被举荐的时候，他居然挖苦人家的长相，结果让贾嘉隐反戈一击，"举朝人皆大笑"。徐勣何等尴尬！

文章的看点，就在于双方博弈中，让读者感受到了大出意外，柳暗花明，化险为夷，曲曲折折的智慧之光。

魏征①直言恼太宗   刘 悚

太宗曾罢朝，怒曰："会②杀此田舍汉！"文德后③问："谁触忤陛下？"帝曰："岂过魏征④，每廷争辱我，使我常不自得。"

后退而具朝服立于庭，帝惊曰："皇后何为若是？"对曰："妾闻主圣臣忠。今陛下圣明，故魏征得直言。妾备数后宫⑤，安敢不贺！"

《隋唐嘉话》

【注释】

①魏征（580~643）：字玄成，中国历史上直言敢谏的名相。
②会：应当，必将。
③文德后：长孙氏，长安人，一说洛阳人，唐太宗皇后。
④岂过魏征：怎能逃得过魏征（这一关）。
⑤妾备数后宫：我幸运地能充数后宫。

【赏读】

太宗只看到了魏征犯颜廷争的不留情面，有点老羞成怒，而没看到他为什么敢如此做。文德皇后看到了更深层次的原因，点明了"陛下圣明，故魏征得直言"的辩证关系。她说的是事实，同时"主圣"两字把太宗也抬起来了，"陛下圣明"奉承得太宗热乎乎的，心里自然高兴，于是跟魏征前嫌尽释。

文德皇后明白这件事非同一般，要穿上正式的礼服到庭外恭候，按君臣之礼祝贺，以提高谈论话题的严肃性、重要性，让太宗看到小事情的大意义。

封德彝①知隐情 刘 肃②

封德彝在隋，见重于杨素③。素乃以从妹④妻之。隋文帝⑤令素造仁智宫，引德彝为土工监。宫成，文帝大怒曰："杨素竭百姓之力，雕饰离宫，为吾结怨于天下！"素惶恐，虑得罪。德彝曰："公勿忧，待皇后至，必有恩赏。"

明日，果召素，良久方入对。独孤皇后⑥劳之曰："大用意⑦，知吾夫妻年老，无以娱心，盛饰此宫室，岂非孝顺？"赏赉⑧甚厚。

素退问德彝曰："卿何以知之？"对曰："至尊性俭，虽见而怒，然雅⑨听后言。妇人唯丽是好。后心既悦，圣虑必移，所以知耳。"素叹曰："揣摩之才，非吾所及也！"

《大唐新语》

【注释】

①封德彝：名伦。在隋朝任内史舍人，唐太宗时官至尚书右仆射。

②刘肃：生卒年里不详，唐宪宗元和（806~821）初，曾任浔阳县主簿。著有《大唐新语》十三卷。记载唐士大夫的政治生活、言行故事、著作活动等，起自唐初，下至大历，多取材于唐代国史旧闻。

③杨素：隋大臣。封越国公、楚国公，曾执掌朝政。参与宫廷阴谋，拥戴炀帝。

④从妹：堂妹。

⑤隋文帝：即杨坚，隋代建立者。仁寿四年（604）被太子杨广杀死。

⑥独孤皇后：隋文帝后。干预朝政，隋文帝言听计从。

⑦大用意：考虑周全，很用心思。

⑧赏赉（lài）：赏赐。

⑨雅：很，极。

【赏读】

　　要讨主子欢心，必须了解主子的爱好。杨素负责建造仁智宫，只知道豪华绮丽，却忘了隋文帝杨坚生活简朴，马屁拍在马蹄子上，吃力不讨好。

　　故事颇具戏剧性，宫殿大功告成，杨素单等褒奖，谁知皇帝大怒。于是，杨素惶恐不安。正等待治罪，封德彝却让他等待赏赐，肯定会柳暗花明。结果是皇后参观了宫殿，慰劳有加，赏赉甚厚。化险为夷，转悲为喜。

　　同样一座宫殿，皇帝看来太奢华，让我跟天下人结怨，很不满意；皇后看来却是杨素让其夫妇安度晚年的一片孝心。杨素结怨于皇帝，得欢心于皇后。杨家是阴盛阳衰，所以杨素有惊无险，完美交差。

　　故事一波三折，欲知杨素后事如何，必须把故事读完，读者生生被牵着鼻子走，欲罢不能。

狄仁杰不计前嫌　刘　肃

狄仁杰①为内史，则天②谓之曰："卿在汝南，甚有善政，欲知谮③卿者乎？"仁杰谢曰："陛下以臣为过，臣当改之。陛下明臣无过，臣之幸也。若臣不知谮者，并为善友，臣请不知。"则天深加叹异。

《大唐新语》

【注释】

①狄仁杰：唐大臣。武则天在位时官至宰相。以不畏权势著称。
②则天：即武则天。
③谮（zèn）：诬陷，中伤。

【赏读】

武则天了解狄仁杰在汝南"甚有善政"，是相信他的。但是她还是要问问狄仁杰想不想知道是谁说了他的坏话，试探一下他的态度。按一般情况推断，皇帝既然如此相信自己，何不顺杆儿爬，知道谁在背后进谗言，今后也好有应对，图报复。

可是狄仁杰的回答却出人意料：皇帝如果认为我有错，我就改；皇帝肯定了我的政绩，那是我的幸运。我如果不知道谁说了我的坏话，彼此还能很友好地相处共事，那我还是不知道为好。语出惊人，委婉周到，严以律己，宽以待人，从大处着眼，不念个人恩怨。有如此气度的人方能成大事，难怪武则天"深加叹异"。

难得糊涂，也是慢慢消弭矛盾的一味方剂。戳破窗户纸，常常会使矛盾激化，无可挽回，难以收拾。

宇文士及①善谄媚 刘 肃

太宗②尝止一树下,曰:"此嘉树。"宇文士及从而美之不容口,太宗正色谓之曰:"魏征常劝我远佞人,我不悟佞人为谁矣,意常疑汝而未明也,今乃果然。"

士及叩头谢曰:"南衙③群臣,面折廷争④,陛下常不举首。今臣幸在左右,若不少顺从,陛下虽贵为天子,复何聊乎?"太宗怒乃解。

《大唐新语》

【注释】

①宇文士及:宇文化及弟,隋炀帝女婿。宇文化及兵败后,投靠唐朝。官至中书令、殿中监。

②太宗:即唐太宗。

③南衙:唐代皇宫所在的宫城,城居长安城南。

④面折廷争:面折,当面指摘人的过错;廷争,在朝廷上与皇帝争论。

【赏读】

皇帝称赞一种东西,臣下顺杆儿爬,说句"圣上英明"的话,也不为过。这次宇文士及"美之不容口",附和过了头,引起太宗的反感,当面指出他就是奸佞小人。真让宇文士及下不了台,吓得急忙叩头谢罪。

宇文士及不愧为"佞人",脑子转得快,于是开始自救,且听他伏地一席话：皇上在宫内，那些臣子跟你面折廷争，搞得您常常抬不起头来，闷闷不乐。今天我有幸陪伴左右，如果再不顺着您，您虽贵为天子，还有什么意思？几句话含蓄婉转，意味深长，扭转乾坤，太宗怒乃解。

潜台词是：群臣都不考虑皇上的心情，一味地跟你争论，显示他们比你还英明。我今天也可以跟你争论这棵树的好坏，但是我没有这样做。因为你好不容易离开了宫殿，来到树下散心，我不能再让你郁郁不乐，所以我要顺着你说，让你开心，让你高兴。

巧言令色一番话，体贴主子一片心，原来清醒的太宗，又被忽悠迷糊了。宇文士及闯关成功，给太宗送上关怀温暖，给自己摘掉了"佞人"的帽子。

终南①捷径 刘 肃

卢藏用②始隐于终南山中,中宗③朝累居要职。

有天台④道士司马承祯者,睿宗⑤遣至京,将还,藏用指终南山谓之曰:"此中大有佳处,何必在远?"承祯徐答曰:"以仆所观,乃仕宦捷径耳。"藏用有惭色。

《大唐新语》

【注释】

①终南:终南山,在今陕西西安市南。秦岭主峰之一。

②卢藏用:少以才学著称,举进士,不得调,与兄征明偕隐终南山。长安(701~704)中召授左拾遗,神龙(705~707)时为礼部侍郎,兼昭文馆学士。

③中宗:唐皇帝李显。

④天台:即天台山,为佛教天台宗的发源地。

⑤睿宗:即李旦。唐代皇帝,高宗子。

【赏读】

隐士有真有假。真隐士如陶渊明、林和靖,假隐士就如卢藏用之辈,隐于终南山是为了曲线做官。

假隐士天下大乱时,标榜清高,退隐山野,待机而动。天下太平时,故意传送消息,让皇帝知道草野有遗贤,最后安车蒲轮迎他出山,一出山就一步登天身居高位,所谓"终南捷径"是也。

终南捷径,既让知识分子多了一个升官发达的机会,也成全了皇帝礼贤下士、慕才若渴的美名。这大概就是历来隐士层出不穷的原因罢!

唐太宗改过 张 鷟①

吏部尚书唐俭②与太宗棋,争道③。上大怒,出④为潭州⑤。蓄怒未泄,谓尉迟敬德⑥曰:"唐俭轻我,我欲杀之,卿为我证验有无怨言指斥。"敬德唯唯。

明日对仗⑦,敬德顿首曰:"臣实不闻。"频问,确定不移。上怒,碎玉珽⑧于地,奋⑨衣入。

良久索食,引三品以上皆入宴,上曰:"敬德今日利、益者各有三,唐俭免枉死,朕免枉杀,敬德免曲从,三利也;朕有怒过之美⑩,俭有再生之幸,敬德有忠直之誉,三益也。"

赏敬德一千段,群臣皆称万岁。

《朝野佥载》

【注释】

①张鷟:生卒年不详,死于玄宗开元年间。字文成,自号浮休子,深州陆泽(今河北深州)人,唐文学家。著有笔记《朝野佥载》、传奇小说《游仙窟》等。《朝野佥载》记隋、唐朝野遗闻,对武则天朝政多有讥评,有的为《资治通鉴》采用。

②唐俭:唐大臣,经历三朝五帝。凌烟阁二十四功臣之一。

③争道:下棋争占有利线路。

④出:此处指由京城贬到外地做官。

⑤潭州:治所在今湖南长沙。

⑥尉迟敬德:名恭,字敬德。唐初大将。为凌烟阁二十四功臣

之一。

⑦对仗：唐制度，皇帝正殿接见群臣，在正殿设置仪仗。中书、门下及三品官奏事，御史弹劾百官，都是对着仪仗，故称对仗奏事。

⑧玉珽（tǐng）：皇帝所持的玉笏。

⑨奋：挥动。

⑩怒过之美：气消之后能自责的优点。

【赏读】

　　古时有的官员以"制怒"为座右铭，是有道理的。处理事情，尤其军国大事，不能感情用事。

　　李世民因为争一棋之高下，居然动了杀功臣之心，（当然，这也不奇怪，为了争夺皇位，他不是连亲兄弟都杀了吗?）胸襟如此狭隘！还让尉迟敬德私下调查，实际在暗示一定要查出问题，尔后论罪诛之。

　　幸亏尉迟敬德不是溜须拍马踩着别人肩膀往上爬的小人，不然，唐俭就不能老死以终了。尉迟敬德没查出问题，惹得李世民把玉笏都摔了，可见他要杀唐俭的决心。可贵的是，李世民还能及时"制怒"，"良久"之后，气消了，来了一个大转弯，大宴群臣，表扬了敬德刚正不阿，庆幸唐俭没有枉死，自嘲有怒过之美。一场昏君残害忠良的丑剧，化而为一出君圣明臣忠诚的喜剧。

　　这场宴会，大概尉迟敬德吃得最开心：既不负使命于皇帝，也无愧于同僚。唐俭想起来就后怕，自己还蒙在鼓里，早在刀刃上走了一遭，这顿大餐味同嚼蜡，如何下咽？真是伴君如伴虎啊！

路嗣恭入觐① 李 肇②

柳相初名载，后改名浑，佐江西幕③中。嗜酒，好入廛市④，不事拘捡。时路嗣恭初平五岭，元载⑤奏言："嗣恭多取南人金宝⑥，是欲为乱，陛下不信，试召之，必不入朝。"

三伏中，遣诏使至，嗣恭不虞⑦，请待秋凉以修觐礼。浑入而泣曰："公有大功，方暑而追，是为执政所中⑧。今少迁延，必族灭矣！"嗣恭惧曰："为之奈何？"浑曰："健步⑨追还表缄，公今日过江宿石头驿乃可。"嗣恭从之。

代宗谓载曰："嗣恭不俟驾行矣⑩！"载无以对。

《唐国史补》

【注释】

①路嗣恭入觐：路嗣恭，原名路剑客，字懿范。唐朝中期历任军政高官。入觐，进京朝见皇帝。

②李肇：生卒年里不详，一说赵郡赞皇（今属河北）人。唐史学家、文学家。做尚书左司郎期间，写成《唐国史补》，记载了自开元至长庆一百多年间的人和事。写书的宗旨是"纪实事，探物理，辨疑惑，示劝诫，採风俗，助谈笑"。基本排斥神怪。

③佐江西幕中：柳相作为幕僚辅助江西观察使路嗣恭。

④廛（chán）市：商业市民集中的地方。

⑤元载（？~777）：唐代宗时任宰相，为政贪横，后获罪自杀。

⑥多取南人金宝：路嗣恭平定五岭叛乱，夺取商人财物私吞。
⑦不虑：没有多考虑。
⑧中：中伤。
⑨健步：急行赶路传递信息的人。
⑩不俟驾行矣：语出《论语》，不等待，立刻动身。

【赏读】

　　这是一场发生在皇帝面前的攻防战。路嗣恭平叛立了大功，宰相元载心怀妒恨，告了黑状，目的是打压路嗣恭。路嗣恭粗心大意，告诉使者秋后天凉再去京入觐。果真如此，就正好中了元载的圈套。

　　幕僚的作用就在于拾漏补缺，柳相平时好喝酒，好逛街，有点不拘小节，很像孟尝君的食客冯驩，藏而不露，平时雌伏不起眼，关键时刻是他救了路嗣恭，更衬托出他的大智若愚。

　　柳相聪明之处就在于，他善于分析形势，从细微处发现大问题，能在平常事件中察觉到不寻常。皇帝召见臣下是平常事，但是在路嗣恭立了战功之后，不让休养生息，而要他三伏天急急忙忙进京，这就不寻常。柳相觉察到其中有蹊跷，一定是朝中执政者说了路嗣恭的坏话，果然让他言中。

汴州佛流汗 李 肇

汴州①相国寺,言佛有流汗。节帅②刘玄佐③遽命驾,自持金帛以施之,日中,其妻子亦至。明日,复起输斋梵。由是将吏商贾,奔走道路,惟恐输货不及。

乃令官为簿书,籍④其所入。十日乃闭寺门,曰:"佛汗止矣!"所入盖巨万计,悉以赡军。

《唐国史补》

【注释】

①汴州:今河南开封。
②节帅:节度使,总揽一个地区的军、政、财务。
③刘玄佐:原名刘洽,皇帝赐名玄佐。唐朝中期任汴节度使。性情豪纵,轻财重义,经常厚赏军士,很得民心。
④籍:登记。

【赏读】

人们信佛,他就在佛身上打主意,大概先跟和尚串通一气,在佛祖像上洒点水,尔后自己带头去朝拜施舍,继之以夫人。将吏商贾眼见父母官都全家出动,佛显灵肯定没错,此时祈祷定是有求必应。另外这也是附和上司、逢迎拍马的大好时机,于是忙不迭地一窝蜂捐钱捐物。十天香火钱已相当可观,见好就收,立即宣布"佛汗止矣",闭门谢客。和尚、刘玄佐弹冠相庆偷着乐。相国寺从此名声大振,香火更盛;刘玄佐筹款不少,犒赏军士。一举两得,何乐而不为。

崔昭行贿事 　李　肇

　　裴佶①常②话：少时姑夫为朝官，有雅望③。佶至宅看其姑，会其朝退，深叹曰："崔昭④何人，众口称美？此必行贿者也。如此安得不乱？"

　　言未竟，阍者⑤报寿州崔使君⑥候谒。姑夫怒呵阍者，将鞭之。良久，束带⑦强出。

　　须臾，命茶甚急，又命酒馔，又令秣马、饭仆。姑曰："前何倨而后何恭也？"

　　及入门，有得色，揖佶曰："且憩学院⑧中。"佶未下阶，出怀中一纸⑨，乃昭赠官绢⑩千匹。

《唐国史补》

【注释】

　　①裴佶：字弘正。官至工部尚书。

　　②常：通"尝"，曾经。

　　③雅望：很有声望、名望。

　　④崔昭：生卒年不详，唐德宗时曾任寿州刺史等职。

　　⑤阍（hūn）者：看门人。

　　⑥使君：汉时称刺史为使君。

　　⑦束带：穿着整肃。

　　⑧学院：书房。

　　⑨一纸：此处指单据。

⑩绨（shī）：粗绸子。

【赏读】

看文章前部分，裴佶姑父嫉恶如仇，对行贿深恶痛绝，可谓正气逼人，凛然不可犯，俨然一个正人君子形象。待到从怀里拿出一纸礼单，这个廉洁奉公的清官形象突然委地。先扬后抑，高高举起，重重摔下，清廉的形象彻底粉碎。

开始感叹："崔昭何人，众口称美？"一定是崔昭行了贿，才众口一词地赞美他。还忧国忧民地说："如此安得不乱？""姑父"对崔昭这个赃官，实在不愿接待，好半天才勉强出来接客。读者猜想下面一定是一出"姑父"声色俱厉痛斥崔昭的好戏。

怎么没有动静？不一会儿，却要上茶上酒？还让给客人喂马，招待他的仆从？连妻子都纳闷，为什么前倨后恭，一百八十度大转弯？读者坠入十里雾中，自然饶有兴趣地等着打开这个闷葫芦。

最后真相大白。读者大为吃惊，怎么会这样？我们受骗了，这个伪君子！天下"如此安得不乱"！

卢迈^①不食盐醋　李　肇

卢相迈,不食盐醋,同列问之:"足下不食盐醋,何堪^②?"
迈笑而答曰:"足下终日食盐醋,复又何堪矣!"

《唐国史补》

【注释】

①卢迈:生卒年不详。性孝友,累迁谏议大夫、中书侍郎。后拜为太子宾客。

②何堪:怎么能忍受。

【赏读】

好些事情,司空见惯,习以为常,见怪不怪。一经点破,恍然大悟。清朝男人留小辫,女人裹小脚,都觉得天经地义,如果哪个男人剪了辫子,就会受到嘲笑;女人如果不缠足,就难以嫁人,甚至一生待字闺中。现在如果男人留条长辫子,人人侧目,不是精神病,就是先锋"艺术家";女人如果缠小脚,肯定是个怪物、自虐狂。

卢迈不吃盐醋,有违众人习惯,自是异类。无怪乎有人说他:"您不吃盐醋,怎么受得了?"这话问得好。卢迈反唇相讥:"您整天吃盐醋,怎么受得了?"乍听这话太可笑,细想不无道理。一个人,昨天吃、今天吃、明天吃,从小吃到老,天天吃盐醋;我也吃、你也吃、他也吃,千万人个个都吃。怎么如此单调?怎么不倒胃口不厌烦?原来是"不识庐山真面目,只缘身在此山中"。众人皆醉你也醉,你要不醉成另类。

郭暧①骂公主 赵 璘②

郭暧尝与升平公主琴瑟不调③,暧骂公主:"倚乃父为天子耶!我父嫌④天子不作。"

公主恚啼,奔车奏之。上⑤曰:"汝不知,他父实嫌天子不作。使不嫌,社稷岂汝家有也。"因泣下,但命公主还。

尚父⑥拘暧,自诣⑦朝堂待罪。上召而慰之曰:"谚云:'不痴不聋,不作阿家阿翁。'小儿女子闺帏之言,大臣安用听?"锡赉⑧以遣之。

尚父杖暧数十而已。

《因话录》

【注释】

①郭暧:郭子仪第六子。

②赵璘:生卒年不详。字泽章。南阳(今河南邓州)人,后徙平原(今山东德州)。家世显贵。唐文宗大和八年(834)进士。曾任左补阙、衢州刺史。代表作品有《因话录》六卷。全书按宫、商、角、徵、羽分五部分。

③琴瑟不调:夫妇不和睦。

④嫌:厌恶。

⑤上:指皇帝。

⑥尚父:郭子仪尊号。因平定"安史之乱"战功卓著,被封为汾阳郡王,德宗李适尊其为"尚父"。

⑦诣：到。
⑧锡赉：赏赐。

【赏读】

  夫妇琴瑟不调，因为公主依仗父亲是皇帝老子，总想把君臣关系凌驾于夫妻关系之上，郭暧偏偏不买账。"依仗你老爸是天子就欺负人！（有什么了不起！）我老爸还讨厌做天子呢！"此等重话，有杀头之罪。公主马上去告御状。结果天子李豫反而证实郭暧说的是实情，而且还让她回郭家去。把夫妻关系和君臣关系分开处理，不支持女儿。

  郭子仪深知利害，急忙拘捕了儿子，带着一起上朝请罪，要把亲家关系按君臣关系处理。这时皇帝倒成了平常百姓亲家翁，不但不予责怪，还安慰郭子仪，当老人的要装聋作哑，小夫妻闺房斗嘴，你不必听信。坚持亲家关系和君臣关系不能混淆。虽如此，郭子仪还是要做做样子，把儿子打了一顿。

  小品善用典型语言塑造人物。郭暧骂公主，一句话，活脱脱画出一个血气方刚、一肚子怨愤、忍无可忍的青年。皇帝对郭子仪的几句话，没有了皇帝的架子，活是一个通情达理、和蔼可亲的亲家翁形象。

  著名戏曲《打金枝》就是根据这个故事编写的。

人面桃花 孟 棨①

博陵崔护②，姿质③甚美，而孤洁寡合。举进士下第。

清明日，独游都城南，得④居人庄，一亩之宫⑤，而花木丛萃，寂若无人。

扣门久之，有女子自门隙窥之，问曰："谁耶？"以姓字对，曰："寻春独行，酒渴求饮。"女入，以杯水至，开门设床⑥命坐，独倚小桃斜柯伫立，而意属⑦殊厚，妖姿媚态，绰有余妍。崔以言挑⑧之，不对，目注者久之。崔辞去，送至门，如不胜情而入。

崔亦睠盼⑨而归，嗣后绝不复至。及来岁清明日，忽思之，情不可抑，径往寻之。门墙如故，而已锁扃⑩之。因题诗于左扉曰："去年今日此门中，人面桃花相映红。人面不知何处去，桃花依旧笑春风。"

后数日，偶至都城南，复往寻之，闻其中有哭声，扣门问之，有老父出曰："君非崔护邪？"曰："是也。"又哭曰："君杀吾女。"

护惊起，莫知所答。老父曰："吾女笄年⑪知书，未适人，自去年以来，常恍惚若有所失。比日⑫与之出，及归，见左扉有字，读之，入门而病，遂绝食数日而死。吾老矣，此女所以不嫁者，将求君子以托吾身，今不幸而殒，得非⑬君杀之耶？"又特大哭。

崔亦感恸,请入哭之。尚俨然⑭在床。崔举其首,枕其股,哭而祝曰:"某在斯,某在斯。"须臾开目,半日复活矣。

父大喜,遂以女归⑮之。

《本事诗》

【注释】

①孟棨:生卒年里不详,棨一作启,字初中,唐人。曾官于梧州。有《本事诗》,所记多唐人诗的本事,保存了不少唐诗人的轶事,也有些附会之说。

②博陵崔护:博陵,今河北定州。崔护,贞元进士,官岭南节度使。

③姿质:容貌和品格。

④得:发现。

⑤宫:房屋的通称。

⑥床:胡床,椅子。

⑦意属(zhǔ):情意专注。

⑧挑:挑逗。

⑨睠盼:恋慕,眷恋。"睠"同"眷"。

⑩锁扃(jiōng):用锁头锁上门。扃,门。

⑪笄(jī)年:指女子到了十五岁可以盘发插笄的结婚年龄,即成年。笄,簪子。

⑫比日:近日。

⑬得非:莫不是,难道不是。

⑭俨然:整洁庄严。

⑮归:出嫁。

【赏读】

　　这是一首凄美浪漫的情歌，令人羡慕崔护有此艳遇，幸甚！幸甚！人人都做崔护想。

　　尺幅之中，崔护的书生情怀、风流倜傥而捎带轻佻的性格，女子艳若桃花的美貌、含蓄内敛而多情的举止，老父失去爱女的悲痛、对崔护致女儿命殒的怨艾，皆能尽显其人，如读者亲眼目睹。

　　手笔简洁，惜墨如金。看女子的院落："花木丛萃，寂若无人。"八个字，传达出花草树木层层叠叠、郁郁葱葱、四野阒然的氛围。

　　再看女子举止。有人敲门，先是"自门隙窥之"，一看，扣门的人并不认识，于是问："谁耶？"此处"寂若无人"，很少有客造访，女子自然谨慎。崔护说明"求饮"来意，这时女子才进去"以杯水至，开门设床命坐"，有礼貌地接待客人，自己却"独倚小桃斜柯伫立"，桃花枝叶映衬，美人斜柯独依，一幅何等娇媚的"玉照"，恐怕就在此时触发了崔护"人面桃花相映红"的才思吧？

　　再看她的情态，"意属殊厚"，"崔以言挑之，不对"，但是"目注者久之"。崔护走的时候，又"送至门，如不胜情而入"。含蓄、端庄、纯情少女跃然纸上。

　　故事的情感波折起起伏伏。喜悦——崔护与女子邂逅，爱情萌动；怅然——人面不知何处去；惊讶——女子已逝；悲痛——哭而祝曰："某在斯，某在斯。"惊喜——女子死而复生。作者就是这样挑动着读者的感情。

钱可通神 张 固①

  相国张延赏②将判度支③。知有一大狱,颇有冤滥,每甚扼腕。及判,使即召狱吏严戒之。且曰:"此狱已久,旬日须了。"
  明旦视事,案上有一小帖子,曰:"钱三万贯,乞不问此狱。"公大怒,更促之。明日帖子复来,曰:"钱五万贯。"公益怒,命两日须毕。明日复见帖子,曰:"钱十万贯。"
  公曰:"钱至十万,可通神矣,无不可回之事。吾惧及祸,不得不止。"

《幽闲鼓吹》

【注释】

  ①张固:生平不详,《四库全书》说:有《幽闲鼓吹》一卷,所记虽篇帙寥寥(共二十六篇),而其事多关法戒,非造作虚辞、无裨考证者,比唐人小说之中,犹差为切实可据焉。大概在唐懿宗、僖宗年间采掇唐宣宗遗事而成书。
  ②张延赏:本名宝符,玄宗赐名延赏,仕至中书侍郎、同中书门下平章事。
  ③判:唐宋官制,以大兼小,即以高官兼较低职位的官称"判"。度支:指度支使,唐制,户部的度支司掌管国家的财政收支。

【赏读】

  张延赏以相国身份兼管度支使之职,以自己的地位,要判决一件旷日持久的冤案，应当不成问题。判决时让狱卒严密戒备，以防意外，而且限定时间——半月结案。开始很有决心，很有信心。然而第二天刚要升堂判案，案子上就出现了帖子，送钱三万贯，请不要过问这桩案子，"公大怒"。第二天送五万贯，"公益怒"。送十万贯！就不相信你挺得住。这噼里啪啦打来的金钱雨，卷起的钱旋风，把一个决心要做清官廉吏的相国张延赏打蒙了，刮晕了，他害怕了，退缩了。他知道，一下子能砸上十万贯，而且根本不在乎你怒不怒，每天都能把帖子放到自己官衙案子上的人，大有来头，权位、势力肯定胜过自己。恐怕自己身边还有内奸。十万贯连神灵都可买通，就没有办不成的事，再坚持下去，担心要大祸临头，所以最后不得不放手。

一个想做清官而不得的人，终于让金钱压倒了。在一个贿赂公行的社会环境里，众人皆醉我独醒、洁身自好何等难！

红叶题诗 范摅[①]

卢渥[②]舍人应举之岁，偶临御沟，见一红叶，命仆搴[③]来，叶上乃有一绝句。置于巾箱，或呈于同志。

及宣宗[④]既省[⑤]宫人，初下诏，许从百官司吏，独不许贡举人[⑥]。渥后亦一任范阳，获其退宫人，睹红叶而吁嗟久之，曰："当时偶题随流，不谓郎君收藏巾箧。"验其书迹，无不讶焉。诗曰："流水何太急，深宫尽日闲。殷勤谢红叶，好去到人间。"

《云溪友议》

【注释】

①范摅（shū）：生卒年不详，自号五云溪人（五云溪为若耶溪别名）。唐末僖宗时人。有《云溪友议》三卷，一本作十二卷。大多记载唐代诗人逸闻轶事，又以中晚唐较多。保存了不少诗歌史料，但也有失实处。

②卢渥：唐大中年间进士，历中书舍人、陕府观察使，终检校司徒。

③搴：拿。

④宣宗：即李忱，唐朝第十八位皇帝。

⑤省：减少。

⑥贡举人：参加科举考试的人。

【赏读】

深宫的森严，宫女的神秘，才子的多情，红叶传情的浪漫，都是炒作的好题材。宫女是接近过皇帝的,身份高贵,是曾经高高在上的白天鹅,现在居然能一近芳泽,对多情才子来说,是莫大荣幸,给文人雅士以精神慰藉。于是故事人人乐道,一编再编,男主角也就一换再换,于是卢渥、顾况、李茵、于祐等人轮番上场。

其中顾况居然利用"御沟"跟宫人和起诗来。他得到的诗是:"一入深宫里,年年不见春。聊题一片叶,寄与有情人。"而第二天顾况还在上流答诗一首:"愁见莺啼柳絮飞,上阳宫女断肠时。君恩不禁东流水,叶上题诗寄与谁?"后十余日,有客来苑中,又于叶上得诗,送给顾况:"一叶题诗出禁城,谁人酬和独含情。自嗟不及波中叶,荡漾乘春取次行。"如此方便,跟书信往还差不多,确实有点离谱。浪漫过了头,让人难信服。

对红叶题诗的事,卢渥自己都不敢相信,哪里有这么巧合的事?是不是宫女在冒名顶替?利用姻缘命定的说法,来巩固他们之间的婚姻?卢渥是个细心人,他要宫人把诗再写一遍,"验其书迹"完全一样,大为惊讶,这才确信这位女子正是那位红叶题诗的宫女。

故事凄美浪漫,多情男士捡了流落宫女,自然要感谢皇恩浩荡。但是那些不能出宫,或者不会写诗,或者写了诗而无缘巧遇才子的宫女们呢,她们只有坐以待老,最后的结局只能是:"寥落古行宫,宫花寂寞红。白头宫女在,闲坐说玄宗。"

裴度失印① 佚 名

裴晋公在中书②,左右忽白③以印失所在,闻之者莫不失色,度即命张筵举乐,人不晓其故,窃怪之,夜半饮酣,左右复白以印存焉,度不答,极欢而罢。

或问度以其故,度曰:"此出于胥徒④盗印书券耳,缓之则存,急之则投诸水火,不复更得之矣。"

时人服其弘量,临事不挠⑤。

《玉泉子》

【注释】

①裴度:唐宪宗时官至宰相,削平藩镇有功。本故事选自《玉泉子》(又名《玉泉子见闻真录》、《玉峰笔端》)。多载唐朝杂事,小说也有采入。

②中书:即中书省,官署名。唐代设中书、门下、尚书三省。

③白:告白,告诉。

④胥徒:官府中勤杂人员。

⑤不挠:不慌乱。

【赏读】

官印丢失,非同小可,常规做法:官衙戒严,不准出入,大张旗鼓,严密搜查。出人意料的是,裴度却泰然处之,大张筵席。

众人不解,读者也纳闷,裴度葫芦里卖的什么药?如此大事,还要奏乐摆宴席？畅饮到半夜，官印失而复现。这是怎么回事？读者心里始终有悬念，故事诱人之处正在于此。最后才由裴度自己"解密"。

  他心如明镜。丢印对失印者是大事，上司知道了纱帽难保，但对盗印者并没有多大价值，不能拿它去做官，不敢拿它去换钱，也不过临时用用。裴度深知这一点，所以处理时，宜松不宜紧。紧了，就会"销赃"；松了，才会完璧归赵。他之所以大摆筵席，奏乐联欢，就是给盗印者提供一个印书券的时间和还官印的机会。

  裴度处理突发事件的方法，出于常人意想外，合于人情事理中。由此可见，违反常规操作的人，必有超于常人的聪明处。

饭后钟 王定保①

王播②少孤贫,尝客扬州惠昭寺木兰院,随僧斋餐。诸僧厌怠,播至,已饭矣。后二纪③,播自重位出镇是邦④,因访旧游,向之题已皆碧纱幕其上。播继以二绝句曰:

二十年前此院游,木兰花发院新修。而今再到经行处,树老无花僧白头。

上堂已了各西东,惭愧阇黎⑤饭后钟。二十年来尘扑面,如今始得碧纱笼。

《唐摭言》

【注释】

①王定保(870~954):南昌(今属江西)人。唐末光化三年(900)进士。刘䶮(yǎn)建立南汉,他累官中书侍郎,同平章事。善文辞,有《唐摭言》,载唐一代贡举之制特详,多史志所未及。

②王播:任淮南节度使,不顾南方大旱,搜刮不已。后又任盐铁转运使,加重铜、盐税,每月以钱物进奉皇帝。任满还京,献银碗数千只,绫绢数十万匹,擢升为尚书左仆射,同平章事。

③纪:十二年为一"纪"。

④出镇是邦:出镇这个城邦。此处"邦"指扬州。王播长庆二年(822)任淮南节度使,治所在扬州。

⑤阇(shé)黎:和尚。

【赏读】

　　王播自幼孤贫，寄居寺院。他生于759年，822年任淮南节度使，时年六十三岁。说"后二纪"再来扬州，也就是二十四年前在扬州寺院住过，应该是四十岁左右，这把年纪还穷困潦倒蹭饭吃，难怪和尚厌烦他，故意饭后打钟奚落他，让他错过饭时。他怀才不遇，又遭白眼，于是墙上题诗抒怀。当时僧人也不过把他看做一位酸秀才，谁去看他的诗！等到王播发迹了，这才想起那面墙。快，绿纱罩起来！这可是贵人题诗，是我寺院的光荣。

　　木兰院大概也是僧多粥少，容不得王播这张嘴。话又说回来，这里的和尚，还没做到慈悲为怀，还没有摆脱世俗的功利思想。

　　贫居闹市无人问，富在深山有远亲。世风如此，自古皆然。苏秦潦倒时归家，妻子不下织机，嫂子不给做饭，父母不理他。当他并相六国、衣锦还乡时，其妻嫂侧目不敢仰视，俯伏侍取食。苏秦问嫂子："何前倨而后恭也？"他嫂子倒说了实话："见季子位高金多也。"因之苏秦感慨"富贵则亲戚畏惧之，贫贱则轻易之"。

　　和尚的"饭后钟"羞辱了王播，也激励了王播，一定要争口气。十年寒窗无人问，一举成名天下知，等着瞧！所以他应该感谢众僧。就像苏秦说的"使我有雒阳负郭田二顷，吾岂能佩六国相印乎！"穷能励志，穷则思变，坏事可以转换为好事。

　　王播的第一首诗，感慨世事沧桑之变。第二首，语含讥刺，君子报仇十年不晚，总算出了这口窝囊气。

发冢盗 王仁裕①

光启、大顺②之际,襄中③有盗发冢墓者,经时搜索不获,长吏督之甚严。忽一日擒获,置于所司,淹延经岁,不得其情,拷掠楚毒,无所不至。

款状④既具,连及数人,皆以为得之不谬矣。及临刑,傍有一人攘袂大呼曰:"王法岂容枉杀平人者乎?发冢者,我也。我日在稠人⑤之中,不为获擒,而斯人何罪,欲杀之,速请释放。"旋出丘中所获之赃,验之,略无差异。

具狱者⑥亦出其赃,验之无差。及藩帅⑦躬自诱而问之,曰:"虽自知非罪,而受箠楚不禁,遂令骨肉伪造此赃,希其一死。"

藩帅大骇,具以闻于朝廷,坐⑧其狱吏。枉陷者获免,自言者补衙职而赏之。

《太平广记》卷一六八转引自《玉堂闲话》。原书已佚。

【注释】

①王仁裕(880~956),字德辇,天水(今属甘肃)人。初为唐末秦州节度使判官,后入蜀,为翰林学士。蜀亡则历仕后唐、后晋、后汉三朝。后汉时官至户部尚书,太子少保。有诗集《西江集》百卷,多亡佚。今存《开元天宝遗事》四卷。

②光启、大顺:光启,唐僖宗年号;大顺,唐昭宗年号。

③襄中:即襄城,县名。故城在今陕西勉县东北。

④款状:认罪。

⑤稠人：人多的场合。
⑥具狱者：被定案判罪的人。
⑦藩帅：当地地方长官。
⑧坐：定罪。

【赏读】

官而无道。盗墓案久久不能侦破，因为上司"督之甚严"，于是，忽然一日就"破"案了，抓了一个人。很明显是为了给上司有个交代，不惜找个无辜者顶缸，用尽各种酷刑，屈打成招，甚至逼得无辜者自造"赃物"以作"证明"。最后结案处死。既然不是盗墓者，怎么知道墓中有何物？如何伪造赃物？显然是官府提供了"赃物"名单，让被诬者依样葫芦，自我栽赃。官府手段何等卑劣无耻。

盗亦有道。盗墓者作案后，并没逃跑，正如他说的"我日在稠人之中"，可是"不为获擒"。可见这帮官衙的人是多么草包，真盗捉不住，诬陷很内行。盗墓者没有远走他乡，而是一直关心着事情的进展，最后，在被诬者临刑的关键时刻，他自首了。于是，官府陷害无辜、制造冤案、草菅人命的一切罪恶，彻底曝光。

故事一波三折，颇为诱人。在假盗墓者被逼自诬而判死刑，走向刑场时，真盗墓者突然当场自首，让人瞠目结舌。真相大白，冤案昭雪，故事至此应当结束了。没想到两人"赃物"却完全一样，案子又陷入扑朔迷离。被诬者道出真相，悬疑尽解。盗墓者肯定要入狱服刑了，非也，盗墓者不但没受惩罚，反而受到奖赏，补了公差。又一次大出人之所料。

李勣①赠物 李昉②

贞观元年，勣为并州③都督④，时张文瓘⑤为参军⑥事。勣尝叹曰："张稚珪后来管萧⑦，吾不如也。"待以殊礼。时有二寮⑧亦被礼接。

勣将入朝，一人赠一佩刀，一人赠一玉带。文瓘独无所及。因送行二十余里。勣曰："谚云：'千里相送，归于一别'，稚珪何行之远也，可以退矣。"文瓘曰："均承尊奖，彼皆受赐而返，鄙独见遗⑨，以此于悒。"勣曰："吾子勿苦，老夫有说。某迟疑少决，故赠之以刀，戒令果断也；某放达不拘，故赠之以带，戒令检约也。吾子宏才特达，无施不可⑩，焉用赠为？"

《太平广记》

【注释】

①李勣（jì）：本姓徐，名世勣。降唐，赐姓李，因避讳唐太宗李世民的"世"，单名勣。他出将入相，位列三公。历事唐高祖、唐太宗、唐高宗三朝，被朝廷倚之为"长城"。是凌烟阁二十四功臣之一。

②李昉（925～996）：字明远，深州饶阳（今属河北）人。北宋文学家。历仕后汉、后周、宋三朝。主编有《太平御览》、《太平广记》、《文苑英华》。《太平广记》是小说总集。因成书于宋太宗太平兴国年间，故名。采录了自汉至宋初的小说、笔记、稗史等四百七十五种，保存了大量古小说资料。有很多书已经散佚、残缺或为

后人窜改，赖此书得以保存、考见。

③并州：唐初治所在今山西太原西南。

④都督：地方军政长官，唐初期于各州按等级分别置大、中、下都督府，各设都督。

⑤张文瓘（guàn）：字稚珪。曾任宰相。

⑥参军：官名。唐宋节度使及各路统帅所属幕僚之一，为主帅参议谋划。

⑦管萧：指管仲、萧何。管仲，春秋时政治家，齐桓公任命他为卿，尊称"仲父"。萧何，汉初大臣，帮助刘邦起义、建立汉朝，起了重要作用。

⑧寮：幕僚。

⑨见遗：被漏掉。

⑩无施不可：干什么都能胜任。

【赏读】

文章一开头，就把张文瓘抬上去了，李勣赞扬他是后来的管仲、萧何，自愧不如，并且"待以殊礼"。可是当李勣入朝，幕僚送别的时候，李勣对其他两人都有所赠，独缺张文瓘。事出蹊跷，给张文瓘和读者都画了一个大问号。

张文瓘心里纳闷不便问，一直送了二十里。最后李勣不让再送了。张文瓘实在憋不住，于是向李勣提出了心中的疑团。最后揭开了谜底，不禁感叹：原来如此！李勣用心良苦。

赠玉带，赠佩刀，可以在人前夸耀，但不如领导的肯定信任更重要，让你坚定信心，一生受用。金玉良言胜过玉带、佩刀。

陶穀出丑 文 莹[1]

朝廷[2]遣陶穀[3]使江南，以假书为名，实使觇[4]之。李相[5]密遗韩熙载[6]书曰："吾之名从五柳公[7]，骄恣喜奉，宜善待之。"至，果尔容色凛然，崖岸高峻[8]，宴席谈笑，未尝启齿。

熙载谓所亲曰："吾辈绵历[9]久矣，岂烦至是耶[10]？观秀实公非端介正人[11]，其守[12]可隳[13]。诸君请观。"因令留宿。

俟写六朝书毕，馆泊[14]半年。熙载遣歌人秦弱兰者，诈为驿卒之女以中之[15]。敝衣竹钗，旦暮拥帚，扫洒驿庭。兰之容止，宫掖殆无。

五柳[16]乘隙因询其迹[17]。兰曰："妾不幸，夫亡无归，托身父母，即守驿翁妪是也。"情既渎[18]，失慎独之戒。将行日，又以一阕[19]赠之。

后数日，宴于澄心堂。李中主[20]命玻璃巨钟满酌之，穀毅然不顾，威不少霁[21]。出兰于席，歌前阕以侑之。穀惭笑捧腹，簪珥几委[22]，不敢不釂[23]。釂罢复灌，几类漏卮[24]。倒载吐茵，尚未许罢。

后大为主礼所薄，还朝日，止遣数小吏携壶浆薄饯于郊。

迨归京，"鸾胶"之曲已喧[25]，陶因是竟不大用。

其词春光好云："好姻缘，恶因缘，奈何天！只得邮亭一夜眠，别神仙。　琵琶拨尽相思调，知音少。待得鸾胶续断弦，是何年？"

《玉壶清话》

【注释】

①文莹：字道温，钱塘（今浙江杭州）人，北宋僧。工诗，喜爱藏书，关心世务，结交宰相丁谓而契合。有《玉壶清话》（又名《玉壶野史》）十卷，前八卷记宋初至熙宁间事，最后两卷叙南唐遗事。另有《湘山野录》一书。

②朝廷：此处指后周。

③陶穀：本姓唐，为避晋高祖石敬瑭名讳，改姓陶。在后汉知制诰，在后周为翰林学士承旨，在宋历任礼、刑、户部三尚书。幼有俊才，博通经史。

④觇（chān）：窥视。这里是打探南唐情况。

⑤李相：即后周宰相李穀。

⑥韩熙载：五代后唐同光进士。后归南唐。他蓄养声伎，开门馆以招揽宾客。官至中书侍郎、光政殿学士承旨等。

⑦吾之名从五柳公：意思是我的名字，陶渊明的姓，加在一起也就是"陶穀"。陶渊明有《五柳先生传》以自况，故以"五柳公"代陶渊明。

⑧崖岸高峻：高傲，人不敢接近。

⑨绵历：时间延续悠久。意谓我们打交道很久了。

⑩岂烦至是耶：难道需要劳你如此（装腔作势）吗？

⑪端介正人：端方正直的正人君子。

⑫守：道德操守。

⑬隳（huī）：毁坏。

⑭泊：停留。

⑮中（zhòng）之：击中他（陶穀），让他中美人计。

⑯五柳：此代指陶穀。

⑰询其迹：询问她的身世。

⑱渎:轻慢,轻佻。
⑲一阕:一首词。
⑳李中主:南唐皇帝李璟。
㉑霁:怒气消散。
㉒委:委坠,落下。
㉓釂(jiào):饮酒而尽,干杯。
㉔漏卮:渗漏的酒器,比喻酒量大,无止境。
㉕喧:沸沸扬扬。

【赏读】

　　欲擒之故纵之,欲隳之先誉之。要让陶穀丢人,先写他盛气凌人;要揭穿他的虚伪,先写他不苟言笑,满脸正人君子。

　　知己知彼,百战百胜,韩熙载跟陶穀打交道很久,深知其人。看透了陶穀的色厉内荏,掌握了他的"七寸"。并没用什么新招数,还是老一套——美人计,不过不像貂蝉、西施那么直接,而是让歌女秦弱兰扮作贫家女,洒扫庭除,陶穀见了官披少见的美人,心猿意马,乘机搭话。大概由于自己的色心和对女子命运的同情以及客居的孤独,最后终落彀中。

　　已经中了美人计,自己茫然不知情,宴席上依然拿腔作势,滴酒不沾,威严不减。众人皆醒他独醉,大家冷眼看他假惺惺,尤为可笑。

　　待秦弱兰歌唱了他写的情词之后,陶穀颜面扫地,伪君子面目彻底拆穿,只好以大笑掩饰尴尬窘态。矜持不再,任人醍醐灌顶,喝得蓬头垢面,倒载吐茵,作为一位国之大臣,丢尽国格人格。

掉书袋 文 莹

党进①者,朔州②人,本出溪戎③,不识一字。一岁,朝廷遣进防秋④于高阳⑤,朝辞日,须欲致词叙别天陛,阁门使⑥吏谓进曰:"太尉边臣,不须如此。"进性强很,坚欲之。知班不免,写其词于笏⑦,侑⑧进于庭,教令熟诵。进抱笏前跪,移时不能道一字,忽仰面瞻圣容,厉声曰:"臣闻上古,其风朴略,愿官家好将息。"仗卫掩口,几至失容。

后左右问之曰:"太尉何故忽念此二句?"进曰:"我尝见措大⑨们爱掉书袋,我亦掉一两句,也要官家知道我读书来。"

《玉壶清话》

【注释】

①党进:北宋初年军事将领。

②朔州:今属山西。

③溪戎:溪,当为"奚"或"傒",古民族名,东胡族。汉时称乌桓,隋唐时称奚。戎,古民族名。

④防秋:古代每至入秋,北方边塞经常发生战事,届时守边军旅特加警卫,谓之"防秋"。

⑤高阳:今属河北。

⑥阁门使:官名。掌供奉乘舆,朝会游幸,大宴引赞,引接亲王宰相百僚藩国朝见,纠正弹劾失仪。

⑦笏(hù):即"笏板"。古时大臣朝见时手中拿的狭长的板

子，多用玉、象牙、竹片制成，以为指画记事之用。

⑧侑（yòu）：陪侍。

⑨措大：又称"醋大"。旧时指贫寒的读书人，含有轻慢意。

【赏读】

读完小品，总觉得党进就是李逵的孪生兄弟。他们忠心耿耿，心直口快，没有文化，常闹笑话，憨厚可爱。历史上不乏这样的人物。

短短小文就把这样一个人物活画出来。他要进去和皇上辞别，人家告诉他按规定就不必了，他来了犟劲，非进去不可。这就是跟文臣的不同处——任性不按制度办事。

进去前，怕他忘了"台词"，先给他写在笏板上，念熟背诵。结果他往地上一跪，抱着笏板半天一个字读不出来，全忘了。可以看出，让一个大字不识一箩筐的人照本宣科是何等困难。但是只要他一脱稿，就会侃侃而谈，符合粗人武将的特点。党进也是如此，干脆不看稿了，抬起头来直面皇帝。脱离了笏板的束缚，露出真性情，就大声喊起来。说的话驴唇不对马嘴，东一榔头，西一棒子。又要转文，又不会转，不知道从哪儿听来的鸡零狗碎，胡乱讲来，让人不知所云。搞得人们一头雾水，难怪"仗卫掩口，几至失容"，虽然词不达意，但也可看出他对皇上的关心忠诚。

人们问他为什么会说那么两句话，他回答得更妙："我尝见措大们爱掉书袋，我亦掉一两句，也要官家知道我读书来。"他的用词"措大"、"掉书袋"、"官家"都很符合他的性格特点。完全的口语化，这才是他的本色语言。肯定是"官家"要求他读书来，可他又读不进去，所以才想利用这个机会，表现一下，搪塞一下，糊弄一下，"也要官家知道我读书来"，从这句话的口气，也反映出他和"官家"的亲密关系。

曹彬伐太原　王　巩①

曹彬、潘美②伐太原③，将下④，曹麾兵少却，潘力争进兵，曹终不许。既归至京，潘询曹何故退兵不进，曹徐语曰："上尝亲征不能下，下之则吾辈速死。"既入对⑤，太祖诘之，曹曰："陛下神武圣智，且不能下，臣等安能必取？"帝颔之而已。

《随手杂录》

【注释】

①王巩（生卒年不详）：字定国，自号清虚先生，莘县（今属山东）人。长于诗。著有《甲申杂记》一卷、《闻见近录》一卷、《随手杂录》一卷，并传于世。

②曹彬、潘美：皆北宋初年大将。

③伐太原：攻打北汉都城太原（今属山西）。

④将下：快要攻下的时候。

⑤入对：进宫汇报。

【赏读】

曹彬乃官场老泥鳅，深知功高震主危险多。潘美只知作战要取胜，认为功亏一篑太可惜。如果都是曹彬，纵敌不克，国家危险，只保个人安全；如果都是潘美，功高震主，自身危险，可卫国家安全。

主上狭隘，学曹彬，能自保，是小我；主上圣明，学潘美，能立功，是大我。胜利在望却退兵，让人费解。曹彬说明利害。乍听不成道理，细想不无道理。是耶？非耶？似是而非耶？似非而是耶？文章点穴处，耐人寻味，方为上乘。

杨亿被谮① 欧阳修②

杨文公亿以文章擅天下,然性特刚劲寡合。有恶之者以事谮之。

大年在学士院③,忽夜召见于一小阁,深在禁中。既见赐茶,从容顾问,久之,出文稿数箧,以示大年云:"卿识朕书迹乎?皆朕自起草,未尝命臣下代作也。"

大年惶恐不知所对,顿首再拜而出。乃知必为人所谮矣。由是佯狂,奔于阳翟④。

真宗好文,初待大年眷顾无比,晚年恩礼渐衰,亦由此也。

《归田录》

【注释】

①杨亿:字大年。北宋文学家。为"西昆派"诗歌领袖之一。曾任左司谏、知制诰、翰林学士兼史馆修撰,主纂《册府元龟》等,真宗后期,为群小包围,杨亿遭到排挤。谮(zèn):诬陷,中伤。

②欧阳修(1007~1072):字永叔,号醉翁、六一居士,吉水(今属江西)人。北宋文学家、史学家。曾任枢密副使、参知政事。是北宋古文运动的领袖,为"唐宋八大家"之一。其散文说理畅达,抒情委婉。承南唐词风,词作婉约绮丽。与宋祁合修《新唐书》,独撰《新五代史》,有《欧阳文忠集》。《杨亿被谮》出自《归田录》。《归田录》是欧阳修晚年辞官居颍州时作,记述朝廷遗

闻及士大夫琐事,大多为亲历见闻。

③学士院:官署名。唐开元二十六年(738)唐玄宗为安置文学侍从官而设。供职者称翰林学士,负责起草任命将相的密诏。

④阳翟(zhái):今河南禹州。

【赏读】

  功高震主,文采超帝,就要倒霉。古代历史上兔死狗烹的事不鲜见,薛道衡因"空梁落燕泥"而遭炀帝毒手,也是典型案例。皇帝真宗好文,杨亿又是"以文章擅天下",性格又"刚劲寡合",不喜逢迎,这就难免遭小人诬陷,使皇帝猜忌。所以就导致真宗秘密召见,旁敲侧击发出警告的事。

  真宗到底不是隋炀帝,不会直接蛮干杀人,同时他一直很欣赏杨亿的才华,所以事情不宜搞得太突兀,太生硬。于是在禁中小阁单独召见,饮茶对谈,闲聊很久,创造了一种温馨融洽的气氛。尔后拿出数箧文稿,问杨亿认识不认识他的笔迹,最后绵里藏针地提出了警告:文稿都是我亲自起草,从来没有让大臣代笔过。真宗没有剑拔弩张,始终是温文尔雅,点到为止。

  如果是别的大臣,真宗给他说这些,还真摸不着头脑,也不会紧张。可是杨亿是谁?他曾经是"知制诰",是负责皇帝文稿起草的人。杨亿一听,马上意识到自己被小人暗算了,皇帝是在警告自己。

  至于小人背后到底说了什么坏话?杨亿为什么如此惊恐?甚至装疯卖傻,离开了京城,文中没有具体交代,留下一段空白,给人以再创造想象的余地,小品耐人寻味处就在于此。

  但是从真宗说的文稿"皆朕自起草,未尝命臣下代作也"这句话里,我们也听到了其中的潜台词:有人竟敢在外宣扬说文稿都是他为我代笔的!旁敲侧击的警告,不禁使杨亿毛骨悚然。

卖油翁绝技 欧阳修

陈康肃公①尧咨善射,当世无双,公亦以此自矜②。

尝射于家圃③,有卖油翁释④担而立,睨之,久而不去,见其发矢十中八九,但微颔之。康肃问曰:"汝亦知射乎,吾射不亦精乎?"翁曰:"无他,但手熟尔。"康肃忿然曰:"尔安敢轻吾射?"翁曰:"以我酌油知之。"

乃取一葫芦,置于地,以钱覆其口,徐以杓酌油沥之,自钱孔入而钱不湿,因曰:"我亦无他,惟手熟尔。"康肃笑而遣之。

此与庄生所谓解牛斫轮⑤者何异。

《归田录》

【注释】

①陈康肃公:名尧咨,谥号康肃。北宋大臣,真宗咸平三年(1000)状元,历任地方官及龙图阁直学士、尚书工部侍郎等职。《宋史》记载他知兵善射,"尝以钱为的,一发贯其中",并以此自豪。

②自矜:自豪。

③家圃:家里射箭的场地。

④释:放下。

⑤解牛斫轮:即庖丁解牛(见《庄子·养生主》)和轮扁斫轮(见《庄子·天道》)。两故事意在说明熟能生巧。庖丁,战国时期梁国善于屠牛的厨师。轮扁,春秋时齐国造车能匠。

【赏读】

陈尧咨射箭，举世无双，很是自豪，好像有什么别人掌握不了的诀窍。可是在卖油翁看来，也不过是熟能生巧而已。

看了陈尧咨射箭，"十中八九"，所以他既没鼓掌，也没叫好，只是点了点头，表示还说得过去。陈尧咨听惯了掌声和喝彩，一个穷卖油的老头子，反应居然如此冷淡。听卖油翁说：没什么了不起，无非手熟而已。好家伙，我十发九中的箭技，居然如此评价！陈尧咨大动肝火。然而卖油翁还是淡然应对，立刻表演了油穿钱孔的技术。再次表示：我也没什么窍门，不过是手熟罢了。言下之意，你的箭法，跟我打油一样，就是个熟能生巧的事情。没什么了不起，值得如此得意吗？

盖世无双的箭技，让他说得一钱不值，竟然跟卖油翁打油的技术没有两样，太没面子了，简直是侮辱！但是卖油翁的话又不无道理，陈尧咨真是哭笑不得，只好尴尬地"笑而遣之"。

陈尧咨的自豪自傲，与卖油翁的淡然看待，形成文章的矛盾焦点。最后卖油翁的表演，一下子拉下了神箭手神秘的面纱。原来没什么奥妙可言，不过手熟而已，给陈尧咨翘起的尾巴狠狠地打了一闷棍。

钱思理财 欧阳修

钱思公①生长富贵,而性俭约,闺门用度,为法甚谨,子弟辈非时不能辄取一钱。

公有一珊瑚笔格②,平生尤所珍惜,常置之几案。子弟有欲钱者,辄窃而藏之。公即怅然自失,乃榜于家庭,以钱十千赎之。居一二日,子弟伴为求得以献,公欣然以十千赐之。他日,有欲钱者又窃去,一岁中率五七如此,公终不悟也。

余官西都③,在公幕亲见之,每与同僚叹公之纯德也。

《归田录》

【注释】

①钱思公:即钱惟演,字希圣,谥号思,后改为文僖。北宋大臣,诗人,"西昆体"诗派骨干,博学能文。吴越王钱俶第十四子,从父归宋。官保大军节度使,加同中书门下平章事等。

②笔格:笔架。

③西都:洛阳。

【赏读】

惟演迂得实可爱,能做高官有诗才。日常生活好糊涂,越是俭约越失财。几次受骗浑不知,庭训无方父失职。金钱刺激不可取,教子方法有问题。眼见害了富二代,贵在自立能成才。子孙成长苦中来,坐享其成自败坏。

预浩造斜塔 欧阳修

开宝寺塔在京师①诸塔中最高,而制度勘精,都料匠预浩②所造也。塔初成,望之不正而势倾西北。人怪而问之,浩曰:"京师地平无山,而多西北风,吹之不百年,当正也。"其用心之精盖如此。国朝以来木工,一人而已。

至今木工皆以预都料为法。有《木经》③三卷,今行于世者是也。

《归田录》

【注释】

①京师:指北宋京城开封。

②预浩:五代末至北宋的著名建筑师,擅长建筑宝塔和楼阁。其在开宝寺内建木塔,数十年后毁于雷火。

③《木经》:已佚,后人李诫编撰《营造法式》多取材该书,因之旧《木经》多不用。《梦溪笔谈》对该书有较多介绍。

【赏读】

意大利有比萨斜塔,是由地基变化而成,非工匠有意为之。而开宝寺塔,却是预浩有意为之,世界独有。可惜中国古建筑多为木结构,易毁于水灾、地震、战火等,所以今存者稀。开宝寺木塔也不例外,仅存数十年,即毁于雷火。

不管预浩的故事是真是假,考虑风向有无道理,但因地制宜的原则,综合考虑各种因素的思路是可取的。

养鱼记 欧阳修

折檐①之前有隙地,方四五丈,直对非非堂②。修竹环绕荫映,未尝植物③。因洿④以为池,不方不圆,任其地形;不甃⑤不筑,全其自然。纵锸以浚之,汲井以盈之。湛⑥乎汪洋,晶乎清明。微风而波,无波而平。若星若月,精彩下入。予偃息其上⑦,潜形于毫芒⑧;循漪沿岸,渺然有江湖千里之想。斯足以舒忧隘而娱穷独也。

乃求渔者之罟,市数十鱼,童子养之乎其中。童子以为斗斛之水不能广其容,盖活其小者而弃其大者。怪而问之,且以是对。嗟呼,其童子无乃嚚昏⑨而无识矣乎?予观巨鱼枯涸在旁,不得其所;而群小鱼游戏浅狭之间,有若自足焉。感之而作《养鱼记》。

《欧阳文忠公文集》

【注释】

①折檐:曲廊。

②非非堂:在作者衙厅西侧,其有《非非堂记》。

③植物:种植花草。

④洿(wū):挖成水池。

⑤甃(zhòu):用砖砌。

⑥湛:深。

⑦偃息其上:在池旁休息。偃,仰面躺下。

⑧毫芒：此处指头发胡须。
⑨嚚（yín）昏：愚顽昏聩。

【赏读】

　　院子里方四五丈巴掌大一块地方，居然开辟出一片鱼池。就其形势地貌，随意开掘，不砌不筑。虽弹丸之地一泓水，但也姑且称"汪洋"。微风吹过，起片片涟漪；水波不兴，则星月朗然水底。小小"盆景"，"渺然有江湖千里之想"，舒我心胸，慰我孤寂，映衬出作者任性放达的生活态度。

　　我既没有任鸟飞的天空，也没有任鱼跃的大海，只好在尺幅的小天地里，自得其乐，所以又蕴含着作者的无奈与自嘲。

　　池子太小，容不下大鱼，大鱼干涸死于岸，小鱼悠悠游于水。孩子想法简单，童心纯真。作者世故老成，认为孩子"嚚昏而无识"。"观巨鱼枯涸在旁，不得其所；而群小鱼游戏浅狭之间，有若自足焉。"这是全文的旨意所在。说白了，就是有感于小人得志，君子遭殃而发的感慨。

　　以写景为铺垫，以景寄情而收煞，也是小品文写作手法技巧之一。

题青州山斋 欧阳修

　　吾常喜诵常建①诗云:"竹径通幽处,禅房花木深。②"欲效其语作一联,久不可得,乃知造意者为难工也。晚来青州③,始得出斋宴息,因谓不意平生想见而不能道以言者乃为己有,于是益欲希其仿佛④,竟而莫获一言。

　　夫前人为开其端,而物景又在其目,然不得自称其怀⑤,岂人才有限而不可强?将吾老矣,文思之衰邪?兹为终身之恨尔。熙宁庚戌仲夏月望日⑥题。

《欧阳修集》

【注释】

①常建:唐诗人。其诗多五言,常以山林寺观为题材。有《常建集》。

②"竹径"二句:出自《题破山寺后禅院》,又作:曲径通幽处,禅房花木深。

③青州:今山东青州市。

④希其仿佛:跟他(常建)的差不多。

⑤自称其怀:自己称心如意。

⑥仲夏月望日:仲夏,农历五月。月望日,农历每月十五日。

【赏读】

　　作诗得佳句,可遇不可求。灵感来时,心花怒放,星光灿烂;

灵感去时，心如死灰，灰飞烟灭。浪漫主义的诗人多以灵感创作，现实主义的诗人多以思考创作。浪漫主义作品如野火，现实主义作品似熔炉。"苦吟"者多为现实主义诗人。

灵感之来，如电光石火，稍纵即逝。苏东坡说："作诗火急追亡逋，情景一失永难摹。"灵感往往是"终日觅不得，有时还自来"，"踏破铁鞋无觅处，得来全不费功夫"。以诗人李贺骑马出门，身备锦囊，得了佳句，立刻写下，投入囊中。宋人梅圣俞，有时正和朋友聊天，突然有了佳句，马上退席，写下诗句，放在袋里。唐末诗人周朴，野外遇到一位樵夫，他抓住人家厉声说："我得之矣！"樵夫以为他是精神病，挣脱之后逃脱。巡逻的士兵以为樵夫是小偷，把他抓起来。周朴对士兵解释，是我刚才看见这位樵夫，触发了灵感，得了佳句。故说"得之"。其所得诗是这么两句："子孙何处闲为客，松柏被人伐作薪。"

欧阳修感叹自己一生都没写出"竹径通幽处，禅房花木深"这样的佳句，怀疑是自己才气不够，或者年老文思衰减。以欧阳之才绝不逊于常建，年老迟钝倒有可能，他当时已经六十四岁。但最主要的原因是，他忽略了创作的真谛：刻意强求反不得，真情迸发有佳篇。

伤仲永 王安石①

　　金溪②民方仲永,世隶耕③。仲永生五年,未尝识书具,忽啼求之。父异焉,借旁近与之,即书诗四句,并自为其名。其诗以养父母、收族④为意,传一乡秀才观之。自是,指物作诗立就,其文理皆有可观者。邑人奇之,稍稍宾客其父⑤,或以钱币乞之。父利其然也,日扳⑥仲永环谒⑦于邑人,不使学。

　　余闻之也久。明道⑧中,从先人还家,于舅家见之,十二三矣。令作诗,不能称⑨前时之闻。又七年,还自扬州,复到舅家,问焉。曰:"泯然众人矣。"

　　王子⑩曰:"仲永之通悟,受之天也。其受之天也,贤于材人远矣。卒⑪之为众人,则其受于人⑫者不至也。彼其受之天也,如此其贤也,不受之人,且为众人。今夫不受之天,固众人,又不受之人,得为众人而已耶?"

《临川先生文集》

【注释】

①王安石(1021~1086):字介甫,号半山,曾封荆国公,世称王荆公。卒谥"文",又称王文公。抚州临川(今江西抚州)人。北宋政治家、文学家、思想家。宋仁宗庆历二年(1042)进士。两度拜相,力主政治改革,推行新法,遭保守派反对而两次罢相。其诗文多有揭露时弊、反映社会矛盾之作。散文雄健峭拔,是"唐宋八大家"之一。有《王临川集》等。

②金溪：今属江西。

③隶耕：农业奴隶。此处指农民。

④收族：团结宗族。收，车厢下面的横木，车的其他部件都收束在这里。有"团结"之意。

⑤宾客其父：对他的父亲以宾客之礼相待。

⑥扳：拉。

⑦环谒：四处拜见。

⑧明道：宋仁宗年号。

⑨称（chèn）：相称。

⑩王子：作者自称。

⑪卒：最后，最终。

⑫受于人：与前面说的"受之天"相对。"受之天"指天资、天赋；"受于人"指后天教育，智力开发。

【赏读】

典籍中记载的神童很多，但一直"神"下去、有大成就者并不多。相反一些大有成就的人物，大多不是神童。方仲永一个农家子弟，天资聪颖，犹如一棵茁壮的禾苗，但因没有及时施肥灌溉，而渐渐枯萎。人的天赋只是一个基础，没有后天的教育，就没有可持续性发展的条件，正是"玉不磨砻难作器，人非问学岂成贤"（薛瑄《薛文清公集·示胜子》）。

作者叙述了"神童"衰颓的过程。五六岁时作诗立就，出口成章。十二三岁时，已经名不副实。二十岁左右已经与众人无异。以目睹的真人真事，为他下面的议论作了很好的例证，使其立论更具说服力。

此卖宅者 沈 括①

进②于城北治第③既成,聚族人及宾客落④之,下至土木之工皆与⑤。乃设诸工之席于东庑,群子之席于西庑。人或曰:"诸子安可与工徒齿⑥?"进指诸工曰:"此造宅者。"指诸子曰:"此卖宅者,固宜坐造宅者下也。"进死未几,果为他人所有。

《梦溪笔谈》

【注释】

①沈括(1031~1095):字存中,号梦溪丈人。杭州钱塘(今浙江杭州)人。北宋科学家、政治家。在科学的多个领域都作出了贡献。著有《梦溪笔谈》等。《梦溪笔谈》包括《笔谈》、《补笔谈》、《续笔谈》三部分,涉及天文、地理、物理、农业、医药、文史等诸多领域。

②进:即郭进,宋初名将,屡立战功,受监军诬陷,凌逼自杀。

③治第:建造宅邸。

④落:古代宫室建成后举行的祭祀。

⑤与:参与,参加。

⑥齿:并列。

【赏读】

郭进有眼光,敬重工匠而将其置于儿子之上。古代,东厢房为正,在西厢房之上。他知道创业艰难,守业更难。

宋朱彧在《可谈》里讲到郭进的故事后,又补充了一则故事。

说常州有个官员苏掖,家中富有却很吝啬。买件东西为一文钱跟人争得面红耳赤。还喜欢乘人之危,以小钱买奇货。买别墅的时候,来回讨价还价。儿子在一旁说话了:"大人可增少金,我辈他日卖之,亦得善价也。"老子还健在,别墅还没成交,不肖子就考虑以后卖大价钱了。苏掖比郭进还伤心。

以上故事,可为前人栽树后人乘凉者诫。前人栽树是为后人乘凉,乘凉者也应栽树为后人乘凉,如此栽树——乘凉——栽树——乘凉,子子孙孙无穷匮也,方可持续发展。如果只知乘凉,而不知栽树,则后人无以乘凉……

牡丹花图 沈 括

　　欧阳公尝得一古画牡丹丛，其下有一猫，未知其精粗。丞相正肃吴公①与欧公姻家，一见曰："此正午牡丹也。何以明之？其花披哆②而色燥③，此日中时花也。猫眼黑睛如线，此正午猫眼也。有带露花，则房敛而色泽④。猫眼早暮则睛圆，日渐中狭长，正午则如一线耳。"此亦善求古人笔意也。

《梦溪笔谈》

【注释】

　　①正肃吴公：即吴育，官至参知政事，谥号正肃。
　　②披哆（chǐ）：散开，张开。
　　③燥：干燥无光泽。
　　④房敛而色泽：花朵聚合而色彩鲜艳润泽。

【赏读】

　　牡丹花图中的牡丹、猫都体现了中午的特点，画家观察细致，以大自然为师，一丝不苟。如果是人物画家，就要有丰富的历史文化知识。唐时有一幅南朝梁人画的《梁武帝南郊图》，里面有侍臣乘马。唐人刘子元就指出，唐以前大臣出行都坐车（武将乘马是职务需要而变通），只是到了唐代朝臣陪护皇帝出行才骑马。所以《梁武帝南郊图》这幅画"是后人所为"。另外，唐画家阎立本画的昭君出塞的画，其中有妇人头戴帷帽者，刘子元指出，帷帽始于隋代，汉朝时宫廷里还没有，阎立本犯了常识性的错误。

有好的艺术家,还要有独具慧眼、生活经验丰富、有文化修养的鉴赏家,善于发现其中的奥秘,发掘其美的价值,如正肃吴公、刘子元等。王维画过一幅《雪中芭蕉图》,宋代和尚惠洪有一首《题王维雪中芭蕉图》诗,其中有"雪里芭蕉失寒暑"句,意思是说雪里芭蕉开花与时令不合。明人俞弁引用前人说法:"岭外如曲江,冬大雪中,芭蕉自若,红蕉始开花。始知前辈作画不苟如此。想惠洪未到岭外故也。"俞弁发议论说:"噫,不读天下书,未遍天下路,不要妄下雌黄!观此益信。"

所以一件艺术品,从某种意义上说它是有文化修养的作者和欣赏者共同完成的产物。

王圣美说孟子 沈 括

王圣美①为县令时,尚未知名,谒一达官,值其方与客谈《孟子》,殊不顾圣美,圣美窃哂②其所论。

久之,忽顾圣美曰:"尝读《孟子》否?"圣美对曰:"生平爱之,但都不晓其义。"主人问:"不晓何义?"圣美曰:"从头不晓。"主人曰:"如何从头不晓?试言之。"圣美曰:"'孟子见梁惠王③',已不晓此语。"

达官深讶之,曰:"此有何奥义?"圣美曰:"既云'孟子不见诸侯④',因何见梁惠王?"其人愕然无对。

《梦溪笔谈》

【注释】

①王圣美:名子韶,字圣美。宋神宗时进士,曾得王安石引荐而仕。对文字学有研究。

②窃哂(shěn):暗自讥笑。

③孟子见梁惠王:见《孟子·梁惠王上》。

④孟子不见诸侯:事见《孟子·滕文公下》。

【赏读】

文章恰似一幕戏剧小品。戏剧自始至终,小人物王圣美都是恭敬谦卑,大人物都是装腔作势,自负傲慢。

王圣美来拜见,人家正跟朋友大谈《孟子》,根本不予理睬。

王圣美只好侧耳倾听，可心里暗笑两人都是在胡诌八扯。后来达官跟他搭话，开口就很不客气地考问：读过《孟子》吗？在当时《孟子》是必读书，问这样的问题显然是在侮辱人。王圣美故作无知，说生平喜爱，就是不懂意思。这话让达官心中暗喜，自己刚刚还跟客人讨论《孟子》呢，这不正中下怀吗？卖弄学问的时机到了。于是就问哪里不懂，王圣美进一步说从头都不懂。达官更得意了，说说看怎么不懂。俨然教师爷的架势，要给王圣美补补基础课。王圣美说，第一句话"孟子见梁惠王"就不懂。达官很惊讶，真是不学无术！这有什么深奥的意思，连这都不懂！王圣美的低姿态，让达官的傲慢膨胀到了极点。

  王圣美卖关子卖到这里，看看火候到了，就抛出了杀手锏："既云'孟子不见诸侯'，因何见梁惠王？"

  最后这一冷枪，把一个满肚皮傲气的达官一下子打瘪了。王圣美欲擒故纵，收拳猛击，后发制人，把达官搞懵了。"戏剧小品"以达官张口结舌的尴尬场景而谢幕。

老卒快活 沈 括

梅询①为翰林学士②，一日，书诏颇多，属思③甚苦，操觚④循阶而行。忽见一老卒，卧于日中，欠伸⑤甚适。梅忽叹曰："畅哉！"徐问之曰："汝识字乎？"曰："不识字。"梅曰："更快活也！"

《梦溪笔谈》

【注释】

①梅询：宋代政治家和诗人。
②翰林学士：皇帝的顾问、秘书，负责皇帝的诏书写作。
③属（zhǔ）思：集中精力思考。属，专注。
④操觚（gū）：拿着酒器。
⑤欠伸：打呵欠，伸懒腰。

【赏读】

人的境遇、地位不同，各有各的幸福和苦恼。梅询只看到老卒暖洋洋晒太阳，欠伸自如好舒畅。就像老卒不了解梅询的苦恼一样，他不知道老卒生活的艰辛。所以翰林学士的感慨，是在一个特殊的情境下产生的：自己公务缠身，身心疲累至极，走出室外散心，忽见老卒太阳下怡然自得，无忧无虑，打呵欠，伸懒腰，非常舒畅。与自己拟定一个字、拈断数根须的苦恼，恰成对照。小小场景，触景生情，感慨系之。身为高官贵人，却没有享受阳光的权利，没有欠伸的自由，悲哀啊，谁让你读书识字呢？突然体会到：人生识字忧患始。所以更加羡慕不识字的老卒,叹曰"更快活也"。

比他稍后的苏轼曾经说过:"人皆养子望聪明,我被聪明误一生。惟愿孩儿愚且鲁,无灾无难到公卿。"大概说出了他这时的心声。

如果换了场景:冬夜闲暇无事,围炉夜话;或者,诏书得皇帝夸奖,沾沾自喜,翰林学士可能就不会羡慕老卒了。

郗愔父子① 苏 轼②

郗超虽为桓温③腹心,以其父愔忠于王室,不知之。将死,出一箱,付门生曰:"本欲焚之,恐公年尊,必以相伤为毙④。我死后,公若大损眠食,可呈此箱。不尔,便焚之。"

愔后果哀悼成疾,门生依旨呈此,则悉与温往返密计⑤。愔大怒曰:"小子死晚矣!"更不复哭,若方回者,可谓忠臣矣!当与石碏⑥比,然超谓之不孝可乎?使超知君子之孝,则不从温矣。东坡先生曰:超小人之孝也。⑦

《东坡志林》

【注释】

①郗愔(yīn):王羲之妻弟。善书法。东晋时历文武显职。他反对桓温废立的行为,和儿子郗超立场相反。郗超参与了桓温废掉废帝司马奕,立简文帝司马昱的密谋。一时谢安等都畏其权势。

②苏轼(1037~1101):字子瞻,号东坡居士,眉山(今属四川)人。北宋大文学家、书画家。与父苏洵、弟苏辙并称"三苏",都名列"唐宋八大家"。在词的创作上是豪放派的奠定者。书法与蔡襄、黄庭坚、米芾并称"宋四家"。因反对王安石变法,被贬到黄州。哲宗时任翰林学士,出知杭州等地。官至礼部尚书。后又贬至惠州、儋州。

③桓温:东晋明帝女婿。任荆州刺史,握长江上游兵权,屡立战功,曾收复洛阳。太和六年(371)废掉废帝司马奕,而拥戴简文帝司马昱,专擅朝政。

④毙：倒下。

⑤往返密计：郗超和桓温密谋废立来回交换的信函、情报。

⑥石碏（què）：春秋时卫国大夫。卫桓公被公子州吁杀死，其子石厚参与其事。他把州吁、儿子诱到陈国，让陈人将二人杀死。

⑦"使超知"四句：郗超参与了桓温废立的事，当时认为是违背了"君子之孝"。郗超死后担心父亲过度悲痛，又把密谋废立的事告诉了父亲，让父亲痛恨自己而减少些悲痛。所以苏轼说郗超的做法只是"小人之孝"。

【赏读】

郗超参与桓温废立的密谋，让合法继承的皇帝下台，谓之不忠；让父母背上背叛皇帝的罪名，陷双亲于不义，谓之不孝。要成就君子之孝，就要忠于王室，得以忠孝两全。

郗超死前嘱托把他和桓温往来的密谋材料交给父亲，是要父亲恨他而节哀保重。从这个角度看，他是孝的，但只是"小人之孝"。

在尺幅之间，写出了郗超复杂人格的两面性；写出了郗愔开始丧子的悲痛，而知道其密谋后的愤怒，其爱憎分明，忠义之心可见。

全文夹叙夹议，以一箱子为线索贯穿全篇，忠孝主旨一以贯之。叙述故事中忠孝之论自然彰显。

文与可①画筼筜谷偃竹②记 苏 轼

竹之始生，一寸之萌耳，而节叶具焉。自蜩腹蛇蚹③以至于剑拔十寻④者，生而有之也。今画者乃节节而为之，叶叶而累之，岂复有竹乎！故画竹必先得成竹于胸中，执笔熟视，乃见其所欲画者，急起从之，振笔直遂，以追其所见，如兔起鹘落⑤，少纵则逝矣。

与可之教予如此。予不能然也，而心识其所以然。夫既心识其所以然而不能然者，内外不一，心手不相应，不学之过也。故凡有见于中而操之不熟者，平居自视了然⑥，而临事忽焉丧之，岂独竹乎？

子由为《墨竹赋》以遗⑦与可，曰："庖丁，解牛者也，而养生者取之；轮扁，斫轮者⑧也，而读书者与之⑨。今夫夫子之托于斯竹也，而予以为有道⑩者，则非邪？"子由未尝画也，故得其意⑪而已；若予者，岂独得其意，并得其法。

与可画竹，初不自贵重，四方之人持缣素而请者，足相蹑于其门。与可厌之，投诸地而骂曰："吾将以为袜！"士大夫传之，以为口实⑫。

及与可自洋州⑬还，而余为徐州⑭。与可以书遗余曰："近语士大夫：'吾墨竹一派，近在彭城，可往求之。'袜材当萃⑮于子矣。"书尾复写一诗，其略云："拟将一段鹅溪绢⑯，扫取寒梢⑰万尺长。"予谓与可："竹长万尺，当用绢二百五十匹，知公倦于笔砚，愿得此绢而已。"与可无以答，则曰："吾言妄矣！世岂有万尺竹哉？"余因而实⑱之，答其诗曰："世间亦有千寻竹，月落庭空影许长。"与可笑曰："苏子辩⑲矣，然二百五十匹绢，吾将买田而归老焉。"因以所画《筼筜谷偃竹》遗予，曰："此竹数尺耳，而有万尺之势。"

筼筜谷在洋州，与可尝令予作《洋州三十咏》，《筼筜谷》其一也。予诗云："汉川修竹贱如蓬，斤斧何曾赦⑳箨龙㉑。料得清贫馋太守，渭滨千亩在胸中。"与可是日与其妻游谷中，烧笋晚食，发函得诗，失笑喷饭满案。

元丰二年正月二十日，与可没㉒于陈州㉓。是岁七月七日，予在湖州㉔曝书画，见此竹，废卷而哭失声。昔曹孟德祭桥公文㉕有"车过腹痛"之语；而予亦载与可畴昔戏笑之言者，以见与可于予亲厚无间如此也。

《苏东坡集》

【注释】

①文与可：名文同，字与可，自号笑笑先生，人称石室先生。北宋著名画家，尤善画墨竹。是苏轼的表兄和挚友。

②筼筜（yún dāng）谷偃竹：筼筜谷，在洋州。筼筜，一种竹子名。偃竹，迎风倾斜的竹子。

③蜩（tiáo）腹蛇蚹（fù）：蜩，即蝉，蜩腹，即蝉翼。蛇蚹，即蛇腹下的横鳞。说竹子初生笋皮薄而层密，渐生渐长，笋皮如蝉、蛇之蜕皮。

④寻：八尺为一寻。

⑤兔起鹘（hú）落：兔子刚刚跃起，隼就猛扑下来。鹘，隼，

类似鹰的猛禽。多比喻写作、绘画时，文思敏捷，捕捉题材准确，下笔迅速。

⑥平居自视了然：平时自以为很明白。

⑦遗（wèi）：赠送。

⑧轮扁，斫（zhuó）轮者：轮扁，齐桓公造车轮的工匠名扁。扁问桓公读的什么书。回答：圣人书。问圣人还活着吗？答：死了。轮扁说：我造车轮的技术，是得心应手，不可言传，心中有数。我没有办法传授给儿子，儿子也无法继承，全在个人经验的积累。圣人已死，真正的精华是不可能传承的，所以你读的圣人书，都是糟粕。故事出自《庄子·天道》。

⑨与之：同意他的意见。

⑩道：修养。

⑪意：道理，理论。

⑫口实：可以借题发挥的话题。

⑬洋州：今陕西洋县。

⑭徐州：今江苏铜山。当时苏轼是徐州知州。

⑮萃：集中，聚集。

⑯鹅溪绢：鹅溪在今四川盐亭县，以产绢闻名。

⑰扫取寒梢：用笔画竹。寒梢，竹梢。

⑱实：证实。

⑲辩：能说会道。

⑳赦：赦免，此处意谓"放过"。

㉑箨（tuò）龙：竹笋。

㉒没（mò）：同"殁"，死。

㉓陈州：今河南淮阳。文与可赴湖州任知州途中病死于陈州宛丘驿。

㉔湖州：今属浙江。文与可死后，苏轼继任湖州知州。

㉕曹孟德祭桥公文：事见《三国志·魏志·武帝纪》。曹操年轻时，不为世人所重。唯受桥玄器重。建安七年（202），曹操到睢阳（今河南商丘）治水，祭祀桥玄，祭文说：二人生前有约，桥死后，曹操路过他的陵墓，如果不用一杯酒一只鸡祭他，"车过三步，腹痛无怪"。曹操说："虽临时戏笑之言，非至亲之笃好，胡肯为此辞乎？"

【赏读】

　　苏轼这篇文章，说画不在画，意在言外。杂以人事往还，书信应答，尽显以画会友，以文会友，彼此融融亲情。文章娓娓道来，如叙家常，言淡而情深。

　　追记往事，与文与可画竹得绢及万丈竹的玩笑，文与可夫妇食竹喷饭的故事，生前身后事，言之如在目前，重现往日情景，备感温馨。而今物是人非，叙述间隐含淡淡哀愁。苏轼文章本意：记往日之事，寄今日之情。

　　无怪乎作者晒画时，见与可旧作，而痛哭失声。此前种种，皆为此一哭之作铺垫也。

鸟雀近人 苏 轼

吾昔少年时,所居书室前,有竹柏杂花,丛生满庭,众鸟巢其上。武阳君①恶杀生,儿童婢仆皆不得捕取。鸟雀数年间,皆巢于低枝,其鷇②可俯而窥也。又有桐花凤③四五,日翔集其间。此鸟羽毛至为珍异难见,而能驯扰④,殊不畏人,闾里间见之,以为异事。此无他,不忮⑤之诚,信⑥于异类也。

有野老言:"鸟雀去人太远,则其子有蛇鼠狐狸鸱鸢⑦之忧。人既不杀,则自近人者,欲免此害也。"由是观之,异时鸟鹊不敢近人者,以人为甚于蛇鼠之类也。苛政猛于虎⑧,信哉。

《东坡志林》

【注释】

①武阳君:苏轼母亲程氏,武阳君是封号。

②鷇(kòu):初生的小鸟。

③桐花凤:鸟名,又名幺凤,据说身有五色。

④驯扰:驯服,驯养。

⑤忮(zhì):违背。

⑥信:取信。

⑦鸱鸢(chī yuān):鹞鹰和老鹰。

⑧苛政猛于虎:孔子的话,出自《礼记·檀弓下》。意谓横征暴敛的政治比老虎还厉害。

【赏读】

　　天地混沌之初，飞禽走兽，形成自然的生物链，此消彼长，互相制约，平衡发展。除气候变化原因外，一个物种很难消亡。自从人类参与其中，以其所谓的智慧，肆行杀戮。这个进化者斩断了自然和谐的生物链，大自然失去了平衡。所以苏轼说：人的行为比蛇、鼠、狐、狸、鸱、鸢对鸟类的伤害还要厉害。

　　按照"野老"的说法，小鸟依人，是为了远避蛇、鼠、狐、狸、鸱、鸢的伤害。只要人不伤害它，它就会近人而居。苏轼家鸟雀所以敢在低枝筑巢，就是因为他母亲不愿杀生，也不许儿童奴仆捕捉鸟雀，形成了鸟雀生存的良好环境。从广场鸽就可以得到验证。人们爱护它，它就会飞到你手上、身上；如果伤害事件屡有发生，鸽子就会越来越少。所以这是一篇很有现实意义的小品。

苏轼别妻 苏 轼

昔年过洛,见李公简,言真宗①既东封,访天下隐者,得杞②人杨朴③,能为诗。召对,自言不能。上问:"临行有人作诗送卿否?"朴曰:"唯臣妻有一首云:'更休落魄耽杯酒,且莫猖狂爱咏诗。今日捉将官里去,这回断送老头皮。'"上大笑,放还山。

余在湖州④,坐作诗追赴诏狱⑤,妻子送余出门,皆哭,无一语之。顾谓妻曰:"独不能如杨处士⑥妻,作一诗送我乎?"妻子不觉失笑,余乃出。

《东坡志林》

【注释】

①真宗:北宋皇帝赵恒。他处于宋经济发展上升期,是宋较为安定的治世。但在与辽战争中,畏敌媾和,每年向辽贡钱以求苟安。后又假造天书,热衷于封禅泰山,粉饰太平,广建宫观,劳民伤财。"东封"即指此事。

②杞:今河南杞县。

③杨朴:自称东里遗民。北宋布衣诗人。终生隐居。曾入嵩山穷绝处,构思诗歌百余篇。士人学子多有传诵。

④湖州:今属浙江。

⑤坐作诗追赴诏狱:北宋监察御史舒亶、御史中丞李定等人,举出苏轼的《杭州纪事诗》作为证据,说他"玩弄朝廷,讥嘲国家

大事",更从他的其他诗文中找出个别句子,断章取义地给予定罪,将苏轼送御史台监狱。因御史台又叫乌台,所以这件案子就叫"乌台诗案"。

⑥处士:古时称有才德而隐居不仕的人,此即杨朴。

【赏读】

由此文可窥见苏轼荣辱不惊的豁达,也含有苦中作乐的自我嘲讽。既来之则安之,哭有何用?

苏轼内心极苦,而故作强颜欢笑者,以此安慰妻子,让妻子破涕为笑,减些压力,足见苏轼对妻子的关心爱护之深。

戴嵩画牛 苏 轼

　　蜀中有杜处士,好书画,所宝①以百数。有戴嵩②牛一幅,尤所爱,锦囊玉轴,常以自随。

　　一日曝书画,有一牧童见之,拊掌大笑曰:"此画斗牛也?牛斗力在角,尾搐③入两股间。今乃掉④尾而斗,谬矣。"处士笑而然之。

　　古语云:"耕当问奴,织当问婢⑤。"不可改也。

《东坡志林》

【注释】

①宝:珍藏有价值者。

②戴嵩:唐画家,擅画田园、川原景色。画水牛尤为著名,与韩幹画马,并称"韩马戴牛"。

③搐:收缩,此处是"夹"的意思。

④掉:摇动,摆动。

⑤耕当问奴,织当问婢:意思是种地的事要问男仆,纺织的事要问女仆,总之要请教内行。语出《宋书·沈庆之传》:"治国譬如治家,耕当问奴,织当访婢。陛下今欲伐国,而与白面书生辈谋之,事何由济!"

【赏读】

　　杜处士好书画,有价值的藏品上百件,其中最喜欢的是一幅斗牛图，而且是以画牛著称的大画家戴嵩的手笔。这幅画他锦囊玉轴地装裱保护着，经常随身携带。

可是，这幅名画却被一个牧童看了一眼，就发现了破绽，受到了嘲笑。因为牧童天天与牛打交道，他对牛了解得更确切，而画家以及那些所谓的鉴赏家却是无知的，因为他们可能根本没亲眼见过斗牛。地位有高低，人各有短长，所以才要"耕当问奴，织当问婢"。

话又说回来，戴嵩的斗牛图，可能不符合生活实际。但是艺术创作不是克隆生活。它有画家个人感情的投入，有观察现实的特殊视角，有艺术内在的创作规律，是对现实的再创造。如果都按牧童的标准去要求，那么毕加索的画就要付之一炬了。

艺术作品不能胶柱鼓瑟。宋人王祈对苏轼说他有一首《竹诗》，其中有两句最为得意："叶垂千口剑，干耸万条枪。"苏轼说："好则极好，则是十条竹竿，一个叶也。"诗不是数学课本，不是植物学，当然不能这样要求，苏轼只是开了一个玩笑而已。

戴嵩的斗牛图，如果都按照真实情况来画，两只牛夹着尾巴相抵，那么那种奋猛搏斗的力度和气势也就荡然无存了。符合了自然的真实，丧失了艺术的真实，斗牛图就是一张"照片"。

榜下择婿 彭 乘①

今人于榜下择婿,号"脔婿"。其语盖本诸袁崧②,尤无义理。其间或有意不愿,而为贵势豪族拥逼不得辞者。

有一新后辈少年,有风姿,为贵族之有势力者所慕,命十数仆拥致其第③。少年欣然而行,略不辞避。

既至,观者如堵④。须臾有衣金紫者出,曰:"某惟一女,亦不至丑陋,愿配君子可乎?"少年鞠躬谢曰:"寒微得托迹高门,固幸。将更归家,试与妻子商量,看如何?"众皆大笑而散。

《墨客挥犀》

【注释】

①彭乘:生卒年不详,北宋筠州高安(今属江西)人,仕至中书检正。能诗,与黄庭坚相唱和。著有《墨客挥犀》十卷,续十卷,于宋代遗闻轶事以及诗话文评征引颇为详尽广博。

②袁崧:一作袁山松。东晋人。曾任吴郡太守。少有才名,博学能文,善音乐。

③第:古代官员居住的住宅,府第。

④堵:墙。

【赏读】

古代小说中不乏这样的故事:公子、小姐订婚。公子落难,家道衰落。小姐父母悔亲,小姐坚持。日后公子科举高中,终成眷属。

必须先"金榜题名时",然后才能"洞房花烛夜"。这位权贵倒好,不用提心吊胆未来女婿的科考、功名,到榜下找一个现成的金榜题名的金龟婿,走了捷径,省了多少心。不管女儿怎样想,只要自己能攀上新贵,可以不管手段多卑鄙。

　　一位少年新进,被一位有权势的贵族拉去强成亲,他却"欣然而行",这位新贵真够势利眼的。到了以后,权贵提出要把女儿许配给他。少年鞠躬感谢,受宠若惊,说:我这样一个出身寒微的人,能托身高门,确实非常荣幸。看到这里,人们真要骂他无耻了。可是最后一句:这事我要回家跟妻子商量商量,你看怎么样?真是画龙点睛之笔,让人忍俊不禁。前者"欣然而行",鞠躬致谢,攀高门感荣幸都是为"待发"最后一句话而"蓄势"。

　　少年到权贵家时,引起人们的极大兴趣,所以"观者如堵"。少年说了最后一句话后,"众皆大笑而散"。前后照应。权贵在众人面前丢尽脸面,聪明反被聪明误,哑巴吃黄连——有苦说不出。

赦 盗 王谠①

高祖②时,严甘罗,武功③人。剽劫,为吏所拘。上谓曰:"汝何为作贼?"对曰:"饥寒交切,所以为盗。"上曰:"吾为汝君,使汝穷之,吾之罪也"。赦之。

《唐语林》

【注释】

①王谠(dǎng):生卒年不详。字正甫,北宋长安(今陕西西安)人。哲宗元祐四年(1089)任国子监丞,官至少府监丞。著有《唐语林》八卷。根据唐五代小说杂记,分类编纂而成。记述以人物言论为主,旁及政治史迹、名物制度、宫廷杂事、民间习俗,所纪典章故实,嘉言懿行,多与正史相发明,是研究唐史的重要典籍。

②高祖:即唐高祖李渊。

③武功:在今陕西眉县境内。

【赏读】

按常理,盗贼作案,罪责自负,与皇帝何干?李渊英明之处就在于能溯本求源,看到盗之所以为盗的更深层次的原因,"吾为汝君,使汝穷之,吾之罪也"。这话说得在理,比那些危急时刻为了缓和矛盾言不由衷的"罪己诏",说得诚恳、实在,很难得。

如果上边都能像李渊那样体恤下情,下边地方官都能像韦应物说的"邑有流亡愧俸钱"那样勇于自责,何患不天下大治、国泰民安。

方竹①杖 张表臣②

李卫公③镇南徐④,甘露寺⑤僧有戒行,公赠以方竹杖,出大宛国⑥,盖公所宝也。

及公再来,问:"杖无恙否?"僧欣然曰:"已规⑦圆而漆之矣。"公嗟惋弥日。

《珊瑚钩诗话》

【注释】

①方竹:也叫"四方竹"。竿呈钝圆角的四棱形。我国华东、华南均有栽培。竿可作造纸原料及制作手杖。笋可食,竹可赏。

②张表臣:字正民,生卒年里不详,约北宋末前后在世。官右承议郎,通判常州军州事。绍兴中,终于司农丞。著有《珊瑚钩诗话》三卷。其书虽以诗话为名,然多及他文,间涉杂事,不尽论诗之语。

③李卫公:即李靖。唐初军事家。高祖时任行军总管、岭南道抚慰大使。太宗时历任兵部尚书、尚书右仆射等职。

④南徐:古州名。治所在京口(今江苏镇江)。

⑤甘露寺:在江苏省镇江市北固山上。三国吴时始建。相传建寺时适降甘露,故名。后屡毁屡建。

⑥大宛(yuān)国:古西域国名。西汉时受西域都护府管辖。

⑦规:校正圆形的工具。此处作动词,以规使圆。

【赏读】

方竹少见,物以稀为贵;又来自大宛国,交通不便,很难得;

且李靖非常珍爱。作者从三个方面强调其价值，说明物件珍贵，李靖不会轻易赠人。因为看到甘露寺的僧人"有戒行"，才割爱相赠。结果被"规圆而漆之"。

在僧人心目中，方竹杖恐怕还不如一支普通的竹竿儿，碍于是贵人所送，不好不接受，于是就勉强保存。"已规圆而漆之矣。"僧人这句话，似乎还带有几分得意，对李靖表示，你看我对您的赠物多么重视，不但搞圆了，而且上了漆。真是愚蠢得可爱，让人哭笑不得。

李靖犯了一个错误，"有戒行"的和尚，不一定有文化修养，不一定有雅趣。焚琴煮鹤，没有文化修养的和尚没有把方竹杖当拨火棍用就算不错了。

把甲骨文片当中药卖，把圆明园的石雕拿来砌猪圈，农民起义军把孔府当马厩被作为"英雄事迹"来宣扬，拆掉旧城墙旧建筑而冠以发展之名，不都是"方竹杖"的悲剧吗？

食肉有智 佚 名

艾子①之邻，皆齐之鄙人也。闻一人相谓曰："吾与齐之公卿，皆人而禀三才之灵②者，何彼有智而我无智？"一曰："彼日食肉，所以有智；我平日食粗粝，故少智也。"其问者曰："吾适有粜粟钱数千，姑与汝日食肉试之。"

数日，复又闻彼二人相谓曰："吾自食肉后，心识明达，触事有智，不徒有智，又能穷理③。"其一曰："吾观人脚面，前出甚便。若后出，岂不为继来者所践？"其一曰："吾亦见人鼻窍，向下甚利。若向上，岂不为天雨注之乎？"二人相称其智。

艾子叹曰："肉食者，其智若此。"

《艾子杂说》

【注释】

①艾子：假托的战国时的一位滑稽人物。其书《艾子杂说》托名苏轼撰。

②三才之灵：天、地、人三才的灵秀之气。

③穷理：彻底探究事物的道理。穷，彻底（追究）。

【赏读】

把人人皆知的最简单的道理，当做最重大的发现而向人炫耀，说者一本正经，听者都感到难为情，无言以对，讽刺极其辛辣。"肉食者，其智若此。"

鬼怕恶人 佚 名

艾子行水，途见一庙，矮小而装饰甚严①。前有一小沟，有人行至水，不可涉。顾②庙中，而辄取大王像横于沟上，履③之而去。

复有一人至，见之，再三叹之曰："神像直有如此亵慢！"乃自扶起，以衣拂拭，捧至坐上，再拜而去。

须臾，艾子闻庙中小鬼曰："大王居此为神，享里人祭祀，反为愚民之辱，何不施祸以谴之？"王曰："然则祸当行于后来者。"小鬼又曰："前人以履大王，辱莫甚焉，而不行祸；后来之人敬大王者，反祸之，何也？"王曰："前人已不信矣，又安祸之！"

艾子曰："真是鬼怕恶人也！"

《艾子杂说》

【注释】

①严：严密细致，一丝不苟。

②顾：回头看。

③履：鞋子。此处作动词，意谓踩踏。

【赏读】

苍天在上，恶有恶报，善有善报，人们笃信之公理。小鬼也这样看，没想到，神像却要惩罚善人。

神像说出了他的理由,仔细一想不无道理:无神论者,鬼神惩罚他,他也意识不到,认为只不过是生老病死的常态,所以鬼神无所施其技,没法让他进贡;迷信鬼神者,整日心存恐惧,有点头疼脑热,也会联系到鬼神惩处,连忙许愿,上酒献肉,所以在这些人身上要大显威风,如此,则吃喝无虞。

鬼魅世界的"鬼"情世故、惩戒规则,正是人间人情世故、法律制度的翻版。自孟子老先生开始,就有过戒条:"为政不难,不得罪于巨室。巨室之所慕,一国慕之;一国之所慕,天下慕之。"巨室影响大,势力大,得罪不得。神像实践了孟子的箴言,或者说是英雄所见略同:人、神都害怕恶人。故事发人深省,耐人寻味。

月夜泛舟 叶梦得①

　　癸卯七月十二日夜，天气稍凉，月色如霜雪。余寓居溪堂，当苕、霅②两溪之会。适自山中还，葛鲁卿③亟相过，因同泛舟。掠白苹亭，度甘棠桥，至鱼乐亭。少留步而叩门，呼莫彦平④，尚未寝。天无片云，夜气澄彻，星斗烂然。俯仰上下，微风时至，毛发森动。

　　莫居三面临水，为城中居地之胜。夹径老柳参天百余尺，环以莲荡。人行柳影荷气中，时闻跳鱼泼剌水上。复拉彦平刺舟逆水而上。月正午，徐行抵南郭门而还。鲁卿得华亭⑤客饷白酒，色如浑⑥乳，持以饮我。旋呼兵以小舟吹笛相尾，道傍居人闻笛声，亦有起而相应者。酒尽抵岸，已四鼓矣。

《玉涧杂书》

【注释】

　　①叶梦得（1077～1148）：字少蕴，号石林，吴县（今江苏苏州）人。宋代词人。绍圣四年（1097）登进士第，历任翰林学士、户部尚书等职。晚年隐居湖州弁山玲珑山石林，著有《石林居士建康集》、《石林燕语》、《石林词》、《石林诗话》等。其所撰《玉涧杂书》唯陶宗仪《说郛》存一卷十七条。

　　②苕、霅（zhà）：湖州有西苕溪、东苕溪，于湖州会合而为霅溪。

　　③葛鲁卿：名胜仲，字鲁卿。宋代词人。两次知湖州。与叶梦

得为友,词风亦相近。有《丹阳词》。

④莫彦平:叶梦得友。

⑤华亭:古地名,在今浙江嘉兴境内。

⑥湩(dòng):乳汁。

【赏读】

月色如霜,天无片云,星光灿烂,微风时至,凉爽宜人,高柳莲塘,月夜景色何等美好;跳鱼泼剌,笛声悠扬,月夜清音如此悦耳;荷香阵阵,酒香诱人,月夜清香醉人。

秋江花月夜,人在画中行,舒心惬意。

遗憾的是吹笛者不是叶、葛、莫三友。葛鲁卿两次知湖州,这次夜游,大概是葛鲁卿动用了自己的权力,"旋呼兵以小舟吹笛相尾",笛子吹得再好,几位兵丁在后面跟着,确实大煞风景。月夜游湖,一沾染上官气的排场,文人墨客的悠闲雅致就大打折扣了。

半日闲　周紫芝①

有数贵人遇休沐②,携歌舞燕③僧舍者,酒酣,诵前人诗:"因过竹院逢僧话,又得浮生半日闲。④"僧闻而笑之。贵人问师何笑,僧曰:"尊官得半日闲,老僧却忙了三日。"谓一日供帐,一日燕集,一日扫除也。

《竹坡诗话》

【注释】

①周紫芝(1082~1155):字少隐,号竹坡居士,宣城(今属安徽)人。南宋文学家。有《太仓稊米集》、《竹坡词》、《竹坡诗话》。其诗无典故堆砌,自然顺畅。词风格近于其诗,清丽婉曲,无刻意雕琢之痕。

②休沐:休息沐浴,古代官吏的例假。

③燕:通"宴",宴饮。

④"因过"二句:唐人李涉诗《题鹤林寺僧舍》:"终日昏昏醉梦间,忽闻春尽强登山。因过竹院逢僧话,又(一作偷)得浮生半日闲。"寺在镇江。

【赏读】

人所处地位不同,同样一件事,感受就大不相同。贵人公务繁忙,休假放松放松,倒也应该。可是他的放松,却是建立在僧人的紧张忙碌之上的。

贵人们一无所知,正陶醉于半日闲的幸福之中,和尚却道出了真相，让贵人们下不了台。李涉诗应戏改为："终日昏昏醉梦间，忽闻春尽强登山。因过竹院逢僧话，却让众僧忙三天。"

这种"半日闲"还是小事一桩，帝王"多日闲"的巡游，可就非同小可了。帝王泰山封禅、杨广下江南、乾隆南巡，他们游山逛水，都要兴师动众。拿乾隆南巡来说，修御道，建行宫，供吃喝，迎圣驾，沿途百姓受尽拆房子、平祖坟及各种劳役之苦。晚年乾隆总算觉悟了，说："六次南巡，劳民伤财，作无益而害有益。"并告诫子孙不可再潇洒走一回。

监司和杜甫诗 周紫芝

夔①峡道中,昔有杜少陵②题诗一首,以"天"字为韵,榜之梁间,自唐至今,无敢作诗者。

有一监司③过而见之,辄和少陵韵,大书其侧,后有人嘲之云:"想君吟咏挥毫日,四顾无人胆似天。"过者无不笑之。

《竹坡诗话》

【注释】

①夔(kuí)峡:即瞿塘峡。

②杜少陵:即杜甫。因自称"少陵野老",故人称"杜少陵"。

③监司:监察州县的地方长官的简称。

【赏读】

监司敢于和诗圣的诗,而且"大书其侧",不因名人的耀眼光环而却步,勇气可嘉。不论诗歌写得如何,这种"胆似天"的气概值得肯定发扬。正是有了这些"胆似天"的后来者,中国的诗词歌赋,才不会因为有了屈原、李白、杜甫、苏轼等大家而文脉中断,才会出现"江山代有才人出,各领风骚数百年"的局面。

那位讽刺监司的人,自己在权威面前吓破了胆,而且还不准别人挑战。"过者无不笑之"的应该是这位在伟人面前直不起腰来的人。

县尉上书裁宫人 朱 弁①

淳化②中,有一县尉上言,乞减宫人。太宗③谕宰执曰:"小官敢论宫禁之事,亦可嘉也。但内庭给事④二百人,各有执事,而洒扫亦在其中。若行减省,事或不济⑤。盖疏远之人所未谙耳。"

宰执欲以妄言置法⑥,太宗曰:"以言事罪人,后世其谓我何⑦?"宰相皆惭服。

《曲洧旧闻》

【注释】

①朱弁(1085~1144):字少章,号观如居士。婺源(今属江西)人,南宋文学家。朱熹叔祖,太学生出身。建炎初擢为通问副使赴金,为金所拘,不肯屈服,扣留十六年后放归。留金期间写下了不少怀念故国的诗作,深切婉转。有《曲洧旧闻》、《风月堂诗话》等。笔记《曲洧旧闻》十卷,在金被囚时作。多追述北宋遗事,还有诗文考评及神怪谐谑之谈。

②淳化:宋太宗赵光义年号。

③太宗:北宋皇帝。原名匡义,后改光义。

④给事:勤杂役使(人员)。

⑤事或不济:有的事就不好办了。

⑥妄言置法:因胡言乱语而以法处置。

⑦后世其谓我何:将来人会怎样评论我呢?

【赏读】

不在其位，不谋其政，一个芝麻官，居然要求裁减宫人，敢在太岁头上动土，这不是往枪口上撞吗？确实有胆量，有忧国之心。

幸亏遇上一位开明君主，能体谅下情，不但不予治罪，反倒赞扬有加，要广开言路。宰相好像要振朝纲，讨好皇帝拍马屁，建议以"妄言置法"，没想到碰了一鼻子灰。

皇帝反对"以言事罪人"，确实有点超前意识。如果臣子敢上书言事，皇上能从善如流，太平盛世指日可待。

韩生储月光 蔡 绦①

　　铁城有寓士②成君相如，酷喜道家流事。吾问之："子有所睹耶？何迷而不复乎？"成君曰："有也。我以少年时未识好恶，顷在桂林与一韩生者游。韩生嗜酒，自云有道术，初不大听重之也。

　　"一日相别，有自桂过昭平③，同行者二人，俱止桂林郊外僧之伽蓝④。而韩生亦来，夜不睡，自抱一篮，持匏杓出就庭下。众共往视之，即见以杓酌取月光，作倾泻入篮状。争戏之曰：'子何为乎？'韩生曰：'今夕月色难得，我惧他夕风雨，倪⑤夜黑，留此待缓急尔。'众笑焉。明日取视之，则空篮弊杓如故，众益哂其妄。

　　"及舟行至昭平，共坐江亭上，各命仆厮办治肴膳，多市酒期醉。适会天大风，俄日暮，风益急，灯烛不得张，坐上墨黑，不辨眉目矣。

　　"众大闷，一客忽念前夕事，戏嬲⑥韩生者：'子所贮月光今安在？宁可用乎？'韩生为抚掌而对曰：'我几忘之。微子不克发我意⑦。'即狼狈走，从舟中取篮杓而一挥，则月光瞭焉，见于梁栋间。如是连数十挥，一坐遂尽如秋天夜晴，月色潋滟，则秋毫皆得睹，众乃大呼，痛饮达四鼓。

　　"韩生者又杓取而收之篮，夜乃黑如故。始知韩生果异人也。"

《铁围山丛谈》

【注释】

①蔡绦：生卒年不详。字约之，号百衲居士，别号无为子。宋仙游（今属福建）人。蔡京次子。著有《西清诗话》、《北征纪实》、《铁围山丛谈》等。白州境内有铁围山，在兴业县（今属广西）南，古称铁城，《铁围山丛谈》书名由此而来。其中记所目睹，皆较他书为详，有史料价值，且颇具文采。

②寓士：寄居的人。

③桂：桂林，今属广西。昭平：今属广西。

④伽蓝：佛寺。

⑤傥：同"倘"。

⑥戏嬲（niǎo）：戏弄。

⑦微子不克发我意：只有你才能提醒我。微，非，不是；克，能够。发，启发，提醒。

【赏读】

月圆之时，银光泻地，如同白昼，充斥宇宙，多有浪费；无月之夜，漆黑一片，急需光照却无光。资源配置不当，何不损有余而补不足？韩生储存月光，解决了这一矛盾。

如何储存？常说"月华如水"，人们爱用水比喻月光。于是就用上了勺子，舀月光入篮。果然在风高月黑之夜，灯烛不能点燃，储存的月光派上了用场。泼了几勺月光，屋里"如秋天夜晴，月色潋滟，则秋毫皆得睹"，后来又收了月光，结果夜黑如故。

光可贮藏，光可释放，奇思妙想，令人叫绝，韩生可谓利用自然光能之先驱。幻想是科学发明的先导，今之太阳能产品不就是韩生幻想的实现吗？怎么不见以"韩生"冠名者？遗憾！

幼卿浪淘沙词 吴 曾①

宣和②间,有题于陕府驿壁者云:"幼卿少与表兄同砚席③,雅有文字之好④。未笄⑤,兄欲缔姻,父母以兄未禄,难其请,遂适武弁。

"明年兄登甲科⑥,职教⑦洮房⑧,而良人⑨统兵陕右⑩,相与邂逅于此。

"兄鞭马略不相顾,岂前憾⑪未平耶。因作《浪淘沙》⑫以寄情云:'目送楚云空,前事无踪,漫留遗恨锁眉峰。自是荷花开较晚,孤负东风。⑬客馆叹飘蓬,聚散匆匆,扬鞭那忍骤花骢⑭。望断斜阳人不见,满袖啼红。'"

《能改斋漫录》

【注释】

①吴曾:生卒年不详,字虎臣,崇仁(今属江西)人。南宋文学家。识见广博,擅长文史。曾任工部郎中。有笔记《能改斋漫录》十八卷,按内容分类,保存了唐宋的一些文学史料。因依附秦桧,故有美化秦桧之处。

②宣和:宋徽宗年号。

③同砚席:一块学习。

④雅有文字之好:深有文章交往的友好关系。雅,很,极。

⑤笄(jī):女子的成人礼,女子十五岁而笄,头发盘起来插上笄。笄,古代束发用的簪子。

⑥甲科：当时科举考试分甲科、乙科。也就是考上了进士。

⑦职教：掌管用经术教导诸生及课试之事。

⑧洮房：洮州负责教育科考的单位。洮，即洮州，治所在美相（今甘肃临潭）。房，官署单位名。

⑨良人：丈夫。

⑩右：古时西方称右，故陕右即陕西。

⑪憾：怨恨。

⑫《浪淘沙》：词牌名。

⑬"自是"二句：大意谓自是荷花开得较晚，辜负了春风的一片情意。孤负，同辜负。言外之意，两人错过了姻缘。

⑭"聚散匆匆"二句：大意谓相见匆匆散匆匆，你怎忍心扬鞭催马去匆匆。骤，（马）奔跑。花骢，青白杂毛的马。

【赏读】

青梅竹马两无猜，文字往还情意合。父母贪功名，拆散双鸳鸯。自古佳人多薄命，巧妇常伴拙夫眠，一段美好姻缘终成泡影。

天下世事难料，想成婚配不成婚配，忌讳见面偏又相见，勾起往事知多少，酸甜苦辣，爱恨情愁。表兄为何催马匆匆去？疑团难解，旧情萌动，如泣如诉写下《浪淘沙》。

一阕荡气回肠的词，一首凄美哀婉的歌。怨女一段不了情，表兄内心难揣摩：是悲痛？是怨恨？是强压心中难舍情？是另有新欢忘了我？

柳梦梅和杜丽娘，梁山伯和祝英台，焦仲卿和刘兰芝，许仙和白蛇……这些凄美的爱情故事家喻户晓，如幼卿悲剧者何止千万，谁为之洒一掬同情之泪？

杨大年①空纸读祭文　俞　成②

前辈尝说北狄③《致祭□皇后文》，杨大年捧读，空纸无一字。随自撰曰："惟灵巫山一朵云④，阆苑⑤一团雪，桃源一枝花，秋空一轮月。岂期云散、雪消、花残、月缺，伏惟尚飨⑥。"仁庙⑦大喜其才敏给⑧，有壮国体⑨。

《萤雪丛说》

【注释】

①杨大年：即杨亿，字大年。北宋文学家，为"西昆派"诗歌领袖之一。曾任左司谏、知制诰、翰林学士兼史馆修撰，主纂《册府元龟》等。

②俞成：生卒年不详，字元德，南宋东阳（今属浙江）人。有《萤雪丛说》二卷，五十九条。自序称"余自四十以后，便不出应举"，"优游黄卷，考究讨论，付之书记，囊萤映雪，无所不为。尘积日久，遂成一篇，目为《萤雪丛说》"。

③北狄：指当时的辽。

④巫山一朵云：宋玉《高唐赋序》说楚王梦与神女相会于高唐，神女说自己"旦为朝云，暮为行雨"。这是一个爱情故事，巫山的"一朵云"暗含爱情之意。

⑤阆（làng）苑：传说中神仙居住的地方，诗文中常用来指官苑。

⑥伏惟尚飨：伏惟，旧时下对上有所陈述时用的敬辞。尚飨，希望死者来享用祭品，旧时常用作祭文结语。

⑦仁庙：指死后的宋仁宗。庙，已死皇帝的代称。杨亿死于1020年，仁宗于1022年才即位，所以"仁庙"之仁宗当为真宗之误。

⑧敏给：敏捷。

⑨有壮国体：有壮国威，为国增光。

【赏读】

皇后死，北狄发来祭文。由杨亿宣读，打开一看，空无一字，受到了北狄的戏弄。杨亿才思敏捷，立即当场杜撰。

"祭文"极有文采，又很得体。以云、雪、花、月比拟女人的高洁美丽，非常恰当；而且又都是来自仙境、胜地、美景、良时。用有着丰富文化内涵的云、雪、花、月来赞美皇后，特别符合其身份地位。用云散、雪消、花残、月缺象征皇后的谢世，文雅、含蓄而富有诗情。

让人不能不佩服杨大年的智慧、学识和应变能力，避免了场面的尴尬，挽回了国家的面子。

水旱祈祷 洪 迈[①]

乾道九年[②]秋，赣、吉[③]连雨暴涨。予守赣[④]，方多备土囊，壅诸城门，以杜水入，凡二日乃退。而台[⑤]符令祷雨，予格[⑥]之不下，但据实报之。

已而闻吉州于小厅设祈晴道场，大厅祈雨。问其故，郡守曰："请霁者，本郡以淫潦为灾，而请雨者，朝旨也。"其不知变如此，殆为侮惑神天，幽冥之下，将何所据凭哉？

俚语《笑林》谓："两商人入神庙，其一陆行欲晴，许赛[⑦]以猪头，其一水行欲雨，许赛羊头。神顾小鬼言：'晴干吃猪头，雨落吃羊头，有何不可。'"正谓此耳。

坡诗云："耕田欲雨刈欲晴，去得顺风来者怨。若使人人祷辄遂，造物应须日千变。"[⑧]此意未易为庸俗道也。

《容斋四笔》

【注释】

①洪迈（1123～1202）：字景卢，别号容斋，又号野处，鄱阳（今属江西）人，南宋著名文学家。高宗时进士，高宗、孝宗时历任两浙转运使、左司员外郎、翰林学士、敷文阁待制、端明殿学士。著有《容斋随笔》五集、《夷坚志》、《野处类稿》等。《容斋随笔》五集杂记经史诸子百家、医卜星算、诗文语词，内容丰富。

②乾道九年：即1173年。乾道，宋孝宗年号。

③赣、吉：今江西赣州、吉安。

④守赣：在赣州做官。守，掌管，管理。

⑤台：对高级官员的尊称，此处指上级。

⑥格：抵挡，阻挡。

⑦赛：祭祀酬神。

⑧"耕田"四句：苏轼诗《泗州僧伽塔》。刈（yì），收割。

【赏读】

　　诏令不能因地制宜，一个号令，瞎指挥，苦了百姓，难了官吏。作者率百姓防汛，上司却要他祈雨。吉州水灾，必须祈祷天晴。但是皇帝有旨，要祈雨。怎么办？上有政策，下有对策。于是在小厅设道场祈晴，在大厅设道场祈雨，中央高于地方，皇帝圣旨不可违。这可就难为了风伯、雨师。

　　地方神灵遇到过这种两难情况：陆行的商人祈祷晴天，许以猪头；水行的商人祈祷雨天，许以羊头。这位神灵毫不犹豫决定"晴干吃猪头，雨落吃羊头"，两头通吃。风伯、雨师要学习了这位神灵的做法，那就阴晴不定，贡品全部拿过来，吃了地方吃皇上。

　　耕田的希望下雨，收割的希望晴天；去时开的顺风船，回来顶风就埋怨。苏轼道出了"天公"众口难调、一人难合百人意的苦衷。法国大作家巴尔扎克在《欧也妮·葛朗台》里说到一个小镇的人们：他们怕风、怕雨、怕旱，一忽儿要雨水，一忽儿要天时转暖，一忽儿又要满天上云，在天公与尘世的利益之间，争执是没得完的。晴雨表能轮流得叫人愁，叫人笑，叫人高兴。苏轼的诗、巴尔扎克的文，意旨殊途同归。

　　南方的"天"一肚子委屈，说："作天莫作四月天，蚕要温和麦要寒。秧要日时麻要雨，采桑娘子要晴干。"（《醒世恒言》）真是好人难做。

贫富习常 洪 迈

少时见前辈一说云:"富人有子不自乳,而使人弃其子而乳之;贫人有子不得自乳,而弃之以乳他人之子。富人懒行,而使人肩舆;贫人不得自行,而又肩舆人。是皆习以为常而不察之也。天下事,习以为常而不察者,推此亦多矣,而人不以为异,悲夫!"

甚爱其论。后乃得之于晁以道①《客语》中,故谨书之,益广其传。

《容斋五笔》

【注释】

①晁以道:名晁说之,字以道,自号景迂。能诗善画,通六经。有《晁氏客语》、《景迂生集》等。

【赏读】

以封建伦理观念看,劳心者治人,劳力者治于人,那么文中种种现象自然见怪不怪,习以为常。不是有这样的民谚吗:"泥瓦匠,住草房;纺织娘,没衣裳;卖盐老婆喝淡汤。种田的,吃米糠;炒菜的,光闻香;编席的,睡光炕;做棺材的死路上。"人们也都习以为常。

事物总是这样,人们对某些事物"习以为常"了,形成了定势,就失去了敏感性,束缚了思想,限制了角度。洪迈悲叹的不是此类怪象太多,而是对此"习以为常",且"不以为异",不仅不抗争,反而觉得理所当然,所以他说"悲夫"!

汉阳石榴 洪 迈

绍兴①初，汉阳军有寡妇，事姑②甚谨，姑无疾而卒。邻家诬妇置毒，诉于官。妇不胜考掠，服其辜。

临出狱，狱卒以石榴花一枝簪其髻。行及市曹，顾行刑者曰："为我取此花插坡上石缝中。"既而祝曰："我实不杀姑，天若监之愿使花成树；我若有罪，则花即日萎死。"闻者皆怜之，乃就刑。

明日花已生新叶，遂成树，高三尺许，至今每岁结实。

《夷坚志》

【注释】

①绍兴：南宋高宗年号。
②姑：婆婆。

【赏读】

《宋史·五行志》记载：绍兴间，汉阳军有孝妇，杀鸡奉姑，姑食而死。姑女诉于官，妇坐罪，无以自明，临刑折榴花一枝，插于石罅，曰："若毒姑，花即枯瘁；若属诬，花可复生。"其后，果秀茂成荫，岁有花实。

本文基本与历史所载大同小异，看来这是一桩轰动一时的大事件。姑且不说事情的真假，但确实是先于《窦娥冤》，表现了人民对草菅人命的昏官的仇恨，为无权无势的小民呐喊。

白 席 陆 游①

北方民家,吉凶辄有相礼者②,谓之"白席③",多鄙俚可笑。

韩魏公④自枢密⑤归邺⑥,赴一姻家礼席,偶取盘中一荔枝,欲啗之。白席者遽唱曰:"资政吃荔枝,请众客同吃荔枝。"

魏公憎其喋喋,因置之不复取。白席者又曰:"资政⑦恶发也,请众客放下荔枝。"魏公为一笑。"恶发",犹云怒也。

《老学庵笔记》

【注释】

①陆游(1125~1210):字务观,号放翁,山阴(今浙江绍兴)人,南宋大诗人。自幼受爱国思想熏陶,坚决主张抗战,力主收复中原,受到投降派打压。存诗九千余首。有《剑南诗稿》、《渭南文集》、《南唐书》、《老学庵笔记》等。《老学庵笔记》是他晚年之作。大多为奇闻佚事,考订诗文,记蜀地事情较多。

②相(xiàng)礼者:司仪,主持人。

③白席:负责礼仪主持,发送请柬,安排座次,劝酒,上菜及其他杂役的人。

④韩魏公:韩琦,封号魏国公。曾任资政殿学士、枢密使等职。

⑤枢密:枢密院,官署名。主要管理军事机密、边防等。为最高国务机关之一。

⑥邺:唐时有相州邺郡,治所在安阳(今属河南)。

⑦资政:宋宰相大臣退职后,称"资政"。

【赏读】

白席,至今农村还有,不过称谓不同而已,他们很熟悉当地婚丧嫁娶的礼俗、仪式、礼仪语言。

韩琦是朝中大臣,荣归故里,风光无限。参加婚宴,万人瞩目。白席唯韩琦马首是瞻。韩琦本来想吃一枚荔枝,还没来得及吃呢,白席就喊:"资政吃荔枝,请众客同吃荔枝。"目光一下子都集中到他这儿来了,搞得韩琦很难堪,哪里还能吃?那就放下吧。谁知白席又喊:"资政恶发也,请众客放下荔枝。"盯着韩琦不放,搞得他哭笑不得,吃也不是,不吃也不是,人家好意抬举你,还不好发火。公众人物就是这样,赢得了崇拜,失去了自由。

白席的可憎、可笑、俗不可耐如在眼前,喜庆宴席让他搞得大煞风景。韩琦如坐针毡的窘态,众人一同拿起荔枝、一起放下荔枝的滑稽场面,给人以丰富的想象空间。

姓马非司马 陆 游

绍圣、元符①之间,有马从一者,监南京排岸司②。适漕使③至,随众迎谒。漕一见怒甚,即叱曰:"闻汝不职④,正欲按⑤汝,何以不亟去⑥!尚敢来见我耶?"从一皇恐,自陈湖湘人,迎亲窃禄⑦,求哀不已。

漕察其语,南音也,乃稍霁威⑧。云:"湖南亦有司马氏乎?"从一答曰:"某姓马,监排岸司耳。"漕乃微笑曰:"然则勉力职司可也。"初盖误认为温公⑨族人,故欲害之。

自是从一刺谒⑩,但称"监南京排岸"而已。传者皆以为笑。

《老学庵笔记》

【注释】

①绍圣、元符:宋哲宗赵煦年号。

②排岸司:宋官署名,属司农寺,掌管有关各地至京师水运纲船(编成组的船队)运输事项。

③漕使:监督漕运的官员。

④不职:不称职。

⑤按:审查,追究。

⑥亟去:赶快离开。

⑦迎亲窃禄:为孝敬父母而愧取俸禄。

⑧霁(jì)威:收敛威风。霁,怒气消散。

⑨温公：司马光封号。司马光，北宋大臣。哲宗行新法，新党执政，司马光等旧臣遭打压。在此之前，司马光已死，仍为新党忌恨。漕使误以为"排岸司马从一"姓司马，名从一，与司马光同族，"故欲害之"。

⑩刺谒：送上名片求见。刺，名片。

【赏读】

昏庸无能，官职与人名混同；司马光遭打压，司马氏人人连坐。城门失火，殃及池鱼，以人划线，不论贤愚，派系决定亲疏。马从一怕以后再受"司马"连累，连名片的官衔"监南京排岸司"的"司"都去掉了，"监南京排岸"，不伦不类，成何体统，官场笑话，让人啼笑皆非。作者由这样一件可笑的事，折射出吏治的黑暗。

一场误会，几乎砸了马从一的饭碗。漕使一见马从一就训斥："听说你不称职，正要追查治你的罪呢，还不快滚！还敢来见我？"几句话就凸显出盛气凌人、粗野无礼、颐指气使的丑态和霸道。

当马从一说明自己姓马，非司马之后，漕使立刻转变了态度，微笑着说："那么就努力搞好本职工作吧。"呈现出一副关怀、鼓励下级，居高临下指导工作的面孔。

僧行持 陆 游

僧行持①,明州②人,有高行而喜滑稽。尝住余姚③法性④,贫甚,有颂⑤曰:"大树大皮裹,小树小皮缠。庭前紫荆树,无皮也过年。⑥"后住雪窦,雪窦在四明⑦,与天童、育王俱号名刹。

一日,同见新守,守问天童觉老⑧:"山中几僧?"对曰:"千五百。"又以问育王谌老⑨,对曰:"千僧。"末以问持,持拱手曰:"百二十。"守曰:"三刹名相亚⑩,僧乃如此不同耶?"持复拱手曰:"敝院是实数。"守为抚掌。

《老学庵笔记》

【注释】

①行持:号牧斋,姓卢。

②明州:今浙江宁波。

③余姚:今属浙江。

④法性:寺院名。

⑤颂:即偈颂,佛经里的唱诵词。

⑥"大树"四句:意谓有多有少都过年,没有财物也过年。

⑦四明:四明山,在宁波东南。

⑧觉老:天童寺正觉禅师。

⑨谌老:育王寺无示介谌禅师。

⑩相亚:相差不多。

【赏读】

　　从行持的颂里，就认识到他是一个乐天派，像颜渊一样"一箪食，一瓢饮，在陋巷，人不堪其忧"，他却"不改其乐"，什么都看得很淡。觉老、谌老虽然也是高僧，但还没有参透红尘的功利，所以虚报僧人数目，希望官府多有扶持。只有行持如实汇报。

　　天童寺觉老汇报有僧一千五，育王寺谌老汇报有僧一千，行持"拱手"回答有僧一百二。他知道比其他两寺院少这么多，太守一定会有疑问，他早准备好了，于是"复拱手"回答："敝院是实数。"两次拱手回答，可见非常恭敬严肃，一本正经地说冷语，板着面孔搞诙谐，喜剧效果充分体现出来了。如果直接说："他们报的都是虚数。"那么就只有揭发，没有了诙谐，也就索然无味了。

　　报告僧人数目本来就应该如实汇报，别无选择。"敝院是实数。"行持这么一说，好像汇报可以有两种选项，一是实报，二是虚报，两种方法都正当，不过计算方法不同而已。他们选择了虚报，我们选择了实报，所以结果有差距。这样喜剧效果就出来了，无怪乎太守为之"抚掌"。

晏景初作墓志　陆　游

　　晏尚书景初①作一士大夫墓志，以示朱希真②。希真曰："甚妙。但似欠四字，然不敢以告。"景初苦问之，希真指"有文集十卷"字下曰："此处欠。"又问："欠何字？"曰："当增'不行于世'四字。"景初遂增"藏于家"三字，实用希真意也。

《老学庵笔记》

【注释】

　　①晏尚书景初：即晏敦复，字景初。南宋诗人。是著名词人晏殊曾孙，少学于程颐，官至吏部尚书。为人刚直敢言，不屈于秦桧等人权势，反对议和。

　　②朱希真：名敦儒，字希真，号岩壑。南宋词人。

【赏读】

　　古代最不实的文字，一是下对上的拍马颂扬文，二是墓碑碑文。人死了，儿孙们多喜请名人为之撰写碑文行状。名人收了人家的"润笔"费，溢美之词不可免，隐恶扬善是必然。散文大家韩愈也写过不少肉麻墓志，"润笔"价高，收入颇丰。怪人刘叉就把韩愈的金银拿走好几斤，并说："此谀墓中人得耳，不若与刘君为寿。"所以曾有这样的顺口溜："韩退之柳柳州，苏东坡欧阳修，当时墓志做多少，毕竟门前骂不休。"

　　清朝诗人赵翼也写过不少违心的墓志，对此内心很是不安，曾作诗自嘲说："补缀成一篇，居然君子徒。核诸其素行，十钧无一铢。此文倘传后，谁复知贤愚。""乃知青史上，大半亦属诬。"

晏景初写墓志，说这位士大夫"有文集十卷"，实际上并没有面世，文集存在不存在都很难说。所以只好只说有书，语焉不详，模糊处理。朱希真认为还是应该说清楚，应加上"不行于世"四个字。晏景初接受了他的意见，但把"不行于世"四字改为"藏于家"。

不行于世，蕴含着不被社会所接受的意思，言下之意即水平太低；藏于家，就有了不慕名利、孤芳自赏、不屑于发表的隐士清高作风，无形中借子虚乌有的文集十卷，把死者抬得更高了。

放火三日 陆　游

田登作郡，自讳其名，触者必怒，吏卒多被榜笞。于是举州皆谓灯为火。上元放灯，许人入州治游观。吏人遂书榜揭于市曰："本州依例放火三日。"

《老学庵笔记》

【赏读】

皇帝、皇后的名讳要回避，因而会有一些人名、地名要改。可是像田登这样的基层芝麻官也敢作威作福，以至闹出"放火三日"的笑话。如果真有人恶作剧，到处放火，看你田登如何处置。

因忌讳闹出的笑话很多。宋人刘温叟的父亲名"岳"，因"岳"、"山"同义，"岳"、"乐"同音，所以他不听音乐不爬山。还有徐积，父名"石"，他一生不用石器，遇到石头不敢踏。恐怕也没有给父亲立石碑，不然的话，不是在父亲大人身上琢来凿去吗？把石头当做父亲，这就是他的孝道。

同是芝麻官的宋人杜衍就开明多了。他说："父母之名，耳可得闻，口不可得言，则所讳在我而已，他人何预焉。"他到并州做官，不到三天，下面官吏就问他有何"家讳"。他回答："下官无所讳，惟讳取枉法赃。"我没什么忌讳，唯一忌讳的就是贪赃枉法。实在可敬、可爱。

优人滑稽^①　陆　游

咸通^②中优人^③李可及,滑稽谐戏,独出辈流。虽不能托讽喻^④,然巧智敏捷,亦不可多得。

尝因延庆节^⑤,缁黄^⑥讲诵毕,次及优倡为戏。可及褒衣博带^⑦,摄^⑧斋以升座,称三教论衡^⑨。隅坐者问曰:"既言博通三教,释迦如来是何人?"对曰:"妇人。"问者惊曰:"何也?"曰:"《金刚经》^⑩云:'敷坐而坐^⑪',非妇人何须'夫'坐而后'儿'坐也。"上为之启齿^⑫。

又曰:"太上老君^⑬何人?"曰:"亦妇人也。"问者益所不喻,乃曰:"《道德经》^⑭云:'吾有大患,为吾有身。及吾无身,吾有何患。^⑮'非妇人何患于有'娠'乎?"上大悦。

又问曰:"文宣王^⑯何人也?"曰:"妇人也。"问者曰:"何以知之?"曰:"《论语》云:'沽之哉。沽之哉,我待贾者也。^⑰'非妇人奚待'嫁'为?"上意极欢,赐予颇厚。

《避暑漫抄》

【注释】

①优人滑稽:出自《避暑漫抄》,该书辑录了前人著述中的奇闻异事。"优人滑稽"就辑自唐高彦休的《唐阙史》或高怿的《群居解颐》,文字略有不同。

②咸通:唐懿宗年号。

③优人:旧时演戏的人。

④托讽喻：假托说故事来说明一个道理。

⑤延庆节：七月四日是唐懿宗的生日，这天定为"延庆节"。又昭宗生日为嘉会节，哀帝生日为乾和节等。这天，三教进宫讲论，并在寺观设斋，不准宰杀。见宋人庄绰《鸡肋编》卷下。

⑥缁（zī）黄：和尚道士的代称。和尚穿缁服，道士戴黄冠。缁，黑色。

⑦褒衣博带：古代儒生的装束，也就是宽袍大带。

⑧摄：揭起。此处指手提衣袍。

⑨三教论衡：辩论衡量三教是非长短。三教，指儒、道、佛。

⑩《金刚经》：佛教经名。是中国禅家南宗的重要佛典。

⑪敷坐而坐：整理铺陈好座位打坐。

⑫启齿：笑。

⑬太上老君：即老子李耳，道家创始人。

⑭《道德经》：即《老子》，道家的主要经典。

⑮"吾有"四句：原文是："吾所以有大患者，为吾有身。及吾无身，吾有何患。"

⑯文宣王：即孔子。自汉以来，历代帝王为尊崇孔子，皆有封号。唐开元二十七年（739）追谥孔子为文宣王。

⑰"沽之"三句：见于《论语·子罕》。子夏说：这里有块美玉，是放在柜子里藏起来呢，还是找个识货的商人卖掉呢？孔子就说了上面的话：卖掉它。卖掉它，我正等待识货的商人呢。沽，卖。贾（gǔ），商人。

【赏读】

李可及虽为优人，聪明机变，滑稽多智，读书不少，儒、道、佛皆有涉猎。难得的是能在三教经典中，都找到了谐音字，"证明"三教鼻祖都是"妇人"。

有时文人名家也会拿经典开玩笑。王安石和客人一块喝酒,摘取经书中的句子作酒令。王安石就摘了《论语·为政》的话作《禽言令》,就是人们熟知的"知之为知之,不知为不知,是知也"。王安石说这是燕子的语言。熟悉燕子叫声的人,不能不为王安石的"发现"而叫绝。如果再读得快一点,简直就是燕子呢喃的录音。在场的刘贡父也来了灵感,马上做了一个《鹧鸪令》。用了《论语·雍也》里的一句话:"觚不觚,觚哉,觚哉。"拟出音来,就近似"咕卟咕,咕,咕",不就是鹧鸪的叫声吗?"虽不能托讽喻",但能博人一笑,也就够了。

记孙觌^①事 朱 熹^②

靖康之难，钦宗幸③虏营。虏人欲得某文④。钦宗不得已，诏从臣孙觌为之；阴冀⑤觌不奉诏，得以为解。而觌不复辞，一挥立就，过为贬损，以媚虏人，而词甚精丽，如宿成⑥者。

虏人大喜，至以大宗成⑦卤⑧获妇饷之。觌亦不辞。其后每语人曰："人不胜天久矣。古今祸乱，莫非天之所为。而一时之士，欲以人力胜之，是以多败事而少成功，而身以不免焉。孟子所谓'顺天者存，逆天者亡'者，盖谓此也。"或戏之曰："然则子之在虏营也，顺天为已甚矣，其寿而康也宜哉！"觌惭无以应。闻者快之。

乙巳八月二十三日，与刘晦伯⑨语，录记此事，因书以识云。

《朱文公文集》

【注释】

①孙觌（dí）：宋钦宗时，官翰林学士。

②朱熹（1130～1200）：字元晦，一字仲晦，号晦庵，别称紫阳。徽州婺源（今属江西）人。南宋哲学家、教育家。广注典籍，对经学、史学、文学等多方面都有贡献。官至秘阁修撰、宝文阁待制。晚年迁居建阳（今属福建）考亭。主讲紫阳书院。一生讲学，世称朱文公。有《朱文公文集》。

③幸：指帝王驾临。

④某文：指降表。作为南宋臣子避忌"投降书"，而以"某文"含蓄表达。

⑤阴冀：暗自希望，心里想。

⑥宿成：事先已经做好。

⑦大宗成：金朝与皇帝同姓的贵族。

⑧卤：同"掳"，抢掠。

⑨晦伯：刘爚（yuè），字晦伯，朱熹的门生。

【赏读】

金人逼迫钦宗写降表，钦宗让孙觌执笔，希望孙觌拒绝，应付一下，了结此事。孙觌完全可以这样做。不，他却立即"奉旨"。可见是个软骨头。

假如是无奈之下，被逼而写，孙觌可以草草而就，官样文章，委婉表达。他却卖尽力气，对宋朝廷极力贬低作践，献媚金人。而且才思敏捷，一挥立就，好像早有腹稿。写降表，而有如此美好心情，可见早有降金之心。

做婊子还要立牌坊，还引用亚圣孟子的话，为自己的行径辩解，有点恬不知耻。文章步步深挖，彻底展示了高官孙觌的灵魂和卖主求荣的嘴脸。

张乖崖^①惩贪官 罗大经

张乖崖为崇阳^②令。一吏自库中出,视其鬓旁巾下有一钱,诘之,乃库中钱也。乖崖命杖之。吏勃然曰:"一钱何足道,乃杖我耶?尔能杖我,不能斩我也。"

乖崖援笔判云:"一日一钱,千日一千,绳锯木断,水滴石穿。"自杖剑下阶斩其首,申台府自劾^③。崇阳人至今传之。

《鹤林玉露》

【注释】

①张乖崖:名咏,字复之,在自己画像上的题赞说:"乖则违众,崖不利物,乖崖之名,聊以表德。"因之被人称为张乖崖。以治蜀著称,官至礼部尚书。有《张乖崖集》。

②崇阳:今属湖北。

③申台府自劾:向御史台报告,作自我批评。御史(侍御史)负责举劾非法,督察郡县,奉使出外执行指定任务。自劾,自责。

【赏读】

张乖崖反贪倡廉的精神值得肯定,防微杜渐的认识也有道理。遗憾的是性情太急躁,容易感情用事,以情代法。

小吏从库里拿一个钱,根本不当一回事,可见这类事情司空见惯。没想到这回遇上了一个执法如山的领导,要执行杖刑。小吏不服气:一个钱有什么了不起,你能打我,但你不能杀我。言下之意,怎奈我何!这下子激怒了张乖崖:我就要杀你!但是他也粗中有细,杀要有杀的理由。于是就写了判词。一个钱确实不能判斩刑，怎么办？那就必须从长远的角度来看这个问题。一日一钱，千日千钱——杀这个小吏，就是杀一儆百，就是杀贪腐之风，杀这种苗头。乱世用重刑是对的，但张乖崖用得也太重了，近于草菅人命，超过真理一步就是谬误。

张乖崖在四川，盛夏吃馄饨，脖子上的围巾老是垂到碗里。一次次用手拨开，拨烦了，就拿起围巾放到碗里，说："请吃！"扔下汤匙就站起来。性情急躁如此。

不死酒 罗大经

　　岳阳有酒香山,相传古有仙酒,饮者不死。汉武帝①得之,东方朔②窃饮焉。帝怒,欲诛之,方朔曰:"陛下杀臣,臣亦不死;臣死,酒亦不验。"遂得免。

　　方朔数语,圆转简明,意其窃饮以发此论,盖风③武帝之求长生④也。

《鹤林玉露》

【注释】

　　①汉武帝:即刘彻。西汉第五代皇帝。在位期间很有作为,独尊儒术,振兴经济,开拓疆土,汉朝达到鼎盛时期。
　　②东方朔:性诙谐滑稽,后人对他的传说很多。
　　③风:同"讽",用含蓄的话指责或劝告。
　　④武帝之求长生:汉武帝追求长生不老,屡屡受方士欺骗。去蓬莱求仙,到泰山封禅,劳民伤财。

【赏读】

　　享尽荣华富贵者总想长生,受尽痛苦煎熬者唯求速死。秦始皇、汉武帝都是前者。年纪越大长生不老的欲望越强烈,各种方士纷至沓来,武帝一次次受骗,仍执迷不悟。

　　正面反对者不多,如果反对,那就是不希望皇帝长寿,谁敢担当这个罪名?东方朔这样采取迂回战术,以己之矛攻己之盾,让对方左右不是,既规避了风险又起到了效果。表面看,偷喝皇帝的不死药，这是找死，非常危险。但因为喝的是不死药，又非常安全。东方朔以身试"药"，使自己立于不"死"之地。汉武帝无可奈何，绝对不能杀东方朔。如果真的杀不死，既惩罚不了东方朔，还落了个妄杀大臣之名；如果杀死了东方朔，就证明不死药不灵，自己被人愚弄。所以东方朔的做法是左右逢源，其效果和自身的安全都是百分之百。

书换古董 王 暐①

张文潜②尝言,近时印书盛行,而鬻书者往往皆士人,躬自负担。有一士人,尽括③其家所有约百余千买书,将以入京,至中途,遇一士人,取书目阅之,爱其书而贫不能得。家有数古铜器,将以货④之。而鬻书者雅有好古器之癖,一见喜甚,乃曰:"毋庸货也,我将与汝估其直⑤而两易⑥之。"于是尽以随行之书,换数十铜器,亟返其家。

其妻方讶夫之回疾,视其行李,但见二三布囊磊硊⑦然,铿铿有声,问得其实,乃詈⑧其夫曰:"你换得他这个,几时近得饭吃?"其人曰:"他换得我那个,也则几时近得饭吃?"因言人之惑也如此。坐皆绝倒。

《道山清话》

【注释】

①王暐:宋人。《道山清话》原书不著作者姓名。《说郛》摘其数条,题名宋王暐。该书末有王暐所作跋。说他的祖父在馆阁很久,著有《馆秘录》、《曝书记》、《道山清话》三书。后因兵火,散失不存。后又在一人家看到,遂手抄以存。因此书的作者当为王暐之祖。

②张文潜:宋诗人张耒,字文潜,"苏门四学士"之一。

③括:收集,聚敛。

④货:卖。

⑤直:通"值"。

⑥易:交换。

⑦磊魂(kuǐ):成堆的石头。

⑧詈(lì):骂。

【赏读】

　　古董文物,过去多半为赏玩而收藏,如若无欣赏雅趣,则一文不值,不像现在的收藏还有升值淘金的商业目的,所以在妻子眼里这些古铜器也不过是一堆不容易换钱的废铜烂铁,缓解不了眼前的辘辘饥肠。她认为眼下最需要的是茅草房暂立身,一升米先活命。

　　丈夫的回答非常风趣:把书换成老古董不能当饭吃,同样留着书籍也解决不了燃眉之急。书中自有黄金屋,书中自有万斗粟,那需要十年寒窗的苦读,即使韦编三绝,还不一定能金榜题名。一次次科考的煎熬,白发苍苍,还可能是个老童生。所以要吃"书籍"这碗饭,恐怕也非眼前之计。

大盗"我来也"　　沈　俶①

京城阛阓之区②,窃盗极多,踪迹诡秘,未易根缉。赵师睪③尚书尹④临安⑤日,有贼每于人家作窃,必以粉书"我来也"三字于门壁。虽缉捕甚严,久而不获。"我来也"之名,哄传京邑。不曰"捉贼",但云"捉我来也"。

一日,所属解一贼至,谓此即"我来也"。亟⑥送狱鞫勘⑦,乃略不承服,且无赃物可证,未能竟此狱⑧。

其人在禁⑨,忽密谓守卒曰:"我固尝为贼,却不是'我来也'。今亦自知无脱理,但乞好好相看。我有白金若干,藏于保俶塔⑩上某层某处,可往取之。"卒思塔上乃人迹往来之冲,意其相侮⑪。贼曰:"毋疑,但往此方作少缘事⑫,点塔灯一夕,盘旋终夜,便可得矣。"卒从其计,得金,大喜。次早入狱,密以酒肉与贼。

越数日,又谓卒曰:"我有器物一瓮,置侍郎桥某处水内,可复取之。"卒曰:"彼处人闹,何以取?"贼曰:"令汝家人以箩贮衣裳,桥下洗濯,潜掇瓮入箩,覆以衣,舁⑬归可也。"卒从其言,所得愈丰。次日,复劳以酒食。卒虽甚喜,而莫知贼意。

一夜,至二更,贼低语谓卒曰:"我欲略出,四更尽即来,决不累汝。"卒曰:"不可。"贼曰:"我固不至累汝。设或我不复来,汝失囚必至配罪⑭,而我所遗,尽可为生。苟不见从,却恐悔吝有甚于此。"卒无奈，遂纵之去。卒坐以伺，正忧恼间，闻檐瓦声，已跃而下。卒喜，复桎梏之。

甫旦⑮，启狱户，闻某门张府有词云："昨夜三更，被盗失物，其贼于府门上写'我来也'三字。"师睪抚⑯案曰："几误断此狱，宜乎其不承认也⑰。"止以不合犯夜⑱，杖而出诸境。

狱卒回，妻曰："半夜后闻叩门，恐是汝归，亟起开门，但见一人以二布囊掷户内而去，遂藏之。"卒取视，则皆黄白器也。乃悟张府所盗文物，又以赂卒。

贼竟逃命，虽以赵尹之明特，而莫测其奸，可谓黠矣！

卒乃以疾辞役，享从容之乐终身。没后，子不能守，悉荡⑲焉，始与人言。

《谐史》

【注释】

①沈俶：字、里、生卒年均不详。书中记汴京旧闻，多诙谐讽嘲之语，故名《谐史》，凡一卷。

②阛阓（huán huì）之区：即市区。阛，市区的墙。阓，市区的外门，或中隔门。

③赵师睪（yì）：字从善，自号无著居士，又号东墙。并兼临安府尹，前后四尹临安。

④尹：京城行政长官，这里作动词。

⑤临安：今杭州，南宋京城。

⑥亟：急迫地。

⑦鞫（jū）勘：审讯、审查。

⑧竟此狱：案子结案。

⑨禁：监狱。

⑩保俶塔：在杭州西湖边上。
⑪侮：戏弄。
⑫缘事：敬佛的善事。
⑬舁（yú）：共同抬东西。
⑭配罪：发配之罪，充军或流放。
⑮甫旦：天刚亮。
⑯抚：通"拊"，拍打，击打。
⑰宜乎其不承认也：他不承认是有道理的。
⑱犯夜：触犯夜行的禁例。
⑲悉荡：全部毁坏。

【赏读】

　　大盗作案后，书写"我来也"，是在挑战官府，戏弄蔑视官府。故事一开头就引人入胜。"我来也"被抓入狱，他矢口否认，物证又不足，案子只好长久拖下去。"我来也"不能等待，他只有证明自己不是"我来也"，才能出狱。唯一的方法就是出去再以"我来也"作一次案，以证明狱里在押的他不是"我来也"。

　　于是他就诱之以利，买通狱卒，于是夜得以再次作案。第二天早晨，听说张府被盗，且在门上写了"我来也"。说明"我来也"还在京城活动，证明监狱里的贼确实不是"我来也"。于是一桩"冤案"得以"昭雪"，"我来也"获得自由。他自演自导的一场好戏谢幕。

　　一个"我来也"搞得京城人心惶惶，聪明的大盗牵着官府鼻子走，一个"我来也"玩弄京城高官、狱卒于股掌之上。

观 潮 周密①

浙江之潮，天下之伟观也。自既望以至十八日为最盛。方其远出海门，仅如银线；既而渐近，则玉城雪岭际天而来，大声如雷霆，震撼激射，吞天沃日，势极雄豪。杨诚斋②诗云"海涌银为郭，江横玉系腰③"者是也。

每岁，京尹出浙江亭，教阅水军，艨艟数百，分列两岸；既而尽奔腾分合五阵④之势，并有乘骑、弄旗、标枪、舞刀于水面者，如履平地。倏尔黄烟四起，人物略不相睹⑤，水爆轰震，声如崩山。烟消波静，则一舸无迹，仅有"敌船"为火所焚，随波而逝。

吴儿善泅者数百，皆披发文身，手持十幅大彩旗，争先鼓勇，溯迎而上，出没于鲸波万仞之中，腾身百变，而旗尾略不沾湿，以此夸能。而豪民贵宦，争赏银彩。

江干上下十余里间，珠翠罗绮溢目，车马塞途。饮食百物皆倍穹常时⑥，而僦赁⑦看幕，虽席地不容闲（一作"间"）也。

禁中例观潮于"天开图画⑧"，高台下瞰，如在指掌。都民遥瞻黄伞雉扇⑨于九霄之上，真若箫台蓬岛⑩也。

《武林旧事》

【注释】

①周密（1232～1298）：字公谨，号草窗、蘋洲、四水潜夫等，原籍济南，后为吴兴（今浙江湖州）人。南宋词人。宋末曾任义乌

令等职,宋亡后,不仕。能词能诗能书画。一生笔耕不辍,著有《草窗韵语》、《草窗词》、《武林旧事》、《癸辛杂识》、《齐东野语》、《云烟过眼录》等。笔记《武林旧事》是作者追忆南宋都城临安(即武林)的旧事而作。追述当时官观之盛,湖山之美,君臣游宴之乐,细致动人。

②杨诚斋:即杨万里,字挺秀,号诚斋。南宋诗人。

③海涌银为郭,江横玉系腰:出自杨诚斋诗《浙江观潮》。

④五阵:先秦指两、伍、专、参、偏五种阵法。说明水军演习阵法变换之多。

⑤人物略不相睹:人物彼此都看不见了。

⑥倍穹常时:价钱高出平时一倍。穹,高。

⑦僦(jiù)赁:租赁。

⑧天开图画:观潮台名。

⑨黄伞雉扇:黄罗伞、雉尾扇都是皇家用的仪仗。

⑩箫台蓬岛:箫台,即凤台。传说中秦穆公为女儿弄玉和其夫萧史所建,二人善吹箫。数年后,萧史乘龙,弄玉乘凤,升天成仙而去。蓬岛,即蓬莱,传说中的三神山之一,其他两山为方丈、瀛洲。

【赏读】

写大潮、写水军操练、写弄潮儿、写观潮盛况,无不笔下生花,言简意赅,文字精准。大潮来时如"银线",既有亮白之色,又有绵延之状。渐近时,则如"玉城雪岭",滚滚而来。同时也听到了大浪涛声,震天动地,浪花激射,骇浪拍天洗日,极度的夸张,令人惊心动魄。

配合观潮,水军也做些操练表演。钱塘潮雄奇壮观,水军操练与之氛围呼应,场面壮大,"厮杀"激烈。船多人众,穿插拼杀,眼见黄烟四起,烟雾弥漫不见人;耳听水上轰鸣,声如山崩。"鏖战"正酣时,突然,"烟消波静,则一舸无迹,仅有'敌船'为火所焚,随波而逝"。动中戛然而静,神经有松弛之暇,文章有起伏变化之节奏,于水军演练则有精准稔熟之印象。

大场面之后,转入弄潮儿个人的特写。出没于鲸波万仞之中,时隐时现,非常危险。"腾身百变"四字,表现了他们在惊涛骇浪中的从容。

写了水上,再写岸上官民同乐的盛况。

读《观潮》,如亲临其境,眼中有潮势,耳中有潮声,平面文字变而为立体景色。

蹇材望 周 密

　　蹇材望,蜀人,为湖州①倅②。北兵③之将至也,蹇毅然自誓必死,乃作大锡牌,镌其上曰:"大宋忠臣蹇材望。"且以银二笏④凿窍,并书其上曰:"有人获吾尸者,望为埋葬,仍见祀⑤,题云'大宋忠臣蹇材望'。此银所以为埋瘗⑥之费也。"日系牌与银于腰间,只伺北军临城,则自投水中。且遍祝⑦乡人及常所往来者。人皆怜之。

　　丙子正月旦日⑧,北军入城,蹇已莫知所之,人皆谓之溺死。既而北装⑨乘骑而归,则知先一日出城迎拜矣,遂得本州同知⑩。乡曲人皆能言之。

《癸辛杂识》

【注释】

①湖州:今属浙江。

②倅(cuì):副职。此处指为副知州。

③北兵:这里指元军。

④笏(hù):铸金银为条板,形似笏。一枚为一笏。

⑤仍见祀:继之能被祭祀。仍,跟随。见,被。

⑥瘗(yì):掩埋,埋葬。

⑦祝:叮咛,请求。

⑧正月旦日:正月初一。

⑨北装:元朝蒙古人的装束。

⑩同知：州的行政长官。

【赏读】

　　朝代更替之时，殉国自裁的少之又少，大多是重换纱帽，再奉新主。一般百姓更不用说。像蹇材望这等小官僚，不为宋而殉葬，绝对不会遭到舆论责难。可恶的是他的假惺惺，当婊子还要立牌坊。

　　如果不看结尾，还真被他蒙骗了。不但做了"大宋忠臣蹇材望"的牌子，而且还安排了后事。只等元兵进城投水自杀了。果然元兵进城后，蹇材望下落不明，人们认为肯定自杀殉国了，没想到他却高头大马元人装束，招摇过市回来了。原来他前一天就出城纳降了。前后言行的强烈对比，不需置一词，蹇材望人格之卑下昭然若揭，可谓无耻之极。

捡钞人与失主争讼 杨 瑀[①]

聂以道,江西人,为县尹。

有一买菜人,早往市中买菜,半途忽拾钞一束。时天尚未明,遂藏身僻处,待曙检视之,计一十五定[②],内有五贯者,乃取一张买肉二贯、米三贯,置之担中,不复买菜而归。

其母见无菜,乃叩之。对曰:"早于半途拾得此物,遂买米、肉而回。"母怒曰:"是欺我也。纵有遗失者,不过一二张而已,岂有遗一束之理?得非盗乎?尔果拾得,可送还之。"训诲再三,其子不从。母曰:"若不然,我诉之官。"子曰:"拾得之物,送还何人?"母曰:"尔于何处拾得,当往原处候之,伺有失主来寻,还之可也。"又曰:"吾家一世,未尝有钱买许多米、肉,一时骤获,必有祸事。"

其子遂携往其处,果有寻物者至。其买菜者本村夫,竟不诘其钞数,止云失钱在此,付还与之。

傍观者皆令分赏。失主靳[③]之,乃曰:"我失去三十定,今尚欠其半,如何可赏?"既称钞数相悬,争闹不已,遂闻之官。

聂尹覆问[④]拾得者,其词颇实,因暗唤其母,复审之亦同。乃令二人各具结罪文状:"失者实失去三十定,买菜者实拾得十五定。"聂尹乃曰:"如此,则所拾之者,非是所失之钞,此十五定乃天赐贤母养老。"给付母子令去。谕失者曰:"尔所失三十定,当在别处,可自寻之。"

因叱出,闻者莫不称善。

《山居新话》

【注释】

①杨瑀(1285~1361):字元诚,钱塘(今浙江杭州)人。元朝天历年间擢中瑞司典簿。文宗爱其廉慎,超授奏议大夫,太史院判官。著有《山居新话》四卷,所记皆平时见闻,多杂以神怪之事,但很有史料价值。

②定:旧时银币铸成一定形状,故以"定"作为银币的计算单位。后又加金字旁,作"锭"。

③靳(jìn):吝啬,不肯给予。

④覆问:审问。

【赏读】

母亲家教有方,坚持还钱给失者;买菜人憨厚老实,不问数目就还钱;失钞人吝啬狡诈,赔了夫人又折兵;聂以道惩治贪鄙,奖励善行巧断案。

故事一波未平一波又起,环环相扣,结构严谨。买菜者捡了钱,就还不还给失主的问题,母子发生了矛盾。最后母亲说服了儿子,儿子去还钱,矛盾解决。钱还了,事情结束。失者不但不奖励捡钱人,反倒说只还了一半,借机讹诈,于是矛盾再起,推向高潮。最后聂以道调查研究之后作出判决。拾金不昧者得奖励,意外有所得,喜出望外;知恩不报,反咬一口者受惩罚,失钱得而复失,有苦难言。

慰 足 盛如梓①

曹东畎②赴省③,陆行良苦,以词自慰其足云:"春闱④期近也,望帝京迢迢,犹在天际。懊恨这一双脚底,一日厮⑤赶上五六十里,争气,扶持我去。转得官归,恁时⑥赏你穿对朝靴⑦,安排你在轿儿里。更选个弓样鞵⑧,夜间伴你。"

《庶斋老学丛谈》

【注释】

①盛如梓:号庶斋,生卒年不详,元衢州(今属浙江)人,一说扬州(今属江苏)人。曾任从仕郎、崇明州判官。著有《庶斋老学丛谈》四卷。载经史考辨、诗文评论及所见所闻朝野轶事,并杂以神怪。

②曹东畎(quǎn):名豳(bīn),字西士,又字潜夫,号东畎。瑞安(今属浙江)人,南宋诗人、词人。早年家道贫穷。后官至宝章阁待制。

③赴省:进京(参加省试)。

④春闱:唐宋礼部考试生员在春天举行,称"春闱"。闱,考场。

⑤厮:古时干粗活杂活的奴隶或仆役。此处指"足"。

⑥恁(nèn)时:那时候。

⑦朝靴:古时君臣朝会时穿的靴子。

⑧弓样鞵:旧时妇女穿的弓形的鞋。鞵,同"鞋"。

【赏读】

路远迢迢赴京城，不直接写风餐露宿、晓行夜宿的辛苦，却从安慰两只脚写起，角度新颖，出语调皮诙谐，让人忍俊不禁。

向双足许愿，口气里带着安慰、鼓励、歉意。好像在哄着有怨气的奴仆：希望你争气，好好扶持我，等我得了功名做了官，亏待不了你。到时候给你换双朝靴，也不用在路上东奔西跑了，让你坐在轿子里，好好享受，好好休息。再选个弓鞋，夜间伴你，让你婚配成家。

把自己金榜题名、洞房花烛的强烈愿望，通过穿朝靴、坐官轿、配弓鞋诙谐地一股脑儿倾泻出来。

表面的插科打诨、幽默取笑，反映的是内心对科举应试的反感、辛酸以及对功名强烈渴求的复杂心情。

甲子丙子生　刘　绩①

宋高宗时饔人瀹馄饨不熟②，下大理寺③。优人扮两士人，相貌各异。问其年，一曰甲子生，一曰丙子生。优人告曰："此二人皆合下大理。"高宗问故。优人曰："饸子、饼子④皆生，与馄饨不熟者同罪。"上大笑，赦原饔人。

《霏雪录》

【注释】

①刘绩：生卒年不详，字孟熙，家有西江草堂，人称西江先生。山阴（今浙江绍兴）人。通经学，隐居不仕，以教授乡里及卖文为生。因家贫，常迁徙，居无定所。诗以雄健为长。著有《崇阳集》，已佚。存笔记《霏雪录》，此书辨核诗文疑义，颇有根据。与元末诸遗老交游，杂述旧闻，也多有所本。所纪梦幻诙谐之事，颇杂小说家言。

②饔（yōng）人：厨师。饔，熟食，早饭。瀹（yuè）：煮。

③大理寺：掌管刑狱的官署。

④饸（jiā）子、饼子：两种食品。与"甲子"、"丙子"谐音。

【赏读】

宋高宗因为馄饨煮的火候不到，就要让厨师受审下狱。同是官廷下层的两位优人大概同病相怜，看不下去，就用适合自己身份的特殊手段，发挥所长。在对口"相声"中，以机智方法向高宗婉"谏"。

先顺着你说，在正话反说中，揭示出小题大做的可笑与非理性，达到反驳的目的。三两句警语胜过谏官权臣引经据典的长篇大论。

书斗鱼 宋　濂①

　　予客建业，见有畜波斯鱼者，俗讹师婆鱼。其大如指，鬐鬣②具五采，两腮有大点如黛，性骄悍善斗。人以二缶畜之，折藕叶覆水面，饲以蚓若③蝇，鱼吐泡叶畔，知其勇可用。乃贮水大缶，合之。各扬鬐鬣相鼓视，怒气所乘，体拳曲如弓，鳞甲变黑。久之，忽作秋隼④击水，泙然鸣，溅珠上人身衣。连数合，复分。当合，如矢激弦绝不可遏。已而相纠缠，盘旋弗解。其一或负，胜者奋威逐之。负者惧，自掷缶外，视其身纯白云。

　　予闻有血气者必有争心。然则斯鱼者，其亦有争心否欤？抑冥顽不灵而至于是欤？哀哉！然予所哀者岂独鱼也欤？

《宋文献公集》

【注释】

①宋濂（1310～1381）：字景濂，号潜溪，浦江（今属浙江）人。宋文学家。明初受命主修《元史》。官至学士承旨知制诰。后因长孙坐罪，全家谪茂州，中途病死。著作甚多，散文简洁，名重当时。有《宋学士文集》。

②鬐鬣（qí liè）：鱼的脊鳍。"鬐"同"鳍"。鬣，某些动物颈上的长毛，此处指鱼须。

③若：或者。

④隼（sǔn）：鸟类的一科，一种猛禽。

【赏读】

百十来字,把两鱼相斗的前后过程,写得有声有色,场面火爆。开始双方奋鳍扬鬣,怒目相向,身体曲如弓,蓄势待发,做好决斗准备。一会儿,突然发动袭击,如秋天鹰隼般快疾,泼剌有声,水溅人衣。战斗激烈时,杀得难解难分。胜者尾追不舍,负者急不择路,跳出缶外,身变纯白,由黑变白,元气伤尽,既可怜又悲壮。文字简洁,生动形象,如亲临其境。

最后不忘"文以载道",意在说明"有血气者必有争心",写斗鱼而意不在鱼,在"予所哀者岂独鱼也欤?"联想不免有些勉强,有蛇足之嫌。

束氏狸狌[①] 宋　濂

卫人束氏，举世之物，咸无所好，唯好畜狸狌。狸狌，捕鼠兽也，畜至百余，家东西之鼠捕且尽，狸狌无所食，饥而嗥。束氏日市肉啖之。狸狌生子若[②]孙，以啖肉故，竟不知世之有鼠。但饥辄嗥，嗥辄得肉食，食已，与与如也[③]，熙熙[④]如也。

南郭有士病鼠[⑤]，鼠群行，有堕甕，急从束氏假[⑥]狸狌以去。狸狌见鼠，双耳耸，眼突露如漆，赤鬣[⑦]又磔磔然[⑧]，以为异物也。沿鼠行不敢下。士怒，推入之。狸狌怖甚，对之大嗥。久之，鼠度其无他技，啮其足。狸狌奋掷而出。

噫！武士世享重禄遇盗辄窜者，其亦狸狌哉！

《宋文献公集》

【注释】

①狸狌（lí shēng）：野猫。

②若：及。

③与与如也：从容慢行的神态。

④熙熙：高兴快乐的样子。

⑤病鼠：闹鼠患。病，担忧，患苦。

⑥假：借。

⑦鬣（liè）：某些动物颈上的长毛。此处指老鼠胡须。

⑧磔（zhé）磔然：形容老鼠叫声。

【赏读】

　　从没见过老鼠的野猫，胆小如鼠怕老鼠；从没见过野猫的老鼠，胆大妄为敢咬猫。世界如此颠倒。

　　野猫的后代养尊处优，饭来张口，每天有肉，不知老鼠为何物，失去了父辈的野性，失去了捉拿老鼠的本领。"和平年代"不知世上还有老鼠存在，平时悠哉悠哉无大碍，遇到"南郭"有鼠需出动，养兵千日，用兵一时，这才彻底露了馅儿。野猫失去了本性，也就变而为偎依撒娇的"宠物"。

　　宋濂讥刺的是"武士世享重禄遇盗辄窜者"，还算什么武士！白拿国家俸禄，何以面对国人。

越 巫 *方孝孺*①

越巫自诡，善驱鬼物。人病，立坛场，鸣角②振铃，跳掷叫呼，为胡旋舞③禳④之。病幸已⑤，馔酒食，持其赀⑥去；死则诿⑦以它故，终不自信其术之妄。恒夸人曰："我善治鬼，鬼莫敢我抗。"

恶少年愠⑧其诞，瞷⑨其夜归，分五六人，栖道旁木上，相去各里所。候巫过，下沙石击之。巫以为真鬼也，即旋其角⑩，且角且走。心大骇，首岑岑⑪加重，行不知足所在。稍前，骇颇定，木间沙乱下如初，又旋而角，角不能成音，走愈急。复至前，复如初。手栗气慑不能角，角坠；振其铃，既而铃坠，唯大叫以行。行，闻履声及叶鸣谷响，亦皆以为鬼号，求救于人甚哀。

夜半抵家，大哭叩门，其妻问故，舌缩不能言，唯指床曰："亟扶我寝！我遇鬼，今死矣！"扶至床，胆裂，死，肤色如蓝。巫至死不知其非鬼。

《逊志斋集》

【注释】

①方孝孺（1357～1402）：字希直，又字希古，人称正学先生。明宁海（今属浙江）人。宋濂弟子，惠帝时任侍讲学士。燕王（即明成祖）兵陷京师。不肯为成祖草拟登基诏书，且投笔哭骂，被杀，灭十族（九族之外又及弟子），株连而死者八百七十余人。有

《逊志斋集》。

②角：古乐器名，多用做军号。

③胡旋舞：唐代西北少数民族舞蹈。出自康国，以各种旋转动作为主，故名。

④禳（ráng）：向鬼神祈祷。

⑤已：停止。此处指病愈。

⑥赀（zī）：同"资"，钱财，费用。

⑦诿：推诿，找借口。

⑧愠：发怒，愤恨。

⑨瞷（jiàn）：窥视。

⑩旋其角：转动着吹号角。

⑪岑（cén）岑：胀痛。

【赏读】

能驱鬼的被"鬼"吓死，驱鬼本领不攻自破。前面装神弄鬼夸海口，何等神气！后来夺命狂奔，肝胆俱裂，多么狼狈！强烈对比，绝大讽刺。

巫祝惯用的伎俩，就是碰巧把病"治"好了，有吃有喝骗人钱；治不好编个理由找客观，永远立于不败之地。

越巫原来的本意就是骗人，时间一长，自己都相信自己真会驱鬼了，"终不自信其术之妄"，所以在他路上遇到"鬼"的时候，还不忘吹号角，摇铃铛。

作者传神写貌，极其生动形象。写为人驱鬼的热闹场面，写夜间遇鬼时的狼狈丑态，都如闻其声，如见其形。

钱尚书治第^① 文 林^②

淞江钱尚书治第时,多役乡人^③,而砖甃^④亦取给于彼。一日,有老佣后至,钱责其慢,对曰:"某担自黄翰林坟,坟远故迟耳。"钱益怒。老佣徐曰:"黄家坟故某所筑,其砖亦取自旧冢,无足怪者。"

《瑯琊漫抄》

【注释】

①治第:建造房屋院落。

②文林(1444~1499):字宗儒,明长洲(今江苏苏州)人。大画家、书法家文徵明父。曾任温州知府。有《文温州集》及《瑯琊漫抄》一卷。后者杂记琐闻逸事,间亦考证经史,凡四十八则。

③多役乡人:役使很多当地百姓给他干活。

④甃(zhòu):用砖砌。

【赏读】

古代有些人一旦做了官,就要改换门庭修祖坟,光宗耀祖臭显摆。一人发迹,祸及百姓。像钱尚书这样的家伙,你自己怎么高兴,是你自己的事,有钱大兴土木,别人管不着。可是他却要搜刮乡里,盘剥乡亲,私事公办,让百姓为他修府第出官差。

闻所未闻的是,不但要为他白干活,还要带砖瓦自备料。钱尚书不出工,不出钱,不出料,空手套白狼。这哪里是什么尚书,分明是强盗。

百姓敢怒不敢言，正面交锋惹不起，只好旁敲侧击恶心你。这位白干活的老人，就要出出这口气。干活不给钱，还得守时间。看来老人是有备而来，故意迟到，让钱尚书责备，引起由头，顺势搭话恶心你。你起高楼，盖厅房，多么喜庆的事，可是我运来的砖却是用过两次的砌坟砖。所以这新房、新楼、新院落，在我眼里就是砌新坟。以前，我给黄家砌坟，现在又扒坟，扒了坟再盖"新坟"，将来还要扒"新坟"……周而复始。同样我"眼看他起朱楼，眼看他宴宾客，眼看他楼塌了"（孔尚任《桃花扇》）。

　　由钱尚书的事，想起了另一个故事："蒋柏生大令，罢官归，筑一园。落成之日，或题一联于门云：'造成东倒西歪屋，用尽贪赃枉法钱。'蒋见之，干笑而已。"不管怎么说蒋柏生用的还是自己的"贪赃枉法钱"，这位钱尚书算他狠，连贪赃枉法钱都舍不得出，他要白手起"家"。文中这位智慧的"老佣"，如果在钱尚书府第落成时，能把上面的对联改成"造成东倒西歪墓，用尽百姓筑坟砖"送上去，那么就功德圆满了。

老者求墨宝 文　林

张长史①释褐②为苏州常熟尉。上后旬日,有老父过状,判去。不数日,复至。乃怒而责曰:"敢以闲事屡扰公门!"老父曰:"某实非论事,但睹少公③笔迹奇妙,贵为箧笥之珍耳。"长史异之,因诘其何得爱书。答曰:"先父爱书,兼有著述。"长史取视之,曰:"信④,天下工书者也。"自是,备得笔法之妙,冠于一时。

《幽闲鼓吹》

【注释】

①张长史:即张旭,字伯高,官金吾长史、常熟县尉。精通楷书,最为有名。性好酒,大醉后,呼喊狂走,而后落笔,故称"张癫"。其草书与当时李白诗歌、裴文剑舞并称"三绝"。也能诗,长于七绝。

②释褐:脱去百姓布衣(褐)换上官服,意即去做官。

③少公:少,古代为长官辅佐之称。因县尉辅佐于县令,张旭为县尉,故称之为少公。

④信:确实,果真。

【赏读】

求人墨宝者,往往送以厚礼,展纸磨墨,恭敬以请。

这位老人却打官司"上瘾",原来项庄舞剑,意在沛公,看上了张旭的判词书法,多判几次,就多得些墨宝。

张旭无意,老者有心,得书法珍品于判词文字,可谓"巧取"之。然此事可遇不可求。

安禄山①大地图 文 林

安禄山反叛前三两日,于宅宴集大将十余人,锡赉②绝厚。满厅施大图,图山川险易攻取剽劫之势。每人付一图,令曰:"有违者,斩。直至洛阳!"指挥皆毕,诸将承命,不敢出声而去。于是行至洛阳,悉如其画也。

《幽闲鼓吹》

【注释】

①安禄山:唐人,骁勇善战,被九州节度使张守珪收为养子。后得玄宗、杨贵妃宠信,兼任平卢、范阳、河东三节度使。天宝十四载(755)在范阳起兵叛乱。次年称帝,国号燕。

②锡赉(lài):锡,赐给。赉,赏赐。

【赏读】

《孙子兵法》谈到地形时说:"夫地形者,兵之助也。料敌制胜,计险隘远近,上将之道也。知此而用战者必胜,不知此而用战者必败。"安禄山深明此道,所以在反唐前,大将们人手一幅地图。

他从范阳(今北京)起兵,仅一年时间,就攻下了长安,之所以势如破竹,如此神速,恐怕也是得力于那张"大图"。安禄山恩威并施,一方面大宴大将,赏赐丰厚;一方面命令必须绝对按地图用兵,"有违者,斩。直至洛阳!"

由"诸将承命,不敢出声而去"可以想见,他们心里多么紧张,侧面反映出安禄山治军之严。果然,会师洛阳时,跟他事先的谋划一丝不差。

题太白墓 黄 暐①

采石②江头，李太白墓在焉。往来诗人，题咏不绝。有客诗一绝云："采石江边一抔土，李白诗名耀千古。来的去的写两行，鲁班门前掉大斧。"

《蓬轩别记》

【注释】

①黄暐（wěi）：生卒年不详。字日升，号东楼，明吴县（今属江苏）人，弘治三年（1490）进士，曾任工部主事。著作有《使陕录》、《蓬轩类纪》（含《蓬轩吴记》、《蓬轩别记》）等。

②采石：即采石矶，在安徽马鞍山市长江东岸，传为李白醉酒捉月溺死处。

【赏读】

人们敬仰大诗人李白，凭吊其墓者甚多，触景生情，感慨系之，题诗悼念，人之常情。

而这位仁兄的诗就让人不知所措了。因为李白是大诗人，"后人"悼念他连诗的形式都不能用，否则就是班门弄斧。那么，照此推理，如果墓中人是欧阳询、颜真卿等大书法家，墓碑上的字就没有人敢写了……有意思的是，这位仁兄，挖苦别人不应该在大诗人面前作诗，他自己居然也用诗的形式在李白墓前来讽刺别人，这不正是"鲁班门前掉大斧"吗？

朱元璋抄袭黄巢诗 顾元庆①

高庙②《咏菊》诗云:"百花发,我不发。我若发,都骇杀。要与西风战一场,遍身穿就黄金甲。"一统鸿基③,兆于此矣。

《夷白斋诗话》

【注释】

①顾元庆(1487~1565):字大有,号大石山人。明朝长洲(今江苏苏州西南)人。喜爱藏书,逾万卷。藏书堂为"夷白斋"。又选择精善版本刻印,有《顾氏文房小说》行世,著有《十友图赞》、《云林遗事》、《夷白斋诗话》、《紫府奇言》、《阳山新录》、《茶谱》等十余种。

②高庙:高,表尊敬之意。庙,即"庙号",帝王死后,在太庙立室奉祀,并追尊以某祖、某宗。朱元璋已死,故称"高庙"。

③鸿基:盛大、强盛的基业。

【赏读】

唐朝农民起义的领袖黄巢作过一首诗《不第后赋菊》:"待到秋来九月八,我花开后百花杀。冲天香阵透长安,满城尽带黄金甲。"明眼人一看就知道,朱元璋剽窃了黄巢的诗,不过稍为改头换面而已。朱元璋诗的另一种版本前四句合成两句:"百花发时我不发,我若发时都骇杀。"大概觉得这样模仿太露骨了,于是就把前两句拆成四句,变变花样,遮人耳目。

两首诗一比较,优劣自明。黄巢是个有文化的人,诗写得很有气魄，表现了他的理想和战斗精神。"我花开后百花杀"表现的是菊花不和百花争春，而在秋日开放，风标独具，卓尔不群。朱元璋的"我若发，都骇杀"完全是一种以势压人的霸道口气。而且黄巢的诗以花作隐喻，耐人寻味。朱元璋直露浅薄，几乎是大喊政治口号。看来朱元璋确实文化不高，作诗乏才。

这明目张胆的抄袭者是皇帝，所以谁也不敢作声。谁要敢说皇帝剽窃，那不是找死吗！不表态也就罢了，没想到顾元庆还拍起马屁来了，居然说"一统鸿基，兆于此矣"，悲夫！

寒花葬志 归有光①

婢②,魏孺人③媵④也。嘉靖丁酉五月四日死。葬虚丘。事我而不卒⑤,命也夫!

婢初媵时,年十岁,垂双鬟,曳深绿布裳。一日天寒,爇⑥火煮荸荠熟,婢削之盈瓯,予入自外,取食之,婢持去不与。魏孺人笑之。孺人每令婢倚几旁饭,即饭,目眶冉冉动,孺人又指予以为笑。

回思是时,奄忽便已十年。吁!可悲也已!

《震川文集》

【注释】

①归有光(1507~1571):字熙甫,人称震川先生,昆山(今属江苏)人。明散文家。嘉靖进士,官南京太仆寺丞。推崇宋元文章,反对"文必秦汉"。其散文朴素简洁,善于叙事。有《震川先生集》。

②婢:指寒花。

③魏孺人:作者前妻。孺人,对妇女的尊称。

④媵(yìng):陪嫁的婢女。

⑤卒:到底,最后。

⑥爇(ruò):烧。

【赏读】

百余字短文,寒花的身份、衣着、发饰、死于何时、葬于何地,无不清楚交代；其天真之憨态，其灵动的一瞬，一笑一颦，无不生动传神。全文充满作者对寒花怀念不已的深厚感情，使读者也顿生爱怜之心。

所记两件小事，小之又小。归有光回家，见寒花剥好的荸荠，拿来就吃，寒花拿走不让吃，夫人笑了，无责备寒花之意，而是爱寒花不避亲疏之嫌的天真，又因归有光嘴馋碰壁而好笑。寒花吃饭时眼睛慢慢转动，天真烂漫，夫妇二人会心一笑，充满无限爱怜。两件琐事，透露着夫妇恩爱，主婢情深，家庭和谐气氛。

写往日的欢乐，正是抒发今日悼亡之痛，悼寒花，悼妻子，悼念往日快乐温馨的生活。平淡无华的文字，透出淡淡的怀旧哀愁。

点选绣女 田艺蘅[①]

隆庆二年戊辰正月元旦大风,走石飞沙,天地昏黑。湖市[②]新码头官船起火,沿烧民居二千余家,官民船舫焚者三四百支,死者四十余人。

至初八九日,民间讹言朝廷点选绣女[③],自湖州而来。人家女子七八岁已上,二十已下,无不婚嫁。不及择配,东送西迎,街市接踵,势如抄夺[④]。甚则畏官府禁之,黑夜潜行,惟恐失晓[⑤]。歌笑哭泣之声,喧嚷达旦,千里鼎沸。无问大小长幼美恶贫富,以出门得偶即为大幸。虽山谷村落之僻,士夫诗礼之家,亦皆不免。时偶一大将官抵北关,放炮三声,民间愈慌,走曰:"朝廷使太监至矣!"仓忙激变,几至于乱。至十三日,上司出榜严禁,尤不能止,真人间之大变也。

未几而知其伪,悔恨嗟叹之声则又盈于室家,然亦无及矣。愚民无知谣惑,此甚可笑也。此风直播于江西、闽、广,极于边海而止,又何其远也!

一富家偶雇一锡工,在家造镴器[⑥]。至半夜,有女不得其配,又不敢出门择人,乃呼锡工曰:"急起,急起,可成亲也。"锡工睡梦中茫然无知,及起而摹搓两眼,则堂前灯烛辉煌,主翁之女已艳妆待聘矣。大出不意。

又一家相约黑夜送女往,则巷门锁栅未启,情甚极也。门内一卖豆腐者晓起磨豆,见之,偶无妻室,固不肯启钥,强要而成亲。女父惧天明，又见其人年少，叹曰："亦得，亦得。"即以女与之。

《留青日札》

【注释】

①田艺蘅（1524～？）：明代文学家。字子艺，浙江钱塘（今杭州）人。贡生。涉猎广泛，博学能文，为人落拓不羁，好酒任侠。有《大明同文集》、《田子艺集》、《煮泉小品》、《留青日札》等。《留青日札》三十九卷，杂记明朝社会风俗、艺林掌故、政治经济、冠服饮食等，颇有资料价值。

②湖市：即湖州（今属浙江）。

③点选绣女：到民间征选民女入宫。绣女，备选入宫为妃嫔宫女的少女。

④抄夺：抄没抢夺财物。

⑤失晓：耽误了天亮前这段时间。

⑥镴器：用锡铸造打制的祭器，如香炉、蜡台等。

【赏读】

文章一开始，就是自然灾害，飞沙走石，天昏地黑，官船失火，房舍被焚，死人数十。人心不定，恐怖紧张的气氛一下子提升起来，给点选绣女的谣言提供了土壤。同时，天灾的描写也是一种对比，让人看到，天灾确实很严重，但它终究是局部，而点选绣女的人祸却是乡村贫家、城镇富室全覆盖。人祸胜于天灾，"苛政猛于虎"。

点选绣女带来的极度恐慌，从三个方面凸显出来。看到的是"东送西迎，街市接踵，势如抄夺"，"黑夜潜行，惟恐失晓"。充耳以闻的是"歌笑哭泣之声，喧嚷达旦，千里鼎沸"。人的精神状态是风声鹤唳,草木皆兵,"时偶一大将官抵北关,放炮三声,民间愈慌"。官方辟谣,尤不能止。

谁也不愿意去宫里守活寡。就连《红楼梦》里选做妃子的元春也说宫里是"不得见人的去处"。从青春到白头,孤苦寂寞,一辈子就葬送了。

最后两则"拉郎配"的故事,让人哭笑不得。急不择婿,不论门第,不论职业,不论美丑,不论老少,只要是未婚男子,拉来就成婚。这将会造成多少家庭悲剧?

点选绣女是一出闹剧,一出含着眼泪的喜剧,是一出真正的悲剧,是对皇帝点选绣女的控诉状。

偷技不传子　刘元卿①

一偷儿黠甚，终生行窃无犯。垂老，子虑其术终于其身，日恳传焉。父曰："吾何传？为之即是。"子一夕乘间入富室卧内，有大柜偶未镢②，预隐其中。计伺主人寐则窃藏出也。

乃主人方寝而忆，镢其柜，不得出。中夜彷徨，夜阑益棘③，不得计，故弹指作鼠啮声。主人寤而闻之，虑鼠啮衣籍，亟起发镢逐鼠。

偷儿子跃出逸归，对其父曰："父奈何秘不传儿，几濒死所矣。籍④第⑤令计不出是奈何！"父曰："即此是矣，吾又何传！"

《贤弈编》

【注释】

①刘元卿：字调父，江西安福（今属江西）人。明隆庆间举于乡。会试对策时，尖锐批评时弊，主考不敢录取。后以累荐，召为国子博士，擢拔礼部主事。著有《山居草》、《还山续草》、《诸儒学案》、《贤弈编》、《思问编》、《刘聘君全集》等。

②镢（jué）：箱子上安锁的钮，这里指"锁上"。

③棘：通"急"。

④籍：通"藉"，假使。

⑤第：但，只。

【赏读】

故事短小，却也波澜起伏。子再三恳请，父坚持不传技于子。

儿子不知其意，只好铤而走险。乘机藏身富家柜中，待机行窃。没想到主人忽然想起，锁了柜子。初试身手，就身陷绝境。为读者立一悬念：且看他如何脱身？

于是他急中生智，假作老鼠咬东西，惊动了主人，开锁驱鼠。偷儿一跃而遁。

经此劫难，按情理而言，故事顺理成章，应是父亲慰劳有加，无所保留地传授偷技。但是当儿子提出责难，口出怨言时，没想到父亲却说："即此是矣，吾又何传！"你这样做就是对的，我又有什么可传授的呢！

语出读者意料之外，细想原来是父亲一片苦心。盗亦有道，小偷也有"哲人"，他在用"实践出真知"的道理培养"接班人"。

都人好游 王士性[1]

都[2]人好游,妇女尤甚。每岁,元旦则拜节。十六过走百病[3],灯光彻夜。元宵灯市,高楼珠翠,毂击肩摩。清明踏青,高梁桥[4]盘盒一望如画图。三月东岳诞[5],则要松树,每每三五为群,解裙围松树团坐,藉草呼卢[6],虽车马杂沓过,不顾。归则高冠大袖,醉舞驴背,间有坠驴卧地不知非家者。至中秋后游踪方息。

昔人谓,辇毂之下[7],万姓走集。无怪乎醉人为瑞也。所可恨者,向有戒坛[8]之游,中涓[9]以妓舍僧,浮棚满路,前僧未出,后僧倚候,平民偶一闯,群僧箠之且死。迩[10]以法严禁之,十数年恶俗一清矣。

《广志绎》

【注释】

①王士性(1546~1598):字恒叔,号太初,又号玄白道人,临海(今属浙江)人。人文地理学家。明万历五年(1577)进士,历任礼科给事中,官终鸿胪寺卿。一生游迹遍及十四省。对地方风物,广事搜访,详加记载,并成著作。有《五岳游草》、《广游志》、《广志绎》等。其中《广志绎》凡山川险易、民风物产之类,巨细兼载,眼光独到,是一部很有价值的人文地理学著作。

②都:指北京。

③走百病:旧时有些地方多以正月十六日游寺观,谓之"走百

病"，风俗至今犹存，多野外踏青。另，京都旧俗，妇女多于元宵夜出游摸正阳门门钉，以被除不祥。文中所述，也是到野外郊游。

④高梁桥：桥在距北京西直门外不远处，因跨旧时高梁河而得名。明袁宏道和袁中道皆有散文《游高梁桥记》。

⑤东岳诞：泰山神东岳大帝的生日，即农历三月二十八日。

⑥呼卢：一种掷骰子定输赢的赌博。五颗木子，一面涂黑，画牛犊；一面涂白，画雉。掷出五子全黑，叫"卢"，为头彩。掷者大声呼叫，希望全黑，因之叫"呼卢"。

⑦辇毂（niǎn gǔ）之下：指皇帝居住的地方，即京城。辇毂，皇帝、皇后坐的车子。

⑧戒坛：即位于京西门头沟马鞍山下的戒台寺，原名慧聚寺。

⑨中涓：皇帝亲近之臣，多指宦官。

⑩迩：近来。

【赏读】

有整体概括介绍："十六过走百病，灯光彻夜。元宵灯市，高楼珠翠，毂击肩摩。清明踏青，高梁桥盘盒一望如画图。"把都人的节日游览渲染得热热闹闹。

有细部刻画描写，看妇女的欢乐无羁，难得的放纵："解裙围松树团坐，藉草呼卢。"看回去时候的窘态："醉舞驴背"，"坠驴卧地"。

文字简洁精粹，三言两语，画出妇女纵情狂欢、烂醉失态情状。

大理[①]宜居   <small>王士性</small>

  乐土以居,佳山川以游,二者尝不能兼,惟大理得之。

  大理,点苍山[②]西峙,高千丈,抱百二十里如弛弓,危岫入云,段氏[③]表[④]以为中岳。山有一十九峰,峰峰积雪,至五月不消,而山麓茶花与桃李烂熳而开。东汇洱河于山下,亦名叶榆,绝流千里,沿山麓而长,中有三岛、四洲、九曲之胜。

  春风挂帆,西视点苍如蓬莱、阆苑[⑤],雪与花争妍,山与水竞奇,天下山川之佳莫逾是者。且点苍十九峰中,一峰一溪飞流下洱河。而河崖之上,山麓之下,一郡居民咸聚焉。

  四水入城中,十五水流村落,大理民无一坻半亩无过水者,古未荒旱,人不识桔槔[⑥]。又四五月间,一亩之隔,即候雨候晴,雨以插禾,晴以刈麦,名"甸溪晴雨"。其入城者,人家门扃院落捍之即为塘,甃[⑦]之即为井。谓之乐土,谁曰不然?

  余游行海内遍矣,惟醉心于是,欲作菟裘[⑧],弃人间而居之。乃世网所撄[⑨],思之令人气塞。

《广志绎》

【注释】

  ①大理:今属云南。
  ②点苍山:又名苍山、灵鹫山。在大理西。
  ③段氏:古大理国国君姓段。
  ④表:表彰,封。

⑤蓬莱、阆(làng)苑：蓬莱，传说中三神山之一。其他两山为方丈、瀛洲。阆苑，传说中神仙居住的地方。

⑥桔槔(jié gāo)：亦称"吊杆"，是一种利用杠杆原理从井中汲水的工具。

⑦甃：以砖修井。

⑧菟(tú)裘：古邑名。春秋鲁地，在今泰安东南楼德镇。《左传·隐公十一年》有："使营菟裘，吾将老焉。"后人以"菟裘"代指士大夫告老退隐的处所。

⑨撄(yīng)：扰乱，萦绕，纠缠。

【赏读】

何必"缘溪行，忘路之远近"而去寻桃花源呢？在作者笔下，这不就是人间桃花源吗？

先看风光，主要是写点苍山和洱海之美。点苍山十九峰，峰峰积雪，五月不消；山下却是山茶花和桃花争艳，一片烂漫。再下则是有三岛、四洲、九曲之胜的洱海。

举头看山，白色晶莹雪；放眼山麓，五色绚丽花；俯视水面，碧波荡漾海。山水争奇，花雪比妍，峰峰飞瀑。这也就是"佳山川以游"吧。

大理农村，雨水丰沛，处处水田，不曾干旱，不识桔槔。夏天还有东边日出西边雨的"甸溪晴雨"奇观。城里家家绕流水，户户有水井。所以"谓之乐土，谁曰不然？"与文章首句"乐土以居"相呼应。

大理确实是一个适合人居住的地方，作者游遍海内，只醉心于大理，欲"弃人间而居之"。但是由于世俗之累，他只能心向往之，因而抑郁难平。以自己的感受，再一次强调大理是多么令人神往。

月能移世界 张大复①

邵茂齐有言:"天上月色,能移②世界。"果然,故夫山石泉涧,梵刹③园亭,屋庐竹树,种种常见之物,月照之则深,蒙之则净;金碧之彩,披之则醇④;惨悴之容,承之则奇。浅深浓淡之色,按之望之⑤,则屡易而不可了⑥。以至河山大地,邈若皇古⑦;犬吠松涛,远于岩谷;草生木长,闲如坐卧;人在月下,亦尝忘我之为我也。

今夜严叔向置酒破山⑧僧舍,起步庭中,幽华可爱。旦视之,酱盎⑨纷然,瓦石布地而已。戏书此以信⑩茂齐之语,时十月十六日,万历丙午三十四年也。

《梅花草堂笔谈》

【注释】

①张大复(1553~1630):字心期,号病居士,又号寒山子,明昆山(今属江苏)人。有建功立业之志,而志不遂愿。后因哭父丧而失明。著有《昆山人物传》、《梅花草堂笔谈》等。《梅花草堂笔谈》记日常生活琐事及见闻,文笔清雅简洁。

②移:改变。

③梵刹:寺庙。

④醇:纯净。

⑤按之望之:再三研求、审视,仔细观察。

⑥屡易而不可了:景色不断改变,而看不清楚。

⑦邈若皇古:遥远得像远古时代。
⑧破山:寺庙名。
⑨酱盎(àng):酱缸、瓦罐杂物。
⑩信:证实。

【赏读】

　　月光下的世界,千姿百态。酱缸瓦砾,万紫千红,都统一于银白色的月光和黑色的阴影,使整个世界,显得纯净飘逸,让人感到神秘静穆,邈若皇古。朦胧之美,使人心灵净化,融于自然,几近忘我。

　　与月光同样能"移"世界的,首推雪。楼阁被雪,而成琼楼玉宇,更显壮丽神奇;杂物被雪,不见原貌,只见银装素裹,突兀起伏;树木着雪,则有玉树琼枝的奇妙。

　　月光、雪色变繁杂为简洁,掩丑陋而现美丽,同为大自然的美容师。

破躁 张大复

有徐行^①雨中者,人或迟之^②,答曰:"前途政^③雨。"此破躁之药。而闻者以为可笑也。苏子瞻舟浅江滩^④,作书不辍,殆^⑤是雨中徐行者也。

《梅花草堂笔谈》

【注释】

①徐行:慢慢行走。
②迟之:认为他走得太慢。迟,慢。
③政:正。
④苏子瞻舟浅江滩:苏子瞻即苏轼。一次乘船搁浅,船倾斜,人们惊恐。对苏轼来说这种事经历得太多了,而且认为自己着急也无济于事,所以他继续写作。
⑤殆(dài):差不多,几乎。

【赏读】

"前途"也无处避雨,大雨茫茫无边,快慢都是淋雨,急也无济于事。何不既"湿"之,则安之,徐徐而行,甚至可以欣赏雨中景色。

环境恶劣,调整心态,物为我用,苦中也可作乐。智者的选择当如此。

士　风　张大复

一少年，初与科试，予闻之喜，问名第几？答曰："苟不至落格①耳。"已按②之，则高等也。尔时不觉欲呕，至今羞见此人。新羁之马③，须有翩翩试步之兴，异日者可望绝尘④。甫出厩，便做昂首悲鸣态，岂吉事之祥乎？是故士风之鄙，莫最于诈老成；人貌之薄⑤，莫夭⑥于妄言不得意。

《梅花草堂笔谈》

【注释】

①落格：落榜。

②按：核查了解。

③新羁之马：新上笼头的马。

④绝尘：脚不沾尘土，形容奔跑得很快。

⑤薄：不厚道。

⑥夭：草木繁盛貌，这里引申为"大"的意思。

【赏读】

明明科举高中，却说侥幸没有落榜，心中得意，不露真情，矫情作态，故作谦虚。正如作者所说：最鄙下的，莫过于小小孩子，扭捏作态，假装老成；人的不厚道，莫过于无病呻吟，诉说不得意。

张大复通过这件小事，生发开来，敏锐地发现虚伪之风弥漫士林的严重。我们可以这样推想，这些士子未曾做官，已经练就了圆滑虚伪功夫，走上政坛岂不欺上瞒下，误国误民？

囊 萤 张大复

书生以囊萤[1]闻于里[2]。里人高其义[3],晨诣[4]之,谢他往[5]。里人曰:"何有囊萤读而晨他往者?"谢者曰:"无他,以捕虫往,晡[6]且归矣。"

今天下之所高[7],必其囊萤者。令[8]书生白日下帷[9],孰诣者哉。

《梅花草堂笔谈》

【注释】

①囊萤:以袋放萤火虫夜间照明读书,彰显其家贫而苦读。
②闻于里:乡里闻名。
③高其义:推崇他高尚的精神。
④诣:拜访。
⑤谢他往:辞谢说到别处去了。
⑥晡(bū):申时,下午三点到五点。
⑦高:高看,崇拜。
⑧令:假令,如果。
⑨下帷:闭门苦读。

【赏读】

看来古人也会炒作。萤窗雪案,本来是苦读的典范,却让有心人拿来作为沽名钓誉之资。

这位书生白天大好时光不读书,而去捉萤火虫,晚上再借萤火读书，哪有这样的道理？可以断定他"借光"读书只是炒作，制造舆论而已。正如作者所说"今天下之所高，必其囊萤者"，书生深明此道，就是要骗个好名声，四方传颂，得到推荐，平步青云。

许多时候人们只喜欢看表面现象，却不去探究其实质真相，于是盗名窃誉之徒得逞其恶。世风日下，诚信荡然，天下堪忧。

贫　士　赵南星①

一贫士冬月穿夹衣，有谓之者曰："如此严寒，如何穿夹衣？"贫士曰："单衣更冷。"

赞曰：夹衣胜单衣，单衣胜无衣，作如是观，即能乐道安贫。有一人耻说家贫，单衣访友，其友问他："如此寒天如何单衣？"其人答曰："我原来有个热病。"

其友知他是诈，留至天晚，送他在凉亭内宿歇，冻急了，随即逃走。

又一日相遇，问他前日留宿，如何不肯次日再会，其人说："我怕日出天热，趁着早凉就行了。"

《笑赞》

【注释】

①赵南星（1550~1627）：字梦白，号侪鹤，别号清都散客。高邑（今属河北）人。明政治家，文学家。万历二年（1574）进士，官至吏部尚书，是东林党的首领之一。与宦官魏忠贤斗争失败后，谪戍代州，病卒。著作有《赵忠毅集》、《芳茹园乐府》、《史韵》、《学庸正统》等。另有笑话集《笑赞》，多讽世之作。

【赏读】

两个都是穷人，对待贫穷的态度却不一样。

第一位乐道安贫。问他数九严寒为什么穿夹衣，意思是为什么不穿棉衣。贫士说：因为穿单衣更冷。对他来说，只有夹衣和单衣，棉衣是奢望。他只能在夹衣和单衣之间作比较，自然夹衣更暖和。

第二位贫士是死要面子活受罪。朋友恶作剧，让他凉亭里去过夜，结果冻得受不了，半夜落荒而逃。后来再和朋友相见，朋友想揭穿他，为什么天不亮就不告而别？他倒很机智地作了回答。为了面子死撑到底，就不承认自己没棉衣。

贫穷已是事实，那么就要敢于承认并勇于面对，泰然处之而安，也就会得到别人的尊重。而如果一味虚荣，却反而会被人耻笑。

秀才买柴　赵南星

一秀才买柴,曰:"荷薪者过来。"卖柴者因"过来"二字明白,担到面前。问曰:"其价几何?"因"价"字明白,说了价钱。秀才曰:"外实而内虚,烟多而焰少,请损之。"卖柴者不知说甚,荷柴而去。

赞曰:秀才们咬文嚼字,干的甚事!读书误人如此!有一官府下乡,问父老曰:"近来黎庶何如?"父老曰:"今年梨树好,只是虫吃了些。"就是这买柴的秀才。

《笑赞》

【赏读】

这位买柴的秀才满嘴"之乎者也",没法跟人正常沟通,他们简直是肩不能挑担、手不能提篮,而又清高自傲、脱离现实生活的废物。

这些人做了官,就成了文中这位下乡的官员,依然转文,管你百姓听懂听不懂。官员问"近来黎庶何如?"是官样文章,以示关心百姓疾苦打官腔。百姓不知"黎庶"为何物,他们关心的是"梨树"结果子多少,这关系到自己的生活,于是"黎庶"就成了"梨树"。

与人沟通,还是用简单普遍的语言表达为好,说话要看对象、时机,这样才能察人观时说出恰当的话。

秦 士 谢肇淛①

秦士有好古物者,价虽贵,必购之。一日,有人持败席一扇,踵门②而告曰:"昔鲁哀公③命席以问孔子,此孔子所坐之席也。"秦士大惬,以为古,遂以负郭④之田易之。

逾时,又有持枯竹一枝,告之曰:"孔子之席,去今未远,而子以田售。吾此杖乃太王避狄⑤,杖策去豳⑥时所操之筴⑦也,盖先孔子又数百年矣,子何以偿我?"秦士大喜,因倾家资悉与之。

既而,又有持朽漆碗一只,曰:"席与杖皆周时物,固未为古也。此碗乃舜造漆器时作,盖又远于周矣,子何以偿我?"秦士愈以为远,遂虚所居之宅以予之。

三器既得,而田舍用资尽去,致无以衣食。然好古之心,终未忍舍三器。于是披哀公之席,持太王之杖,执舜所作之碗,行乞于市,曰:"那个衣食父母,有太公⑧九府⑨钱,乞我一文。"闻者喷饭。

《五杂俎》

【注释】

①谢肇淛:生卒年论者不一。字在杭,长乐(今属福建)人。明万历进士,曾任广西左布政使等职。水利专家,曾作《北河纪略》。能诗。有笔记《五杂俎》,多记掌故风物。另有《小草斋集》等。

②踵门：亲自登门。

③鲁哀公：春秋鲁国末年君主，曾问政于孔子。

④负郭：靠近城郭。负，背依。郭，外城。

⑤太王避狄：太王，名亶父，周文王祖父，因受狄人侵扰，由豳迁至岐。

⑥豳（bīn）：古地名，今陕西彬县、旬邑一代。同"邠"。

⑦箠（chuí）：鞭子。

⑧太公：周代齐国始祖。姜姓，吕氏，名望。一说字子牙。俗称姜太公。

⑨九府：周代掌管财物的九种官。太公制定了黄金的计量——"黄金方寸重一斤"，制定了钱的形制——"钱圜函方"（外圆而孔方）。

【赏读】

好收藏而无知，自然上当买假货。可悲的是，把一钱不值的假货当真货而珍爱。更可悲的是都上街乞讨了，仍然不要饭，不要汤，还要太公九府钱。执迷不悟，愚蠢可笑。

具有讽刺意味的是，倾家荡产换来的"古物"都派上了用场，成了他乞讨的行头。

其文幽默机智，闲闲写来，步步推进，笔致如行云流水，妙得其趣。

请教讲官　朱国桢①

宋孝宗时,张子韶②在讲筵③。上尝问曰:"何以见教?"张曰:"臣安敢当见教之语。抑不知陛下临朝对群臣时,如何存心④?"上曰:"以至诚。"又曰:"入而对宦官、嫔御如何?"曰:"亦至诚。"又曰:"无所接对静处时,如何?"

上迟疑未应。子韶曰:"只这迟疑,已自不可。"

上极喜,握其手,曰:"卿问得极好。"

《涌幢小品》

【注释】

①朱国桢(1558~1632):字文宁,乌程(今浙江湖州)人。明万历十七年(1589)进士。著有《皇明史概》、《涌幢小品》等。其《涌幢小品》初名《希洪小品》,寓有仿洪迈《容斋随笔》之意。后筑木亭名"涌幢",因取为书名。杂记见闻,间有考证,所记掌故、人物故事、政治经济、文化风俗等琐谈丛考,多采择旧闻。《四库全书总目》评道:"其是非不甚失真,在明季说部之中,尤为质实。"

②张子韶:名九成。南宋钱塘(今浙江杭州)人。曾任太常博士、著作郎,拜礼部侍郎。因反对与金人议和,遭秦桧打击排挤。

③讲筵:即讲席,学者讲学或高僧讲经的座位。

④存心:居心,心里想法。

【赏读】

面对群臣时,是在公共场合,皇帝的一举一动都在众目睽睽之下，自然受到约束，所以还能够以至诚相待。面对宦官、嫔御虽不同于庙堂之上，但还是在众人眼下，也要受些拘束，还能待人以至诚。当张子韶问到独处时心里怎样想的，孝宗迟疑了一下，张子韶马上看出了问题，"只这迟疑，已自不可"。

张子韶在这里涉及了"慎独"的问题。孝宗的"迟疑"说明他在独处时，在没有外界监督下，面对赤裸裸的自我时，不能以至诚之心严格要求自己，没有勇气解剖自己。

一位皇帝高兴得居然握住了臣子的手说："卿问得极好。"说明他感到张子韶确实击中了自己的要害。

几句对话，一个动作，显现了臣敢直言、君能纳谏的和谐亲密的场景和气氛。

一味听命 朱国桢

有程姓者,善数学①,持某师某友书至。余曰:"莫谈,且吃饭去。"其人愕然。余曰:"我拙人也,秀才时,并不灼龟起课②,何则?得佳兆未必佳,得凶兆未必凶。且穷儒何处著力③。又如本佳而得凶兆,预先愁这几日;本凶而得佳兆,日后失望,烦恼更甚。所以一味听命。"其人默然。

临别,求书为荐,余曰:"生平寡交,只此一师一友,书以先到。"默然而去。

《涌幢小品》

【注释】

①数学:命相之学,占卜算卦。
②灼龟起课:上古之人以烧龟壳爆裂的纹,来占卜吉凶。
③著力:用力(改变吉凶)。

【赏读】

朱国桢回答算命的程先生的话,趣味盎然,切中要害,严密而无懈可击。若本来是好事,却得个凶卦,白白发愁了几天;若本来是坏事,却得个好卦,空欢喜一场,先喜后悲,更加烦恼。总而言之,说好说坏让人都苦恼。一开始就把算命的前提给否定了。

程先生只得沉默无语,免开尊口。然后他想让朱国桢写封推荐信给他的亲朋好友。朱国桢回答得好:我只有一师一友,他们都给我写过推荐信推荐你了。

鹤 朱国桢

陈州①倅②卢其畜二鹤甚驯。一创③死，一哀鸣不食。卢勉饲之，乃就食。一旦，鸣绕卢侧，卢曰："尔欲去耶？有天可飞，有林可栖，不尔羁④也。"鹤振翮⑤云际，数四徊翔乃去。

卢老病无子。后三年，归卧黄蒲溪上。晚秋萧索，曳杖林间。忽有一鹤盘空，鸣声凄断。卢仰祝曰："若非我陈州之鹤？果尔，当即下。"鹤竟投入怀中，以喙牵衣，旋舞不释。卢抚之泣曰："我老无血胤⑥，形悲影吊。尔幸留者，当如孤山⑦并老，共此残年。"遂引之归。为写溪塘泣鹤图，中绘己像，置一鹤其傍。

后卢殁，鹤亦不食死，家人瘗⑧之墓左。

《涌幢小品》

【注释】

①陈州：治所在今河南淮阳。

②倅（cuì）：地方官的副职之一。

③创：伤害。

④不尔羁：即"不羁尔"，不羁留你。

⑤翮（hé）：鸟的翅膀。

⑥血胤（yìn）：血亲后代。

⑦孤山：北宋诗人林逋隐居西湖孤山，赏梅养鹤，终身不仕，亦不婚娶，后人称他"梅妻鹤子"。此处以"孤山"代林逋而自比。

⑧瘗（yì）：掩埋，埋葬。

【赏读】

卢其和鹤的关系犹如父母之与子女。卢对鹤的饲养、爱护，没有太多的描写，主要是通过亲切的口吻，用语言传达"父母"对"子女"的叮咛和爱怜。他要放鹤走时说："你想走吗？有天可以飞，有树林可以栖息，我不会限制你的自由。"说话口气犹如父母同意孩子第一次离家出外闯世界。

当鹤回来的时候，卢说："莫非是我过去陈州的鹤吗？如果真是，就马上下来吧。"又很像失散多年后重逢的亲人口吻。接着抚摸着鹤哭着说："我年纪大了，也没有儿孙后代，孤苦伶仃一个人。如果你能留下来，我们就像林逋那样一块儿在这里养老，共度余生。"完全是家人絮语，共话家常。如果只听这几句话，焉知对面是鹤？

鹤不能人言，所以作者就通过鹤的行动表现它对主人的深情，恰似儿女依恋父母。失去伴侣后，哀鸣哭泣，不吃不喝。在卢安慰劝勉下，才肯进食。想离开主人时，"鸣绕卢侧"，好像有话要说，又不便开口。卢让它去闯荡世界，它在空中飞了几圈，大有与"亲人"难舍难分之意。等回来以后，"竟投入怀中，以喙牵衣，旋舞不释"。像是孩子对父母撒娇。卢死，它也绝粒而亡，为亲人殉情。

荷花荡 袁宏道①

　　荷花荡在荇门②外，每年六月二十四日，游人最盛。画舫云集，渔刀③小艇，顾觅一空。远方游客，至有持数万钱无所得舟，蚁旋④岸上者。

　　舟中丽人，皆时装淡服，摩肩簇舄⑤，汗透重纱如雨。其男女之杂，灿烂之景，不可名状。

　　大约露帷则千花竞笑，举袂则乱云出峡，挥扇则星流月映，闻歌则雷辊⑥涛趋。苏人游冶之盛，至是日极矣。

《袁中郎集》

【注释】

①袁宏道（1568～1610）：字中郎，号石公，湖广公安（今属湖北）人。明文学家。万历进士，官吏部郎中。与兄宗道、弟中道，并称"三袁"，创作反对模拟、复古，强调抒写"性灵"。是"公安派"的创始者。作品真率自然，多写闲情逸致。有《袁中郎集》。

②荇门：在苏州市郊。

③渔刀：一种小船，形如刀。

④蚁旋：像蚂蚁一样来回走动，表着急之状。

⑤舄（xì）：鞋。

⑥辊（gǔn）：滚动。

【赏读】

　　重金买舟，一舟难求；舟中游客，摩肩簇舄；男女杂遝，一动之间，则如千花竞笑，乱云出峡，星流月映；人声鼎沸，则如雷辊涛趋。一系列的夸张描写，把荷花荡"灿烂之景"渲染得"不可名状"。

　　不正面写荷花荡"接天莲叶无穷碧，映日荷花别样红"的景色，只写游人之胜，景象之热闹。既然游人趋之若鹜，荷花荡景色之美，自不待言。

斗　蛛　袁宏道

斗蛛之法，古未闻有，余友龚散木①创为此戏。散木少与余同馆，每春和时，觅小蛛脚稍长者，人各数枚，养之窗间，较胜负为乐。

蛛多在壁阴及案板下，网止数经无纬。捕之勿急，急则怯，一怯即终身不能斗。宜雌不宜雄，雄遇敌则走，足短而腹薄，辨之极易。

养之之法，先取别蛛子未出者，粘窗间纸上，雌蛛见之，认为己子，爱护甚至。见他蛛来，以为夺己子，极力御之。惟腹中有子及已出子者不宜用。登场之时，初以足相搏；数交之后，猛气愈厉，怒爪狞狞，不复见身②。胜者以丝缚敌，至死方止。亦有怯弱中道败走者，有势均力敌数交即罢者。

散木皆能先机决其胜败，捕捉之时，即云某善斗，某不善斗，某与某相当，后皆如其言。其色黳③者为上，灰者为次，杂色为下。名目亦多，曰玄虎、鹰爪、玳瑁肚、黑张经、夜叉头、喜娘、小铁嘴，各因其形似以为字。饲之以蝇及大蚁，凡饥、饱、喜、嗔，皆洞悉其情状，其事琐屑，不能悉载。散木甚聪慧，能诗，人间技巧事，一见而知之，然学业亦因之废。

《袁中郎集》

【注释】

①龚散木：即龚仲安。袁氏兄弟以"舅"称，但年龄相近，文

中说"散木少与余同馆",关系尤为密切。

②不复见身:言斗成一团,两蜘蛛不可分辨。

③黧(lí):黑色。

【赏读】

袁宏道跟蒲松龄一样不愧是大家手笔。一只小虫,写得饶有趣味。移人情于蛛,使之有"母爱"。当把蛛产的子粘窗间纸上的时候,"雌蛛见之,认为己子,爱护甚至。见他蛛来,以为夺己子,极力御之"。为保护孩子安全,不惜展开一场厮杀。

"初以足相搏;数交之后,猛气愈厉,怒爪狞狞,不复见身。"寥寥数语,斗蛛场面生动展现。尤其"不复见身"四字,把打成一团、无法辨认彼此身影的激烈搏斗情景传神地表现出来。

斗蛛虽好玩,终究是"斗"虫小技,若玩物丧志废学业,散木也是一个教训。

抱鸡养竹 冯梦龙[1]

唐新昌[2]县令夏侯彪之初下车[3],问里正曰:"鸡卵一钱几颗?"曰:"三颗。"彪之乃遣取十千钱,令买三万颗,谓里正曰:"未便要,且寄鸡母抱之。"遂成三万头鸡,经数月长成,令县吏:"与我卖。"一鸡三十钱,半年之间,成三十万(按:计算应为九十万)。

又问:"竹笋一钱几茎?"曰:"五茎。"又取十千钱付之,买得五万茎。谓里正曰:"吾未须笋,且林中养之。"至秋竹成,一茎十文,积成五十万。其贪鄙不道皆此类。

《古今谭概》

【注释】

①冯梦龙(1574~1646):字犹龙,又字耳犹,别署子犹、龙子犹、顾曲散人、墨憨斋主人等。长洲(今江苏苏州)人。明文学家。重视小说、戏曲和通俗文学。辑有话本集《喻世明言》、《警世通言》、《醒世恒言》,世称"三言"。有笔记《古今谭概》,辑有《智囊》、《情史》等。又改编前人戏曲多种,合为《墨憨斋定本传奇》。又改写小说《平妖传》、《列国志传》。一生著作、辑录甚丰。

②新昌:今属浙江。按:《朝野佥载》原文开头为"益州新昌"。《太平广记》转录时为"唐益州新昌"。大概冯梦龙发现益州当在今之川、鄂一带,而新昌在浙江,益州无新昌。故把"益州"删去。

③下车：到任。

【赏读】

  见过敛财的，没见过如此敛财的。买了现在，卖未来。天下事无奇不有，有了权，花样百出能搞钱。

  买了"原始股"，绝对没风险，小鸡变大鸡，竹笋变竹竿，不用再投资，喂养不用管，盘剥老百姓，赚人血汗钱。数月之后，县令腰缠万贯。苦了百姓，养鸡不能死一只，护林不能折一支。否则，赔偿治罪没个完。

  鸡蛋不拿——先交母鸡孵着；竹笋不挖——先在林子里长着。等到小鸡长大了，竹笋成竹竿了，再卖了钱给我。

  养鸡费用呢？自筹去。竹笋养护费呢？自筹去。工钱呢？我花了钱，东西都没拿，怎么还跟我要工钱？百姓哪里说理去！

易　术　冯梦龙

凡幻戏之术，多系伪妄。金陵①人有卖药者，车载大士②像。问病，将药从大士手中过，有留于手不下者，则许人服之，日获千钱。

有少年子从旁观，欲得其术，俟人散后，邀饮酒家。不付酒钱，饮毕竟出，酒家如不见也。如是三。卖药人叩其法，曰："此小术耳，君许相易，幸甚。"卖药者曰："我无他。大士手是磁石，药有铁屑，则粘矣。"少年曰："我更无他。不过先以钱付酒家，约客到绝不相问耳。"彼此大笑而罢。

《古今谭概》

【注释】

①金陵：今南京。
②大士：即观音大士。佛教大乘菩萨之一。

【赏读】

作者说："凡幻戏之术，多系伪妄。"应该把"多"改为"皆"，就更正确了。

魔术没有揭穿以前，让人惊讶、惊叹，觉得不可思议；揭穿之后，大失所望，受骗感觉，原来如此。

人有时还是"难得糊涂"好，永远保持着探索新事物的兴趣，永远有着好奇心，也是一种美的享受。什么事情都明明白白，都有答案，生活就淡而无味了，秘密都解开了，还有什么意思。

诱出户 浮白主人①

朱古民文学②善谑。一日在汤生斋中,汤曰:"汝素多知术,假如今坐室中,能诱我出户外立乎?"朱曰:"户外风寒,汝必不肯出;倘汝先立户外,我则以室中受用诱汝,汝必从矣。"

汤信之,便出户外立。谓朱曰:"汝安能诱我入户哉!"朱拍手笑曰:"我已诱汝出户矣。"

《雅谑》

【注释】

①浮白主人:生卒年里不详,明人。
②文学:教官,掌管学校的官员。

【赏读】

汤生不服气朱古民聪明点子多,一心要考验他一下。自己设计了一种情景,让朱古民引诱他从屋内走出去。汤生出的题目,心里很有把握,你有千条妙计,我有一定之规——不出屋。

朱古民应对之道是先退避三舍,承认自己失败,确实没有办法把汤引诱出户,麻痹汤生,使之放松警惕。然后提出可以把汤生从户外引诱到户内。汤生认为已经有了第一次胜利,只要坚守一条——绝对不听他忽悠,就会再次胜利。户外户内有什么两样?于是就从屋内走出来。

但是他没想到朱古民提出的方案本身就是诱他出户的手段。汤生想的是从屋里走出来,再开始实施朱古民的方案,却没有想到他从屋里出来,就已经输了,违背了他绝不"出户"的誓言。

朱古民明修栈道,暗渡陈仓,汤生最后还是中计。

靳阁老①子 浮白主人

靳阁老有子不肖②，而其子之子却又登第。阁老每督责之，即应曰："翁父不如我父，翁子不如我子，我何不肖？"阁老大笑而止。

《雅谑》

【注释】

①靳阁老：即靳贵，字充遂，号戒庵，丹徒（今属江苏）人。正德九年（1514），升为文渊阁大学士，入阁朝政。阁老，明代大学士及翰林学士入阁办事者为"阁老"。

②不肖：品行不好。

【赏读】

靳阁老责备儿子不长进，没出息，是跟他自己和孙子比较而言的。他是阁老，孙子科考中举，只有儿子是白丁。儿子处于很不利的位置。

儿子也做了比较，他巧妙地从另一个角度切入：跟父亲比爸爸、比儿子。"翁父不如我父，翁子不如我子。"这是两句充满智慧的辩语，扬长避短，把自己的不肖，通过曲折的表述、巧妙的安排完全遮盖了，反而自己"超过"了父亲。

好　睡　浮白主人

　　一人好睡。或戏之曰："'宰予昼寝①'怎么解？"对曰："宰者，杀也；予者，我也；昼者，日午也；寝者，睡也。统而言之：便是杀我，必要日午时睡一觉也。"

《雅谑》

【注释】

　　①宰予昼寝：出自《论语·公冶长》："宰予昼寝。子曰：'朽木不可雕也，粪土之墙不可圬也！于予与何诛？'子曰：'始吾于人也，听其言而信其行；今吾于人也，听其言而观其行。于予与改是。'"宰予，孔子弟子。

【赏读】

　　词的多义性居然让懒虫在儒家经典里找到了嗜睡的根据，孔圣人都这样说了，你还敢反对我大白天睡觉吗？

　　"宰予"本来是一个人的名字，他却望文生义解释为"杀了我"。按字面义他解释得并不错，"宰者，杀也；予者，我也。"难怪人家振振有词，给自己睡午觉找到了理论根据。

　　宋功臣赵普说过：我以半部《论语》帮助宋太祖赵匡胤得天下，以半部《论语》帮助宋太宗治天下，建立国家政权。在封建社会，《论语》的教化功能可谓大矣。但后世子孙居然还能把《论语》拿来搞笑，凭空增加了娱乐功能，这是孔老夫子万万没有想到的。

争 金 张夷令①

里中有富家行聘,盛筐篚②而过公门者。

公夫妇并观之,相谓曰:"吾与尔试度③其币金几何?"妇曰:"可二百金。"公曰:"有五百。"妇谓必无,公谓必有,争持至久,遂相詈④殴。妇曰:"吾不耐尔,竟作三百金何如?"公犹诟谇⑤不已。

邻人共来劝解。公曰:"尚有二百金未明白,可是细事?"

《迁仙别记》(见《古今谭概·专愚部》)

【注释】

①张夷令:明吴(今江苏苏州)人。有《迁仙别记》。关于迁公的故事,最先见于明代署浮白主人的《雅谑》中,后,张夷令辑录之,并有增益,名为《迁仙别记》。书已散佚,存于冯梦龙《古今谭概》。

②篚(fěi):盛物的竹器。

③度:揣度猜测。

④詈(lì):骂。

⑤诟谇(gòu suì):辱骂斥责。

【赏读】

富家定亲下聘礼,是多是少,与公夫妇何干!风起青萍之末的蝴蝶效应,小问题都能演成大矛盾。事发时,寸步不让,必须决一胜负；冷静后，推本求源回头看，原来是穷极无聊替别人瞎操心，幼稚可笑。

  小文的趣味也就在于此。一场无谓、无聊、无益、跟自己风马牛不相及的争论，夫妻俩却是那样认真，那样煞有介事，那样大动肝火。好像这订婚聘礼自己有一份，多了也不行，少了不答应。夫妇当局者迷——事情比天大；读者旁观者清——可笑愚蠢。喜剧就是这样炼成的。

柳敬亭说书 　张　岱①

　　南京柳麻子②，黧黑，满面疤瘤，悠悠忽忽③，土木形骸④。善说书，一日说书一回，定价一两。十日前先送书帕⑤下定，常不得空。南京一时有两行情人⑥，王月生⑦、柳麻子是也。

　　余听其说《景阳冈武松打虎》白文⑧，与本传大异。其描写刻画微入毫发，然又找截干净⑨，并不唠叨。勃夬⑩声如巨钟，说至筋节处，叱咤叫喊，汹汹崩屋。武松到店沽酒，店内无人，謈⑪地一吼，店中空缸空甓⑫皆瓮瓮有声。闲中著色⑬，细微至此。

　　主人必屏息静坐，倾耳听之，彼方掉舌⑭，稍见下人咕哗⑮耳语，听者欠伸有倦色，辄不言，故不得强。每至丙夜，拭桌剪灯，素瓷⑯静递，款款言之。其疾徐轻重、吞吐抑扬，入情入理，入筋入骨，摘世上说书之耳而使之谛听，不怕其醋舌死⑰也。

　　柳麻子貌奇丑，然其口角波俏⑱，眼目流利，衣服恬静⑲，直与王月生同其婉娈⑳，故其行情正等。

《陶庵梦忆》

【注释】

　　①张岱（1597～1679）：字宗子、石公，号陶庵、蝶庵，山阴（今浙江绍兴）人。明作家。年轻时，不求仕进，游山玩水，读书品艺。明亡后，避居山中，从事著述。所著《陶庵梦忆》、《西湖梦寻》，追忆往事繁华，记录往昔生活，多有感慨。其文笔活泼清新。

是明代小品作家之佼佼者。

②柳麻子：即柳敬亭，泰州（今属江苏）人，本姓曹。犯法当死，变姓柳，善说书，倾动市人。后在扬州、杭州、金陵说书，缙绅争相延请。曾在宁南侯左良玉幕下做事，深得信任。尝奉命至金陵，朝中称"柳将军"，明亡，宁南死。他重操旧业。

③悠悠忽忽：悠闲自在，放纵随意。

④土木形骸：不加修饰，不修边幅。

⑤书帕：指请柬与定金。

⑥行情人：走红的人。

⑦王月生：秦淮名歌妓。

⑧白文：书的正文，不加注释评点。这里指"大书"，一种曲艺。大书一人独说不唱，唯有醒木一块，纸扇一把。

⑨找截干净：增删剪截，干净利落，毫不拖沓。

⑩勃夬（guài）：吆喝的意思。

⑪諻（bó）：大声呼叫。

⑫甓（pì）：本意为砖，此处作瓦器。

⑬闲中著色：在不经意处加以渲染。

⑭掉舌：动舌头开说。

⑮呫哔（chè bì）：低声细语。

⑯素瓷：白色茶杯。

⑰齰（zé）舌死：咬舌而死。《史记·魏其武安侯列传》"魏其必内愧，杜门齰舌自杀"。此处指别的说书人听了柳敬亭说书都要羞愧而死。

⑱波俏：口齿伶俐。

⑲衣服恬静：衣着朴素闲雅。

⑳婉娈：年少美好的样子。

【赏读】

　　柳敬亭其貌不扬，说书在行。开篇说柳敬亭奇丑，为夸其说书技巧欲扬先抑。

　　柳敬亭说书特点是，拟人拟声，声情并茂；描画人物故事，细致入微，当繁则繁，当简则简，取舍得当；说话语音疾徐轻重，吞吐抑扬，有节奏感；讲说人物性格，合情合理，入木三分，惟妙惟肖；说书态度严肃，一丝不苟，场地不静，立刻停止。

　　描写了他说书的高度艺术之后，最后总结，说他其貌不扬，但口角波俏口才好，眼目流利能传神，衣服恬静有风度。他是闲中著色，以艺服人。

夜航船 张 岱

昔有一僧人,与一士子同宿夜航船。士子高谈阔论,僧畏慑,踡足而寝。僧人听其语有破绽,乃曰:"请问相公,澹台灭明①是一个人、两个人?"士子曰:"是两个人。"僧曰:"这等尧舜②是一个人、两个人?"士子曰:"自然是一个人!"僧乃笑曰:"这等说起来,且待小僧伸伸脚。"

余所记载,皆眼前极肤浅之事,吾辈聊且记取,但勿使僧人"伸脚"则可已矣。故即命其名曰《夜航船》③。

《夜航船》

【注释】

①澹台灭明:字子羽,春秋鲁国武城(今山东费县西南)人。孔子弟子,因貌丑不为孔子所重。退而修行,南游至江,有弟子三百人。名闻诸侯。孔子闻之,感叹说:"以貌取人,失之子羽。"

②尧舜:传说中上古的贤明君主。

③《夜航船》:其内容极为广博,涉及学科广泛,是一部古代百科全书性的著作。

【赏读】

这篇小故事意在说明写作《夜航船》的宗旨:让士人知识面广一些,免得在僧人面前脸面扫地。莫使僧人"伸伸脚"踹你。

作者认为,天下学问,夜航船里最难对付。诚如作者所言,乡村野老牧竖的学问，多来自口耳相传的野史杂闻、小说稗史，庞杂偏僻，似是而非。

夜航船就是"百家讲坛"，任你是学界泰斗，也不可能天文地理、博物万象，无所不知，让小僧"伸伸脚"的事在所难免。与其强不知以为知，倒不如放下身段，干脆也做一位听众，在"夜航船"里长长"学问"。

秦淮河房 张　岱

秦淮河河房①，便寓、便交际、便淫冶②，房值甚贵，而寓之者无虚日。画船箫鼓，去去来来，周折其间。河房之外，家有露台，朱栏绮疏，竹帘纱幔。夏月浴罢，露台杂坐。两岸水楼中，茉莉风起动儿女香甚。女客团扇轻纨，缓鬓倾髻③，软媚着人④。

年年端午，京城士女填溢⑤，竞看灯船。好事者集小篷船百什艇，篷上挂羊角灯如联珠，船首尾相衔，有连至十余艇者。船如烛龙火蜃⑥，屈曲连蜷，蟠委旋折，水火激射。舟中镞铍星铙⑦，宴歌弦管，腾腾如沸。士女凭栏轰笑，声光凌乱，耳目不能自主。

午夜，曲倦灯残，星星自散，钟伯敬⑧有《秦淮河灯船赋》，备极形致。

《陶庵梦忆》

【注释】

①河房：傍河而建的房屋。
②淫冶：声色娱乐。
③缓鬓倾髻：松散的鬓发，斜坠的发髻。
④着人：招引人。
⑤填溢：充满，挤满。
⑥烛龙火蜃（shèn）：船像一条火龙，一片蜃楼。

⑦镤(sǎn)钹(bó)星铙(náo)：钹铙击打时紧时慢。钹、铙，打击乐器名。镤，弩牙（弩发箭的机关，相当于步枪扳机）发箭缓慢。星，流星，言其快。

⑧钟伯敬：即钟惺，字伯敬，号退谷。是明后期竟陵派创始人之一。有《隐秀轩集》。

【赏读】

秦淮河，佳丽聚集地，才子温柔乡。文人骚客诗文曲赋知多少，歌颂其繁华，悼念其衰亡。

张岱笔下再现秦淮风光。写水上画船箫鼓，写岸上河房露台，写美人浴罢杂坐纳凉之悠闲，写女客团扇纨衣之软语娇媚，茉莉风缕缕，女子脂粉香。平日秦淮河，听有箫鼓，观有娇娘，闻有奇香。

接着写秦淮河节日盛况，水上火龙逶迤，水光映射，光点闪闪。锣鼓齐鸣，时快时慢。岸上河房佳丽凭栏哄笑，声光交汇。

张岱文字精粹，形象简洁，把个秦淮河房渲染得花团锦簇。正写到热闹处，突然收煞："午夜，曲倦灯残，星星自散。"千里搭帐篷，没有不散的宴席，虽然没有"烟笼寒水月笼沙，夜泊秦淮近酒家。商女不知亡国恨，隔江犹唱《后庭花》"那般悲凉，但心中依然泛起淡淡哀愁，少许惆怅，与"曲终人不见，江上数峰青"同一境界。

绍兴①灯景 张 岱

绍兴灯景为海内所夸者无他，竹贱、灯贱、烛贱。贱，故家家可为之；贱，故家家以不能灯为耻。故自庄逵②以至穷檐曲巷，无不灯、无不棚者。棚以二竿竹搭过桥，中横一竹，挂雪灯一，灯球六。大街以百计，小巷以十计。从巷口回视巷内，复迭堆垛，鲜妍飘洒，亦足动人。十字街搭木棚，挂大灯一，俗曰"呆灯"，画《四书》、《千家诗》故事，或写灯谜，环立猜射③之。

庵堂寺观以木架作柱灯及门额，写"庆赏元宵"、"与民同乐"等字。佛前红纸荷花琉璃百盏，以佛图灯带间之，熊熊煜煜④。庙门前高台鼓吹。

五夜市廛⑤如横街轩亭、会稽⑥县西桥，闾里相约，故盛其灯。更于其地斗狮灯，鼓吹弹唱，施放烟火，挤挤杂杂。小街曲巷有空地，则跳大头和尚，锣鼓声错⑦，处处有人团簇看之。城中妇女多相率步行，往闹处看灯；否则大家小户杂坐门前，吃瓜子糖豆，看往来士女，午夜方散。

乡村夫妇多在白日进城，乔乔画画⑧，东穿西走，曰"钻灯棚"，曰"走灯桥"，天晴无日无之。

万历间，父叔辈于龙山放灯，称盛事，而年来有效之者。次年，朱相国⑨家放灯塔山。再次年，放灯蕺山⑩。蕺山以小户效颦，用竹棚，多挂纸魁星⑪灯。有轻薄子作口号⑫嘲之曰："蕺山灯景实堪夸，箶篓竿头挂夜叉。若问搭彩是何物，手巾脚布神袍纱。"繇⑬今思之,亦是不恶。

《陶庵梦忆》

【注释】

①绍兴：今属浙江。

②庄逵：交通四通八达。

③射：猜测。

④熊熊煜（yù）煜：火焰旺盛明亮。

⑤市廛（chán）：商业集中区。

⑥会稽：今浙江绍兴。

⑦错：相互交错。

⑧乔乔画画：浓妆艳抹，修饰粗俗。

⑨朱相国：即朱赓，浙江山阴（今绍兴）人。官至礼部尚书兼东阁大学士。著有《文懿公集》十二卷。

⑩蕺（jí）山：在今绍兴东北，又名戒珠山。

⑪魁星：旧时传说是主宰文运的神。

⑫口号：古体诗的题名，表示随口而出。

⑬繇（yóu）：通"由"。

【赏读】

绍兴灯景蔚为壮观。整个绍兴大街小巷、十字路口、庵堂寺观、市廛广场无处不灯。灯棚、灯的形状、灯上文字画图各有不同。配合灯节又有猜谜、斗狮子灯、鼓吹弹唱、施放烟火、跳大头和尚等各种娱乐活动。观灯者，城中妇女，乡野村姑，人流滚滚。把个绍兴灯景渲染得热热闹闹，轰轰烈烈，呈现一片太平盛世景象。

在这大视野全方位的恢弘画面中，像电影的镜头一样，突然拉近,出现一两个特写场景:"大家小户杂坐门前,吃瓜子糖豆,看往来士女。"可以想见其悠然自得、闲话家常、品评过往人等的情景。再看乡村夫妇进城看灯:"乔乔画画,东穿西走,曰'钻灯棚',曰'走灯桥'。"作者抓特点抓得很准。农村人进城,又赶上过节,自然要打扮一下。在城里人看来不够时尚,觉得"乔乔画画",有些粗俗土气。进次城不容易,处处感到新奇,当然要东穿西走,到处逛逛看看。

  文章以轻薄子弟嘲笑小户人家粗制滥造的灯笼的打油诗作结。但是作者却说"籴今思之,亦是不恶",表现了作者浓厚的怀旧情绪,昔日的一切都使人萦怀,即使那有碍观瞻的不雅灯笼也使他无限眷恋。

彭天锡串戏① 张 岱

彭天锡串戏妙天下，然出出皆有传头②，未尝一字杜撰。曾以一出戏，延③其人至家费数十金者，家业十万缘手④而尽。三春多在西湖，曾五至绍兴，到余家串戏五六十场，而穷其技不尽。

天锡多扮丑净⑤，千古之奸雄佞倖，经天锡之心肝而愈狠，借天锡之面目而愈刁，出天锡之口角而愈险。设身处地，恐纣之恶不如是之甚也。皱眉眯眼，实实腹中有剑，笑里有刀，鬼气杀机，阴森可畏。盖天锡一肚皮书史，一肚皮山川，一肚皮机械⑥，一肚皮磊砢⑦不平之气，无地发泄，特于是发泄之耳。

余尝见一出好戏，恨不得法锦⑧包裹，传之不朽；尝比之天上一夜好月与得火候一杯好茶，只可供一刻受用，其实珍惜之不尽也。桓子野⑨见山水佳处，辄呼"奈何！奈何！"真有无可奈何者，口说不出。

《陶庵梦忆》

【注释】

①彭天锡：金坛（今属江苏）人。串戏：演戏。
②传头：师承，渊源，根据。
③延：延请，邀请。
④缘手：在自己的手中。缘，凭借。
⑤净：戏曲里的角色行当之一，俗称"花脸"。

⑥机械：人情世故，机巧权变。

⑦磊砢（lěi luǒ）：本意指众多委积貌，这里指郁结心中的不平之气。

⑧法锦：当时西南少数民族的一种织物，能把诗歌织进去，人视之为珍贵的工艺品。

⑨桓子野：名桓伊，字叔夏，小字子野。谯国铚（zhì）县（今安徽宿州西）人，东晋名将。善吹笛，据说琴曲《梅花三弄》就是根据他的笛曲改编的。

【赏读】

彭天锡戏演得好，有三个条件：其一，很好地继承了传统，出出皆有传头，未尝一字杜撰。其二，对演艺事业无比热爱。为一出戏，家业十万缘手而尽。其三，深厚的文化、人格修养。一肚皮书史，一肚皮山川，一肚皮机械，一肚皮磊砢不平之气。

彭天锡串戏多扮演丑净，丑净大多是反派角色。作者用一系列的字眼，形容角色的可恶可恨。一经彭天锡表演，则心肝愈狠，面目愈刁，口角愈险，恶过殷纣。"皱眉眽眼，实实腹中有剑，笑里有刀，鬼气杀机，阴森可畏。"如此描述，作者觉得还是不够，几乎不知如何形容才好，于是恨不得把彭天锡演的好戏用珍贵的法锦好好包起来，传之不朽。

试着用比喻表现彭天锡的演出，它是一夜好月？一杯好茶？都不对。好月、好茶都只能供一刻受用，彭天锡的戏曲表演却是珍惜不尽的。

实在没办法形容彭天锡串戏的妙处，只好借助桓子野的故事，大呼"奈何！奈何！"真个是"此中有真意，欲辨已忘言"，到了"妙不可言"的境界。

姚简叔画 张 岱

姚简叔①画千古，人亦千古。戊寅②，简叔客魏③，为上宾。余寓桃叶渡④，往来者闵汶水⑤、曾波臣⑥一二人而已。简叔无半面交，访余，一见如平生欢，遂榻余寓。与余料理米盐之事，不使余知。有空则拉余饮淮上馆，潦倒而归。京中诸勋戚大老、朋侪⑦缁衲⑧、高人名妓与简叔交者，必使交余，无或遗者。与余同起居者十日，有苍头⑨至，方知其有妾在寓也。

简叔塞渊⑩不露聪明，为人落落难合，孤意一往，使人不可亲疏⑪。与余交不知何缘，反而求之不得也。

访友报恩寺，出册叶百方，宋元名笔。简叔眼光透入重纸⑫，据梧⑬精思，面无人色。及归，为余仿苏汉臣⑭。一图：小儿方据澡盆浴，一脚入水，一脚退缩欲去；宫人蹲盆侧，一手掖儿，一手为儿㩇鼻涕；旁坐宫娥，一儿浴起，伏其膝，为结绣袘⑮。一图：宫娥盛装端立有所俟⑯，双鬟尾⑰之；一侍儿捧盘，盘列二瓯，意色向客⑱；一宫娥持其盘，为整茶锹⑲，详视端谨。

复视原本，一笔不失。

《陶庵梦忆》

【注释】

①姚简叔：名允在，字简叔，绍兴（今属浙江）人，明末画家。

②戊寅：崇祯十一年（1638）。

③魏：指徐达后人，袭封魏国公。
④桃叶渡：渡口名，在南京秦淮河与青溪汇合处。
⑤闵汶水：张岱朋友，善茶道，曾在桃叶渡开茶馆。
⑥曾波臣：张岱朋友，明末画家。
⑦朋侪（chái）：朋友同辈。
⑧缁衲：僧人。
⑨苍头：奴仆。
⑩塞渊：又作"渊塞"，诚实而有远见。
⑪不可亲疏：不知应该亲近还是疏远，意谓不好接近，不好相处。
⑫眼光透入重纸：眼光力透纸背，看得很专注。
⑬据梧：据，依靠，凭靠。梧，交架、支柱、支撑。引申为几案。
⑭苏汉臣：宋徽宗宣和画院画师，多画人物、仕女及佛道宗教画。尤工于货郎和婴儿嬉戏情状。
⑮袜（jué）：短袖上衣。
⑯俟（sì）：等待。
⑰尾：跟随。
⑱意色向客：神情是要招待客人。
⑲茶锹：茶匙。

【赏读】

作者对姚简叔的评价是"画千古，人亦千古"。全文就是对这七个字的诠释。

文中笔墨不多，但是姚简叔人物个性鲜明。他落落难合，不好接近，可是他结交的又有勋戚大老、朋侪缁衲、高人名妓三教九流各色人等。说明这些人都是他筛选过的，一旦情趣相投，就非常执著。他和作者张岱的交往就是一例。本来无半面交,却能一见如故。对朋友很讲情义,甚至瞒着作者为他料理柴米油盐的生活琐事,为了朋友姚简叔可以殚精竭虑默记名画,仿制后赠予作者。这是一个外冷内热的人物。

他的画如何"千古",作者没有直接写,而是通过他对名画的过目不忘,临摹得一笔不失,可以乱真,侧面表现了他画艺之高。没有"画千古"的艺术水准,哪能不看原本,只凭记忆而"克隆"出原作呢?

小青①佛舍 张 岱

小青,广陵②人。十岁时遇老尼,口授《心经》③,一过成诵。尼曰:"是儿早慧福薄,乞付我作弟子。"母不许。长好读书,解音律,善奕棋。

误落武林④富人,为其小妇。大妇奇妒,凌逼万状。一日,携小青往天竺⑤,大妇曰:"西方佛无量,乃世独礼大士⑥,何耶?"小青曰:"以慈悲故耳。"大妇笑曰:"我亦慈悲若⑦。"乃匿之孤山佛舍,令一尼与俱。

小青无事,辄临池自照,好与影语,絮絮如问答,人见辄止。故其诗有"瘦影自临春水照,卿须怜我我怜卿"之句。后病瘵⑧,绝粒,日饮梨汁少许,奄奄待尽。乃呼画师写照,更换再三,都不谓似。

后画师注视良久,匠意妖纤⑨。乃曰:"是矣。"以梨酒供之榻前,连呼:"小青!小青!"一恸而绝,年仅十八。遗诗一帙。

大妇闻其死,立至佛舍,索其图并诗焚之,遽去。

《西湖梦寻》

【注释】

①小青:文学故事中人物。冯姓,相传扬州人,能诗善画。十六岁嫁杭州冯姓为妾。遭冯妻妒恨,软禁于孤山佛寺,由尼姑监管。年十八,郁郁而死。明吴炳以此事为题材,写有传奇《疗妒羹》。《虞初新志》有传。

②广陵：今江苏扬州。

③《心经》：佛经名，即《般若波罗蜜心经》的简称。

④武林：旧时杭州的别称，因武林山得名。

⑤天竺：杭州寺院名。在灵隐山飞来峰南之天竺山，有上、中、下三座天竺寺。

⑥大士：指观世音菩萨。

⑦我亦慈悲若：我也像菩萨那样慈悲。

⑧瘵（zhài）：肺病。

⑨匠意妖纤：画匠表现出了小青妩媚苗条的仪态。

【赏读】

"自古红颜多薄命"，才貌双全的女人命运往往更悲惨。因为她们心比天高，命比纸薄。小青是个有才有貌的女子。她读《心经》，过目不忘，"好读书，解音律，善奕棋"，典型的才女。她又是一位美女。然而就这样一位才艺美貌双全的女子，却只能做小妇，且遭大妇虐待，被迫青灯佛舍与尼为伴。

有才的美女往往不甘于埋没青春，辜负了自己的才情美貌。于是《牡丹亭》的杜丽娘就说："如不趁此时自行描画，留在人间，一旦无常，谁知西蜀杜丽娘有如此之美貌乎？"小青也有这种自恋心结，"瘦影自临春水照，卿须怜我我怜卿"。她也要画师写照。大概是因为"三分春色描来易，一段伤心画出难"吧，所以就换了几个画师，最后才算完成。

肖像完成日，小青殒命时。画没完成时，她硬撑着；画完成了，美貌得以留人间，后人得知世上曾有小青，心事已了，一恸而绝。读者不禁为之洒一掬同情之泪。小青死前连呼："小青！小青！"跟林黛玉死前喊："宝玉！宝玉！你好……"一样，含有多少激愤、不平、哀怨、自怜……供后人遐想。

通霞台① 祁彪佳②

寓山之右为柯山,万指③锤凿,自吴大帝赤乌④以迄于今,及于刊⑤山之半。绝壁竦立,势若霞骞⑥,秀出层岩,罩络群山之表。而飞流注壑,尝如猛兽攫人,窥深魂悸⑦。颓崖⑧虹卧,悬栈⑨蚁引,一小亭翩然峙之。

昂首,石佛高数十丈,绀⑩宇覆焉,金碧鲜丽,盖巧工以锤凿破浑沌⑪,而劈石奔峦⑫,更能补造化之所不及。

柯山之胜,以此甲于越⑬中,今尽以供此台之眺听,则台之为景,有不必更为叙志者矣。

《寓山注》

【注释】

①通霞台:作者私家园林寓山的一处。寓山,作者在宅居不远处自建的私家园林。

②祁彪佳(1602~1645):字虎子,一字幼文,又字宏吉,号世培,别号远山堂主人。山阴(今浙江绍兴)人。明代戏曲理论家、藏书家。有戏曲批评著作《远山堂曲品》、《远山堂剧品》和《寓山注》。《寓山注》写寓山园林之美。

③万指:言开山凿石所用人工之多。

④吴大帝赤乌:吴大帝,孙权谥号。赤乌,孙权年号。

⑤刊:削。

⑥霞骞(qiān):揭起的云霞。骞,揭起,挑起。

⑦窥深魂悸：向深处看去惊心动魄。
⑧颓崖：光秃秃的山崖。颓，秃貌。
⑨悬栈：高悬在半山的栈道。
⑩绀（gàn）：黑里透红的颜色。
⑪浑沌：指天地自然界。
⑫奔峦：使山移。
⑬越：古国名，建都会稽（今浙江绍兴）。这里指绍兴一带。

【赏读】

　　这篇小品好像是在通霞台上完成的一幅"写生"，作者站在通霞台上举目远眺，千山万壑，小亭大佛，尽收眼底，随手勾勒，而成"画图"。对于通霞台这一景点本身，反倒没有一字描述。这种"王顾左右而言他"的写法，的确新颖少见。

　　在描写完从通霞台所见的景致以后，说这些景色都是供游览者一饱眼福、耳福的。通霞台作为一景，也就没必要多说了。这就好像强将点兵，士兵个个威武雄壮、骁勇善战、忠诚效命，将军之强何须饶舌。

核舟记 魏学洢[①]

明有奇巧人曰王叔远[②]，能以径寸之木，为宫室、器皿、人物，以至鸟兽、木石，罔不因势象形，各具情态。尝贻[③]余核舟一，盖大苏[④]泛赤壁[⑤]云。

舟首尾长约八分有奇[⑥]，高可二黍许。中轩敞者为舱，箬[⑦]篷覆之。旁开小窗，左右各四，共八扇。启窗而观，雕栏相望焉。闭之，则右刻"山高月小，水落石出[⑧]"，左刻"清风徐来，水波不兴[⑨]"，石青糁[⑩]之。

船头坐三人，中峨冠而多髯者为东坡，佛印[⑪]居右，鲁直[⑫]居左。苏、黄共阅一手卷[⑬]，东坡右手执卷端，左手抚鲁直背。鲁直左手执卷末，右手指卷，如有所语。东坡现右足，鲁直现左足，各微侧，其两膝相比者，各隐卷底衣褶中。佛印绝类弥勒，袒胸露乳，矫首昂视，神情与苏、黄不属[⑭]。卧右膝，诎[⑮]右臂支船，而竖其左膝，左臂挂念珠倚之，珠可历历数也。

舟尾横卧一楫。楫左右舟子各一人。居右者椎髻仰面，左手倚一衡[⑯]木，右手攀右趾，若啸呼状。居左者右手执蒲葵扇，左手抚炉，炉上有壶，其人视端容寂，若听茶声然。

其船背稍夷[⑰]，则题名其上，文曰"天启壬戌[⑱]秋日，虞山[⑲]王毅叔远甫[⑳]刻"，细若蚊足，钩画了了，其色墨。又用篆章一，文曰"初平山人"，其色丹。

通计一舟，为人五，为窗八，为箬篷、为楫、为炉、为壶、为手卷、为念珠各一,对联、题名并篆文,为字共三十有四。而计其长,曾[21]不盈寸。盖简[22]桃核修狭者为之。

魏子[23]详瞩[24]既毕,诧曰:嘻,技亦灵怪矣哉! 《庄》、《列》[25]所载,称惊犹鬼神者良多,然谁有游削于不寸之质,而须麋[26]了然者?假有人焉,举我言以复于我,亦必疑其诳。[27]今乃亲睹之,繇[28]斯以观,棘刺之端,未必不可为母猴也[29]。嘻,技亦灵怪矣哉。

《虞初新志》

【注释】

①魏学洢(yī)(1606～1625):明散文家,字子敬,嘉善(今浙江嘉兴)人。平生好学,善为文,未曾做官。父魏大中因弹劾魏忠贤被迫害下狱而死。他也因受阉党威逼,悲愤而死。著有《茅檐集》。

②王叔远:由文中知其名毅,字叔远,号初平山人。明微雕家。

③贻:赠送。

④大苏:指宋文学家苏轼,与其弟苏辙称"二苏"。

⑤赤壁:地名,在今湖北黄冈江滨。苏轼曾游此地,写下了《前赤壁赋》、《后赤壁赋》。

⑥有奇(jī):有,通"又"。奇,余数,零数。

⑦箬(ruò):竹子的一种。

⑧"山高"二句:出自《后赤壁赋》。

⑨"清风"二句:出自《前赤壁赋》。

⑩糁(sǎn):用颜料涂染。

⑪佛印:北宋僧人,名了元,字觉老,苏轼的朋友。

⑫鲁直:即宋诗人、书法家黄庭坚,字鲁直,自号山谷道人。

与苏轼并称"苏黄"。

⑬手卷（quàn）：裱成横幅的书画。

⑭不属：不同。属，类。

⑮诎：通"屈"，弯曲。

⑯衡：通"横"。

⑰夷：平坦。

⑱天启壬戌：明熹宗天启二年（1622）。

⑲虞山：在今江苏常熟境内，此处代指常熟。

⑳甫：男子美称，多附于字之后。

㉑曾（zēng）：还，尚。

㉒简：简选，选择。

㉓魏子：作者自称。

㉔详瞩：仔细看。

㉕《庄》、《列》：《庄子》、《列子》。

㉖麋：通"眉"。

㉗"假有"三句：意谓假如有人拿我说的话给我讲，我也一定会认为他骗人。

㉘繇（yóu）：通"由"。

㉙"棘刺之端"二句：酸枣刺的顶端，未必就不能雕出猴子来。故事出自《韩非子·外储说左上》：有一个宋人向燕王夸口，可以在酸枣刺顶端雕一只猴子，后骗局被识破。母猴，猴子的一种，又称"沐猴"、"猕猴"，非猴子的雌雄。

【赏读】

绝技无美文传写，则不知绝技之所以绝；有美文而无绝技，则美文泛泛无内容。文也精，技也精，以绝妙之文写绝妙之技，形质俱美，表里锦绣，读之兴味盎然。

作者从两个方面尽显王叔远技术的精湛。首先写雕刻内容的丰富细致。不及方寸的桃核，可谓小矣。上雕人物、器具、门窗等则小之又小。人物又须眉毕见，窗上又刻字分明，念珠、衣褶清晰，更是微之又微。可谓巧夺天工。其次，以自己的感受、震撼从侧面加以肯定。说如果我不是亲眼看到，要是别人告诉我，我也会怀疑他在骗人。亲眼目睹之后折服了！过去我是不相信在棘刺尖上能雕出猴子的，现在觉得有可能。

　　这篇短文神奇地再现了这件微雕工艺品的艺术魅力，文笔灵动活泼，结构精巧，层次井然，小巧玲珑，足资赏爱。

叶南岩息讼 郑瑄①

叶公南岩刺蒲②时，有群哄者诉于州。一人流血被面，脑几裂。公见之恻然③，时家有刀疮药，公即起入内，自捣药，令舁④至幕廨⑤，委谨厚廨子及幕官，曰："宜善视勿令伤风。此人死，汝辈责也。"其家人不令前。乃略加审覈⑥，收⑦仇家于狱而释其余。

友人问故，公曰："凡人争斗无好气，此人不即救，死矣。此人死，即偿命一人，寡人之妻，孤人之子，又干证⑧连系，不止一人破家；此人愈，特⑨一斗殴罪耳。且人情欲讼胜，虽骨肉亦甘心焉。吾所以不令其家人相近也。"

未几人愈，而讼遂息，保全数十人焉。

《昨非庵日纂》

【注释】

①郑瑄：生卒年不详，字汉奉，闽县（今福建福州）人。崇祯辛未进士，官至应天巡抚。有《昨非庵日纂》，记古人格言懿行，区为二十类，每类各有小引。

②刺蒲：在蒲做刺史。蒲，今山西永济市蒲州镇。

③恻然：同情，难过。

④舁（yú）：共同抬东西。

⑤幕廨（xiè）：政府官员办公的地方。

⑥审覈（hé）：审核，审问。覈，同"核"。

⑦收:逮捕,拘押。

⑧干证:与诉讼案有关的证人。

⑨特:独特,此处引申为单纯、单一。

【赏读】

  叶南岩对这次群殴事件的处理原则是:不能让矛盾扩大化,不能让斗殴案转化为命案。要做到这一点,关键是不能让受伤者死亡。为了这一目的,他做了周密安排。一是亲自制药治疗,派了老实可靠的官吏护理照顾,下了死命令:人要死了,拿你们是问。二是不让家属探视,以免刺激家人为打官司而别生事端。三是把主犯收押,从犯释放,既维护了律法的尊严,也满足了受伤一方的要求,同时也缩小了打击面,弱化了矛盾。

  叶南岩判案,不是就事论事,而是从发展的角度预见其后果来考虑的。如果受伤者死了,案子性质发生变化,就要有人偿命,其结果就是两个家庭被毁,数个家庭株连。

  执法者应当铁面无私,但不应当是铁石心肠。叶南岩正是对百姓怀着一颗仁爱之心来办案的,缩小了矛盾,控制了案件性质的升级,也就避免了一场冤冤相报的仇杀。

口 技 林嗣环[①]

京中有善口技者。会[②]宾客大宴,于厅事[③]之东北角,施八尺屏障,口技人坐屏障中,一桌、一椅、一扇、一抚尺[④]而已。众宾团坐。少顷,但闻屏障中抚尺二下,满坐寂然,无敢哗者。

遥闻深巷中犬吠声,便有妇人惊觉欠伸,摇其夫,语猥亵事。夫呓语,初不甚应。妇摇之不止,则二人语渐间杂[⑤],床又从中戛戛。既而儿醒,大啼。夫令妇抚儿乳,儿含乳啼,妇拍而呜之。夫起溺,妇亦抱儿起溺。床上又一大儿醒,狺狺[⑥]不止。当是时,妇手拍儿声,口中呜声,儿含乳啼声,大儿初醒声,床声,夫叱大儿声,溺瓶中声,溺桶中声,一时齐发,众妙毕备。满坐宾客无不伸颈、侧目、微笑、默叹,以为妙绝也。

既而夫上床寝。妇又呼大儿溺,毕,都上床寝。小儿亦渐欲睡。夫齁声起,妇拍儿亦渐拍渐止。微闻有鼠作作索索,盆器倾侧,妇梦中咳嗽之声。宾客意少舒[⑦],稍稍正坐。

忽一人大呼"火起",夫起大呼,妇亦起大呼,两儿齐哭。俄而百千人大呼,百千儿哭,百千犬吠。中间力拉[⑧]崩倒之声,火爆声,呼呼风声,百千齐作;又夹百千求救声,曳屋许许[⑨]声,抢夺声,泼水声:凡所应有,无所不有。虽人有百手,手有百指,不能指其一端;人有百口,口有百舌,不能名其一处也。于是宾客无不变色离席,奋袖出臂,两股战战,几欲先走。

忽然抚尺一下,群响毕绝。撤屏视之,一人、一桌、一椅、一扇、一抚尺而已。

《虞初新志·秋声诗自序》节录

【注释】

①林嗣环：生卒年不详，号铁崖，晋江（今属福建）人。清顺治六年（1649）进士。曾在地方任职，后因故充军边疆。后大赦，寓居杭州。著有《铁崖文集》、《湖舫存稿》。

②会：适逢，正赶上。

③厅事：大厅，厅堂。

④抚尺：艺人表演用的道具，长条方木块，也叫"醒木"，用以拍打几案，警醒听众。

⑤间杂：混杂，应答不清。

⑥狺（yín）狺：犬吠声，此处指大声嚷嚷。

⑦舒：放松，松弛。

⑧力拉：象声词。

⑨许（hǔ）许：象声词，劳动时共同用力的呼叫声。

【赏读】

以声音"描写"场面。通过声音效果，让人眼前"出现"各种场景，如亲临其境。"出现"多个人物，以及他们的夜间活动，甚至能从声音辨别出大儿、小儿。声音小至老鼠活动索索，大至千百人呼救，千百犬吠，无不让人惊叹。

以声音表现场面的跌宕起伏。先写一家四口夜间的活动，孩子哭、妈妈哄、大儿嚷嚷、爸爸批评……掀起一个声音的小高潮。接着大家都睡了，渐趋安静。突然有人大呼"火起"，接着是人喊犬吠，风声火爆，墙倒声，泼水声，一时齐发，掀起声音表现的大高潮。听众感情也随着一张一弛，起起落落。

  以观众的反应侧面表现口技艺术之高。"满坐宾客无不伸颈、侧目、微笑、默叹，以为妙绝也。""宾客无不变色离席，奋袖出臂，两股战战，几欲先走。"听众完全进入了口技表演者制造的场景和氛围之中，如身在其中而忘形，表现了口技的极大魅力。

  表演开始前人们看到的只是"一桌、一椅、一扇、一抚尺而已"。强调人和道具之少，利用欲腾先伏的方法，跟后来的精彩表演相对比，更能突出表演的难度和技艺之高。表演结束后再次强调人和道具之少。这时人们的表现是惊愕、震撼、不可思议。表演的突然收煞，让人心绪难平，脑海里萦绕着一个大问号，耐人琢磨，余味无穷，一时很难回到现实中来。在场的观众如是，读者亦如是。

取景在借 李　渔[①]

开窗莫妙于借景，而借景之法，予能得其三昧[②]。向犹私之，乃今嗜痂[③]者众，将来必多依样葫芦，不若公之海内，使物物尽效其灵，人人均有其乐。但期于得意酣歌之顷[④]，高叫笠翁数声，使梦魂得以相傍，是人乐而我亦与[⑤]焉，为愿足矣。

向居西子湖滨，欲购湖舫一只，事事犹人[⑥]，不求稍异，止以窗格异之。人询其法，予曰：四面皆实，独虚其中，而为"便面"之形。实者用板，蒙以灰布，勿露一隙之光；虚者用木作框，上下皆曲而直其两旁，所谓"便面"是也。

纯露空明，勿使有纤毫障翳[⑦]。是船之左右，止有二便面，便面之外，无他物矣。坐于其中，则两岸之湖光山色，寺观浮屠[⑧]，云烟竹树，以及往来之樵人牧竖[⑨]，醉翁游女，连人带马，尽入便面之中，作我天然图画。且又时时变幻，不为一定之形。非特舟行之际，摇一橹，变一像；撑一篙，换一景。即系缆时，风摇水动，亦刻刻异形。是一日之内，现出百千万幅佳山佳水，总以便面收之。而便面之制，又绝无多费，不过曲木两条，直木两条而已。世有掷尽金钱，求为新异者，其能新异若此乎？

此窗不但娱己，兼可娱人。不特以舟外无穷之景色摄入舟中，兼可以舟中所有之人物，并一切几席杯盘射出窗外，以备来往游人之玩赏。何也？以内视外，固是一幅便面山水；而以外视内，亦是一幅扇头人物。譬如拉妓邀僧，呼朋聚友，与之弹棋观画，分韵拈毫，或饮或歌，任眠任起，自外观之，无一不同绘事。

同一物也，同一事也，此窗未设以前，仅作事物观；一有此窗，则不烦指点，人人俱作画图观矣。夫扇面非异物也，肖⑩扇面为窗，又非难事也。世人取像乎物，而为门为窗者，不知凡几，独留此眼前共见之物，弃而弗取，以待笠翁，讵非咄咄怪事乎？

所恨有心无力，不能办此一舟，竟成欠事。兹且移居白门⑪，为西子湖之薄幸⑫人矣。此愿茫茫，其何能遂？不得已而小用其机⑬，置机窗于楼头，以窥钟山气色，然非创始之心，仅存其制⑭而已。

《闲情偶寄》

【注释】

①李渔（1611～约1676）：原名仙侣，字笠鸿、谪凡，号笠翁，兰溪（今属浙江）人。清戏剧理论家、作家。著有《闲情偶寄》，内容包括词曲、演习、声容、居室、器玩、饮馔、种植、颐养八部分。所论内容都有深入研究。另有戏曲著作《笠翁十种曲》，短篇小说集《十二楼》。

②三昧：奥妙，诀窍，精义。

③嗜痂：南朝宋刘穆之孙刘邕有吃疮痂的嗜好。后称怪癖的嗜好为嗜痂。

④顷：短时间，一刹那。

⑤与（yù）：参与，在其中。

⑥犹人：跟别人一样。

⑦障翳（yì）：阻挡，遮蔽。

⑧浮屠：塔。

⑨牧竖：牧童。竖，童仆。

⑩肖：类似，相似，引申为模仿。

⑪白门：金陵（今江苏南京）。

⑫薄幸：薄情，负心。

⑬机：机巧，设计。

⑭制：形式。

【赏读】

　　说句玩笑话，李渔应当是电影的发明者。且看他的设计：船上两边都是木板，不漏一丝光线。在壁板上两边各开一窗口，由于两边都是封死的，所以两扇窗口就显得特别明亮。船行水中，由船内向外望去，画面不断变换，景色时时不同，窗口不就是一面电影屏幕吗？

　　另外，由船外通过窗口向船里看，船里人物的活动，尽收眼底。李渔说又是一幅幅人物画。但是我们何尝不可以看做一个舞台，船里人物的活动，如同在演出一幕话剧。

　　平常景色眼前过，看你有心加工无。人生乐趣处处有，善于发现为我用。李渔的积极生活态度，值得人们思考。

柳　李渔

柳贵乎垂，不垂则可无柳。柳条贵长，不长则无袅娜之致，徒垂无益也。此树为纳蝉之所，诸鸟亦集。长夏不寂寞，得时闻鼓吹①者，是树皆有功，而高柳为最。总之，种树非止娱目，兼为悦耳。目有时而不娱，以在卧榻之上也；耳则无时不悦。

鸟声之最可爱者，不在人之坐时，而偏在睡时。鸟音宜晓听，人皆知之；而其独宜于晓之故，人则未之察也。鸟之防弋②，无时不然。卯辰③以后，是④人皆起，人起而鸟不自安矣。虑患之念一生，虽欲鸣而不得，鸣亦必无好音，此其不宜于昼也。

晓则是人未起，即有起者，数亦寥寥。鸟无防患之心，自能毕其能事。且扪舌一夜，技痒于心，至此皆思调弄，所谓"不鸣则已，一鸣惊人"者是也，此其独宜于晓也。庄子非鱼，能知鱼之乐⑤；笠翁非鸟，能识鸟之情。凡属鸣禽，皆当呼予为知己。

种树之乐多端，而其不便于雅人者亦有一节：枝叶繁冗，不漏月光。隔婵娟而不使见者，此其无心之过，不足责也。然匪树木无心，人无心耳。使于种植之初，预防及此，留一线之余天，以待月轮出没，则昼夜均受其利矣。

《闲情偶寄》

【注释】

①鼓吹：古代的一种乐器合奏，即"鼓吹乐"。

②弋：射鸟用的带绳子的箭。
③卯辰：约早晨五点到九点之间。
④是：表示肯定或加强肯定之词。
⑤庄子非鱼，能知鱼之乐：见《庄子·秋水》。

【赏读】

　　艺术家李渔，锦心绣口，时发奇论。道人之未曾道，此文以人之心度"鸟"之腹，以爱鸟之心为鸟着想。本来也许并无道理的事，也能自圆其说。比如，鸟的鸣啭，本无晨夕之别。在作者看来，则早晨听鸟鸣，声音最佳。理由是，早晨人的活动还没有开始，鸟没有被射杀的防患之心，再者一夜停唱，有些技痒，急于一展歌喉，因而早晨的鸟鸣最为动听。"笠翁非鸟，能识鸟之情。"无他，爱鸟至深也，鸟之知己也。

　　如果有人对你说："种树非止娱目，兼为悦耳。"你一定很纳闷，种树悦目好理解，兼为悦耳，让人费解。难道是风穿树林的呼呼声？折枝声？抑落叶声？不，李渔说的是树可以使蝉附鸟集，蝉鸣鸟鸣像一支乐队使你在长夏不寂寞，时时可闻鼓吹。

　　在一般人看来，或许会觉得蝉鸣聒耳，惹人心烦意乱。一般人和李渔感觉的差异，就在于对树木虫鸟的爱与不爱。换个角度看，事情就改变了。所以说，随处都有美，重在善于发现。时时处处都可享受到美，才能永远保持好心情。

冬季行乐之法 李 渔

冬天行乐，必须设身处地，幻为路上行人，备受风雪之苦，然后回想在家，则无论寒燠晦明①，皆有胜人百倍之乐矣。

尝有画雪景山水，人持破伞，或策蹇驴，独行古道之中，经过悬崖之下，石作狰狞之状，人有颠蹶之形者。此等险画，隆冬之月，正宜悬挂中堂。主人对之，即是御风障雪之屏，暖胃和衷之药。若杨国忠之肉阵②，党太尉之羊羔美酒③，初试或温，稍停则奇寒至矣。

善行乐者，必先作如是观，而后继之以乐，则一分乐境，可抵二三分，五七分乐境，便可抵十分十二分矣。然一到乐极忘忧之际，其乐自能渐减，十分乐境，只作得五七分，二三分乐境，又只作得一分矣。须将一切苦境，又复从头想起，其乐之渐增不减，又复如初。此善讨便宜之第一法也。

譬之行路之人，计程共有百里，行过七八十里，所剩无多，然无奈望到心坚，急切难待，种种畏难怨苦之心出矣。但一回头，计其行过之路数，则七八十里之远者可到，况其少而近者乎？譬如此际止行二三十里，尚余七八十里，则苦多乐少，其境又当何如？此种想念，非但可为行乐之方，凡居官者之理繁治剧，学道者之读书穷理，农工商贾之非劳即勤，无一不可倚之为法。

噫，人之行乐，何与于我，而我为之颖敝舌焦，手腕几脱。

是殆有媚人之癖④,而以楮墨⑤代脂韦⑥者乎?

《闲情偶寄》

【注释】

①寒燠(yù)晦明:寒冷闷热,夜间白天。

②肉阵:唐玄宗时,杨国忠执政,生活奢侈荒淫,冬天以肥胖婢妾列队遮风,叫肉阵,又称肉屏风。

③羊羔美酒:故事出自陈继儒《辟寒部》卷一:宋陶穀妾,本党进家姬,一日下雪,穀命取雪水煎茶,问党家有无此景?对曰:"彼粗人,安识此景?但能知销金帐下,浅斟低唱,饮羊羔美酒耳。"

④媚人之癖:讨好别人的习惯。

⑤楮(chǔ)墨:纸墨。楮,纸。

⑥脂韦:脂,油脂;韦,软皮。后来比喻阿谀圆滑。

【赏读】

人家骑马我骑驴,回头还有挑担的,苦乐都是相对的。在什么山上唱什么歌,有什么条件办什么事。目标要高,心态要平,才有幸福感。

李渔就善于"制造"幸福感。冬天天气严寒,就幻想自己为行人,路途中备受风雪冻馁之苦,于是就会感到在家里是何等幸福。看一幅风雪行旅图,就是抵挡风雪的屏障,是暖身的良药。

走路同样有哲学。按李渔的想法,百里行程,走了七八十里,如果想,怎么还不到!就会闷闷不乐;如果想,不知不觉走了七八十里了,再走二三十里就到了,心情就愉快。同一件事,两种心态就会有两种截然不同的感受。

看花听鸟 李 渔

　　花鸟二物,造物生之以媚人者也。既产娇花嫩蕊以代美人,又病①其不能解语②,复生群鸟以佐之。此段心机,竟与购觅红妆,习成歌舞,饮之食之,教之诲之以媚人者,同一周旋③之至也。而世人不知,目为蠢然一物,常有奇花过目而莫之睹,鸣禽悦耳而莫之闻者。至其捐资所购之姬妾,色不及花之万一,声仅窃鸟之绪余,然而睹貌即惊,闻歌辄喜,为其貌似花而声似鸟也。噫,贵似贱真,与叶公之好龙何异?

　　予则不然。每值花柳争妍之日,飞鸣斗巧之时,必致谢洪钧④,归功造物,无饮不奠,有食必陈,若善士信妪之佞佛⑤者。夜则后花而眠,朝则先鸟而起,惟恐一声一色之偶遗也。及至莺老花残,辄怏怏如有所失。是我之一生,可谓不负花鸟;而花鸟得予,亦所称"一人知己,死可无恨"者乎!

《闲情偶寄》

【注释】

　　①病:怨,恨。
　　②解语:懂得、理解语言。
　　③周旋:操作,运筹。
　　④致谢洪钧:感谢上天的恩赐。洪钧,万物皆由天所化育而成,因而称"天"为洪钧。
　　⑤佞(nìng)佛:沉迷于佛教。

【赏读】

　　花鸟本是寻常物，可李渔善于体察花鸟之情，寄情于花鸟，视花鸟为同道。

　　人们常以花喻美人，但是花不解语，于是就把美人称做解语花。但花不解语，总是一个遗憾。李渔却有所"发现"，原来造物有意安排众鸟辅佐百花，在花间歌唱。美而无言的花和善于鸣啭的鸟，组成鸟语花香的世界，供我们欣赏，这正是造物的"心机"。李渔的巧思妙想给我们开辟了一条新的风景线。

　　聪慧如李渔者，对平常事物，往往有不平常的"参悟"。有人对奇花视若无睹，对悦耳鸟声充耳不闻。但是可以花巨资买姬妾，观其貌远逊于花之美，听其声也是从鸟儿那里偷来的余音，但是对姬妾却赞赏有加，说其貌美如花，声音婉转如鸟鸣。他认为这是"贵似贱真"，舍本求末。

　　因为对花鸟如此热爱，所以李渔"后花而眠"，"先鸟而起"，一色一声不放过。他不负于花鸟，花鸟视他为知己。若世人都是李渔，何患大自然不处处是鸟鸣啭花馨香？

相思鸟[1]　周亮工[2]

予过浦城[3]，得相思鸟，合雌雄于一笼。初，闭一，纵一。一即远去，久之，必觅道归，宛转自求速入。居者于其初归，亦鸣跃接喜。三数纵之，则归者、居者意只寻常。若田间夫妇有出入，皆可数迹而至，不似闺人望远、荡子思归也。

宿则以首互没翼中，各屈其中距[4]立。予常夜视之，惊失其一，久之，觉距故二，而羽则加纵[5]。

笑语人曰："视此，增伉俪之重！"或有言："独闭雌能返雄耳，闭雄则否。"予视之，不然。视同媚鲎[6]，诬此贞禽矣！鲎负雌以游，人呼曰"鲎媚"。得雌则雄不去，得雄则雌远徙矣。

《闽小记》

【注释】

①相思鸟：也叫红嘴相思鸟，画眉科。体态玲珑，鸣声悦耳，是我国著名观赏鸟。分布于我国南方山区。

②周亮工（1612~1672）：清诗文家，字元亮，号栎园，学者称其为"栎园先生"、"栎下先生"。明末清初祥符（今河南开封）人。一生饱经宦海沉浮，曾下狱，被劾论死，后遇赦免。精于收藏鉴赏，书画题跋是其所长，有《赖古堂集》、笔记《闽小记》等。《闽小记》短隽有趣。

③浦城：今属福建。

④距：雄鸡、雉等的腿后面突出像脚趾的部分。此处指相思鸟

的腿。

⑤纵：松散，蓬松。

⑥鲎（hòu）：动物名，介类。也称"东方鲎"、"中国鲎"，分布于太平洋，中国浙江以南浅海中常见，可食。据《北堂书钞》说鲎是"雌负雄而行"，与文中"鲎负雌以游"相左。

【赏读】

养宠物的都说自己的猫、狗通人性，把天长日久形成的条件反射，都解释为能听懂自己的话，所以然者，爱之深也。作者非常喜欢自己的相思鸟，赋鸟以伉俪之情，鸟之自然习性在作者笔下都成了柔情蜜意的表达。

作者娓娓道来，笔端流露出对相思鸟的深情厚谊。放出去的鸟，回来的时候，"宛转"自求速入。两鸟重逢，"鸣跃接喜"。晚间则"以首互没翼中"，相拥而眠。有人说留下雄鸟，放走雌鸟，雌鸟就不会回来，作者就动气了，说这是对有坚贞爱情的相思鸟的诬蔑。

作者说："视此，增伉俪之重！"看，相思鸟恩爱情深的力量何其伟大，甚至可以增进夫妇之间的感情。这样的相思鸟谁不喜爱呢？

石中异马　郑仲夔①

粤中有老人业履者②,坐旁置一大石。一日有一收宝者见之,欲出厚值买去。其人不省所以③,坚不与。

自后因藏其石,已而悔之。阅④数月,收宝者复至,乃出以观,遂连称可惜。其人问故。答曰:"此中有异马,无价之宝。以子日对之业履,有草以为养,故得活。今馁死其中矣。"

其人不信,剖碎之,果有马死其中。

《耳新》

【注释】

①郑仲夔(kuí):生卒年不详,字龙如,又字胄师。明信州(治所在今江西上饶)人。尝仿《世说新语》作《兰畹居清言》十卷,又有《耳新》十卷。

②业履者:做鞋为生的人。

③不省所以:不知道有什么原因。

④阅:经过,过了。

【赏读】

古代的卞和发现了"和氏璧",他能判断石中有玉。这位收宝者更神,他却在石头中看到了马。如果故事只说石中有马,那就有点荒诞不经,过于夸张。但这荒诞的故事延续下去,就有了看头。石中马居然还保有马的特性,必须吃草才能维持生命。后来"业履者"把石头藏了起来,离开了有草的环境,石中马就饿死了。奇哉!

题路程图 褚人获①

绍兴②间,西湖白塔桥,印卖朝京路经③。或题诗云:"白塔桥边卖地经,长亭④短驿⑤甚分明。如何只说临安⑥路,不数中原有几程。"

《坚瓠集》

【注释】

①褚人获:生卒年不详,清康熙年间在世。字稼轩,又字学稼,号石农,长洲(今江苏苏州)人。清初文学家,一生未曾中试做官。著有《坚瓠集》等,另有历史小说《隋唐演义》。《坚瓠集》于古今典制、人物事迹、诗词艺术及琐闻轶事皆有记载,尤以明清轶事为多。

②绍兴:南宋高宗年号。

③朝京路经:去京城的交通图。

④长亭:古时路旁设有亭舍,五里一短亭,十里一长亭,常用作主客饯别处。

⑤驿:驿站,馆驿,古时专供递送公文的人或来往官员暂住、换马的处所。

⑥临安:杭州,南宋京城。

【赏读】

交通图是有关地理疆界的图册,如何绘制这幅图,可以折射出人们对国家版图的意识。这篇小文,敏锐地抓住这一点,放大开来,看到了整个社会的心态。关心国事的细心人就从一张交通图上发现了大问题,作诗以讽。交通图上详细标明了各地去临安的路线,就是没有标明到北方中原去的路程。北方已经在交通图上消失了,人们心目中的国家疆界似乎只有南方了。

人们迷恋于西湖的歌舞升平,"直把杭州作汴州",习惯了半壁河山的安逸,早忘了北方沦陷的家国之痛。南宋朝廷苟且偷安,已经不图恢复中原,所以交通图上就没有了去中原的路线。

题鹁鸽 褚人获

宋高宗①好养鹁鸽。躬自飞放。有士人题诗云:"鹁鸽飞腾绕帝都,朝收暮放费工夫。何如养个南来雁,沙漠能传二帝②书。"高宗见诗,即召见,命补以官。

《坚瓠集》

【注释】

①宋高宗:即赵构,南宋皇帝。

②二帝:指宋徽宗赵佶、宋钦宗赵桓。钦宗靖康二年(1127),徽宗、钦宗被金兵所俘,史称"靖康之变"。

【赏读】

皇帝玩鹁鸽,亲自放飞,百姓一般谁会关心?这位士子却由这件事敏锐地看到了问题的实质:玩物丧志,不图恢复,忘却了徽宗、钦宗被俘的国耻。所以在诗中说:"何如养个南来雁,沙漠能传二帝书。"既是尖刻的讽刺,也是苦口婆心的谏诤。

诗的巧妙处在于借题发挥,这个"题"借得好,鹁鸽、雁都是鸟,而雁却有"鸿雁传书"的说法,恰好徽、钦二帝都被囚于北方,音信断绝,凭雁传书,顺理成章。现在是不养大雁玩鹁鸽,可见忘了国耻,忘了二帝。

谕俗歌（节录） 褚人获

财也大，产也大，后来子孙祸也大。借问此理是如何？子孙财多胆也大，天来大事也不怕，不丧身家不肯罢。财也小，产也小，后来子孙祸也小。借问此理是如何？子孙无财胆也小，些小生业知自保，俭使俭用也过了。

《坚瓠集》

【赏读】

这是多少人毁家破产的教训，这是多少人兴家立业的经验。虽然有些片面，但不无道理，其中充满了祸福相依的辩证法。

钱是人的胆子。如果这"胆子"是勇敢，敢于冒险，敢于开创，敢为天下先，钱多又何妨。

如果这"胆子"是胆大妄为，色胆包天，"天来大事也不怕"，钱多害死他。

内江①女子 褚人获

内江有一女子,自矜才色,不轻许人。读汤若士②《牡丹亭》而悦之,径造西湖访焉,愿奉箕帚。若士以年老辞,姬不信。订期。

一日若士湖上宴客,女往观之,见若士皤然③一翁,伛偻扶杖而行。女叹曰:"吾生平慕才子,将托终身,今老丑若此,此固命也。"遂投水而死。

《坚瓠余集》

【注释】

①内江:今属四川。

②汤若士:即汤显祖,字若士。明戏曲作家、文学家。有传奇《牡丹亭》,写柳梦梅与杜丽娘生生死死的浪漫爱情故事。

③皤(pó)然:白色,指头发白了。

【赏读】

自古红颜多薄命,内江女子太情痴。一生追求完美,不轻易许人,心仪之人千呼万唤始出来,亮相的却是一老翁,天杀人邪,情何以堪!

才情如汤显祖者,她找到了,但老丑若此;英俊如柳梦梅者,她见到过,但不愿轻许。然而才貌兼备者,世间何处觅?

命运既如此,自己又不肯屈服于命运,完美不可得,自己又决不迁就,于是只有沉水玉碎一条路。

解大绅 褚人获

解缙①尝从永乐②游内苑。上登桥,问缙:"当作何语?"对曰:"此谓'一步高一步'。"及下桥,又问之。对曰:"此谓'后边又高似前边'。"上大悦。

一日,上谓缙曰:"卿知宫中夜来有喜乎?可作一诗。"缙方吟曰:"君王昨夜降金龙。"上遽曰:"是女儿!"缙即曰:"化作嫦娥下九重。"上又曰:"已死矣!"应曰:"料是世间留不住。"上笑曰:"已投之水矣!"应曰:"翻身跳入水晶宫。"

上本欲诡言③以困④之,既得诗,深叹其敏。

《坚瓠二集》

【注释】

①解(xiè)缙:字大绅,明著名学者,永乐初任翰林学士,主修《永乐大典》。因入京奏事以"无人臣礼"入狱,在狱中被杀。

②永乐:明成祖年号,指当时皇上。

③诡言:虚假的话。

④困:为难。

【赏读】

不管故事真实与否,确实反映了解缙思维的敏捷。这种敏捷是建立在学识渊博的基础上的。

皇帝上桥,问他这有什么说头。臣子当然要说些吉利话,所以解缙说:"一步高一步。"步步高自然吉祥。下桥时,皇帝有意为难他,解缙机智回答:"这叫做'后边又高于前边'。"既说出了事实:走下坡路,身后的路当然比前面的路高;又巧妙地利用了"后边"、"前边"的多义性,用了两个词"将来"、"过去"的义项,等于说:"将来又高于过去。"仍然是大吉大利。

接下来的当场作诗,更具挑战性。除了第一句外,其他三句都要根据皇帝提供的情况、条件,临时改变思路,受上一句的制约,还必须意思连贯。妙就妙在最后一句"翻身跳入水晶宫"和第一句"君王昨夜降金龙"还前后呼应,水晶宫正是金龙最好的去处,合情合理,对应绝妙。

故事惊险刺激,但从解缙和永乐一句句紧凑的对答来看,他毫不犹豫支吾,而是沉着应对,游刃有余,其机敏聪慧令人叹服。

车　夫　蒲松龄①

有车夫载重登坡，方极力时，一狼来啮其臀。欲释手，则货敝身压，忍痛推之。既上，则狼已龁②片肉而去。乘其不能为力之际，窃尝一脔③，亦黠而可笑也。

《聊斋志异》

【注释】

①蒲松龄（1640～1715）：字留仙，一字剑臣，别号柳泉居士，世称聊斋先生，淄川（今山东淄博）人。清文学家。屡应省试皆落第，七十一岁始成贡生。除一度在宝应做过幕僚外，都在家乡做塾师。能诗文，善作俚曲。有文言短篇小说集《聊斋志异》。通过谈狐说鬼，影射现实，对当时社会、政治多有批判。另有《聊斋文集》、《聊斋诗集》、《聊斋俚曲》以及农、医等通俗读物。

②龁（hé）：咬。

③脔（luán）：切成小片的肉。

【赏读】

一则小故事，可从正负两面看。从正面看，狼很聪明，善于观察，待时而动，能把握有利时机，以最安全、最有把握的手段，达到目的，获取利益。从负面看，狼很狡猾。为了达到自己的目的，不顾他人死活，乘人之危，攫取个人利益。

偷 桃 蒲松龄

童时赴郡,值春节。旧例,先一日各行商贾,彩楼鼓吹赴藩司①,名曰"演春"。余从友人戏瞩②。

是日游人如堵。堂上四官皆赤衣,东西相向坐,时方稚,亦不解其何官,但闻人语哜嘈,鼓吹聒耳。

忽有一人率披发童,荷担而上,似有所白,万声汹动,亦不闻为何语,但视堂上作笑声。即有青衣人大声命作剧③。其人应命方兴,问作何剧?堂上相顾数语,吏下宣问所长。答言:"能颠倒生物④。"吏以白官。小顷复下,命取桃子。

术人应诺,解衣覆笥⑤上,故作怨状曰:"官长殊不了了⑥!坚冰未解,安所得桃?不取,又恐为南面⑦者所怒,奈何!"其子曰:"父已诺之,又焉辞?"

术人惆怅良久,乃云:"我筹之烂熟:春初雪积,人间何处可觅?惟王母园中四时常不凋谢,或有之。必窃之天上乃可。"子曰:"嘻!天可阶而升乎?"曰:"有术在。"

乃启笥,出绳一团约数十丈,理其端,望空中掷去;绳即悬立空际,若有物以挂之。未几愈掷愈高,渺入云中,手中绳亦尽。

乃呼子曰:"儿来!余老惫,体重拙,不能行,得汝一往。"遂以绳授子,曰:"持此可登。"子受绳有难色,怨曰:"阿翁亦大愦愦!如此一线之绳,欲我附之以登万仞之高天,倘中道断绝，骸骨何存矣？"父又强喝迫之，曰："我已失口，追悔无及，烦儿一行。倘窃得来，必有百金赏，当为儿娶一美妇。"子乃持索，盘旋而上，手移足随，如蛛趁丝，渐入云霄，不可复见。

久之，坠一桃如碗大。术人喜，持献公堂。堂上传示良久，亦不知其真伪。忽而绳落地上，术人惊曰："殆⑧矣！上有人断吾绳，儿将焉托！"移时一物坠，视之，其子首也。捧而泣曰："是必偷桃为监者所觉。吾儿休矣！"又移时一足落；无何，肢体纷坠，无复存者。

术人大悲，一一拾置笥中而阖之，曰："老夫止此儿，日从我南北游。今承严命，不意罹此奇惨！当负去瘗⑨之。"

乃升堂而跪，曰："为桃故，杀吾子矣！如怜小人而助之葬，当结草以图报⑩耳。"坐官骇诧，各有赐金。

术人受而缠诸腰，乃扣笥而呼曰："八八儿，不出谢赏将何待？"忽一蓬头童，首抵笥盖而出，望北稽首，则其子也。

以其术奇，故至今犹记之。后闻白莲教能为此术，意此其苗裔耶？

《聊斋志异》

【注释】

①藩司：即布政使，清康熙时专管一省的税赋及人事。
②戏瞩：玩耍看热闹。
③作剧：演出节目。
④颠倒生物：使蔬菜水果反季节出现。
⑤笥：盛饭或盛衣的方形竹器。
⑥了了：明白，懂得。

⑦南面:面朝南。古代以面朝南为尊位,所以君王都是南面临朝。这里指当地官员。

⑧殆:危险。

⑨瘗(yì):埋葬,掩埋。

⑩结草以图报:春秋晋国魏武子有一爱妾,武子病,嘱咐儿子,他死后让爱妾改嫁。病危时,又说让爱妾殉葬。他死后,儿子魏颗没让她殉葬而让她改嫁了。后来秦攻打晋,魏颗领兵抵秦军,他看到一位老人用草打成结,来拦阻秦大力士杜回,杜被绊倒被俘。魏颗夜梦老人,对他说,他就是改嫁的女人的父亲,前来报恩。

【赏读】

故事开始先写"演春"热闹景象,人语嘈杂,鼓吹聒耳。在这红火场面中,玩杂耍的艺人父子登场。没名气的江湖艺人,简单的行头,不被尊重的气氛,这低调的描写,都为后来的精彩演出作了欲扬先抑的准备。

自偷桃表演开始,笔墨完全集中于艺人父子,一笔未涉及观众反应。从欣赏心理来看,读者关心的就是"坚冰未解,安所得桃?"急着要看他们如何收场。所以"偷桃"一段描写是一环扣一环,一波未平一波又起,悬念迭生。让在场观众和故事读者,神经紧绷,无暇旁顾。作者因应这种心理,也就不写观众反应,以免影响叙事节奏,松懈了紧张气氛。

故事惊险刺激,悬念不断。冬日如何取得仙桃?到王母娘娘园子里去取?实在荒诞!夸下海口,且看如何兑现。果真去了,沿绳而上,不可想象;果然仙桃抛下,不可思议!突然绳断,瞠目结舌,孩子怎么返回?童子肢体交坠,失色惊呼,惨不忍睹。蓬头童子,笥中出现,相顾愕然,转悲为喜。大起大落,感情起起伏伏。故事离奇诱人,读之使人欲罢不能。真邪幻邪?久久萦回脑际。

地 震 蒲松龄

康熙七年六月十七日戌刻①,地大震。余适客稷下②,方与表兄李笃之对烛饮。忽闻有声如雷,自东南来,向西北去。众骇异,不解其故。俄而几案摆簸,酒杯倾覆;屋梁椽柱,错折有声。相顾失色久之,方知地震,各疾趋出。

见楼阁房舍,仆而复起;墙倾屋塌之声,与儿啼女号,喧如鼎沸。人眩晕不能立,坐地上,随地转侧。河水倾泼丈余,鸡鸣犬吠满城中。踰③一时许,始稍定。

视街上,则男女裸聚,竞相告语,并忘其未衣也。

后闻某处井倾仄,不可汲;某家楼台南北易向;栖霞山裂;沂水陷穴,广数亩。此真非常之奇变也。

《聊斋志异》

【注释】

①戌刻:晚七点到九点。
②稷下:齐国都城临淄(今属山东淄博市临淄区)。
③踰:同"逾",超过,越过。

【赏读】

事出突然,事先没有征兆,只听得隆隆雷声,由远及近,人们惊异,但不知原因。一会儿,桌子摇动,杯子倾倒,屋梁有声,人们你看我,我看你,大惊失色,但不知何故。过了好一会儿,才忽然明白——地震了！才快点跑出来。这种描写是人们在遇到突发事件时，一时惊慌失措，理性思维暂停的实际。以上是室内情况。

跑出屋子以后，首先看到的是大的建筑物忽起忽落，说明地表在上下颠簸。继之是听到房屋倒塌声、儿啼女号声。刚才是从屋里跑着出来的，所以没感觉到不稳。停下来以后，才觉得站立不稳，于是快点坐下，随地转侧。

此时，人惊恐万状，无暇交流情况。大约过了一个时辰，地震停了，人们情绪稍有安定，这时，大家才有可能"竞相告语"，急于宣泄内心恐惧，抱团取暖，竟然忘了自己没穿衣服。情急下的失态，真实地反映了当时的情况。

在地震的当时，不可能了解其他地方情况。震情和缓了，十里八乡的亲戚朋友才互相探访，打听安危，于是外地情况不断传来，才有某处井倾侧，楼易向，栖霞山裂，沂水陷穴的传闻。

写震前、震中、震后；写房内、房外、街上；写所见、所闻。先写什么，后写什么，合情合理，井井有条，紧紧相扣，一气呵成。再现地震现场画面，非亲临其境者写不出。

大　鼠　蒲松龄

万历①间，宫中有鼠，大与猫等，为害甚剧。遍求民间佳猫捕制之，辄被啖食。

适异国来贡狮猫，毛白如雪。抱投鼠屋，阖其扉。潜窥之，猫蹲良久，鼠逡巡自穴中出，见猫，怒奔之。猫避登几上，鼠亦登，猫则跃下。如此往复，不啻百次。众咸谓猫怯，以为是无能为者。

既而鼠跳掷渐迟，硕腹似喘，蹲地上少休。猫即疾下，爪掬顶毛，口龁首领，辗转争持，猫声呜呜，鼠声啾啾。启扉急视，则鼠首已嚼碎矣。

然后知猫之避，非怯也，待其惰也。彼出则归，彼归则复，用此智耳。噫！匹夫按剑②，何异鼠乎！

《聊斋志异》

【注释】

①万历：明神宗年号。

②匹夫按剑：意谓平常人发怒不过是没有智谋的匹夫之勇。出自《孟子·梁惠王下》："夫抚剑疾视曰：'彼恶敢当我哉！'此匹夫之勇，敌一人者也。"

【赏读】

世间只有猫吃鼠，宫中居然鼠吃猫。新来狮猫，人们给予很大期望。老鼠凭着过去的经验，上来就主动进攻。鼠进猫避，百次周旋，先给人以狮猫胆怯的印象，正在人们失望的时候，狮猫趁老鼠精疲力尽时发动突然袭击，置老鼠以死地。人们的失望变而为大喜过望。故事一波三折，欲擒故纵，读者在期望——失望——大喜过望中，被吸引着眼球。

敌进我退，敌疲我打，狮猫深谙"游击战术"之道。克敌制胜，不能凭一味进攻的匹夫之勇，而是要智勇兼备。

蒲松龄让硕鼠生活在宫中，为害甚剧，且能吃猫，大有深意。

狼　蒲松龄

一屠晚归，担中肉尽，止有剩骨。途中两狼，缀行甚远。屠惧，投以骨。一狼得骨止，一狼仍从。复投之，后狼止而前狼又至。骨已尽矣，而两狼之并驱如故。

屠大窘①，恐前后受其敌。顾②野有麦场，场主积薪其中，苫蔽③成丘。屠乃奔倚其下，弛④担持刀。

狼不敢前，眈眈相向。少时，一狼径去，其一犬坐⑤于前。久之，目似瞑，意暇⑥甚。屠暴起，以刀劈狼首，又数刀毙之。

方欲行，转视积薪后，一狼洞其中，意将隧入⑦以攻其后也。身已半入，止露尻尾。屠自后断其股，亦毙之。乃悟前狼假寐，盖以诱敌。

狼亦黠矣，而顷刻之两毙，禽兽之变诈几何哉？止增笑耳。

《聊斋志异》

【注释】

①大窘：非常为难。
②顾：看见。
③苫蔽：苫，用草做的盖东西或垫东西的器物。蔽，遮盖。
④弛：放松。此处意谓放下。
⑤犬坐：像狗那样蹲着。
⑥暇：悠闲。
⑦隧入：从洞中进去。

【赏读】

　　文字精练，叙事简洁，脉络清晰。请看："屠惧，投以骨。一狼得骨止，一狼仍从。复投之，后狼止而前狼又至。骨已尽矣，而两狼之并驱如故。"几句话把屠夫摆脱两只狼的办法和他处境的危险，交代得清清楚楚。再如："场主积薪其中，苫蔽成丘。屠乃奔倚其下，弛担持刀。"二十个字把麦场积薪如何成丘，屠夫怎样跑过去依靠草丘、卸下担子拿着刀应付狼的情景写得非常紧凑。

　　再狡猾的狐狸也斗不过好猎手。"狼亦黠矣，而顷刻之两毙，禽兽之变诈几何哉？止增笑耳。"作者意在：小人之于君子亦如是。

义 犬

蒲松龄

周村①有贾某贸易芜湖②,获重资,赁舟将归,见堤上有屠人缚犬,倍价赎之,豢养舟上。

舟人固③积寇④也,窥客装丰,荡舟入莽⑤,操刀欲杀。贾哀赐以全尸,盗乃以毡裹置江中。犬见之,哀鸣投水,口衔裹具,与共浮沉。流荡不知几远,浅搁乃止。

犬泅出,至有人处,狺狺⑥哀吠。或以为异,从之而往,见毡束水中,引出断其绳。客固未死,始言其情。复哀舟人载还芜湖,将以伺盗船之归。登舟失犬,心甚悼焉。

抵关⑦三四日,估楫⑧如林,而盗船不见。适有同乡贾,将携俱归,忽犬自来,望客鸣嗥,唤之却走。客下舟趁⑨之。犬奔上一舟,啮人胫股,挞之不解。客近呵之,则所啮即前盗也。衣服与舟皆易⑩,故不得而认之矣。缚而搜之,则囊⑪金犹在。

呜呼!一犬也,而报恩如是,世无心肝者,其亦愧此犬也夫!

《聊斋志异》

【注释】

①周村:今属山东淄博市周村区。
②芜湖:今属安徽。
③固:原来,本来。
④积寇:惯匪。

⑤莽：草木丛生处。

⑥狺（yín）狺：犬吠声。

⑦关：指货物出入口收税的地方。此处指码头。

⑧估楫：商船。估，商人，通"贾"。楫，船桨，指代船。

⑨趁：追。

⑩易：改换。

⑪曩：原来，从前。

【赏读】

　　犬作为宠物在中国由来已久，不过古时大多是为了守门护院，猎狐逐兔。现在已经分化，一支仍保留着"武士精神"，那就是警犬。另一些则退化为小巧玲珑的玩赏宠物，偎依在女主人的怀抱，环绕在男主人的脚下，只有精神愉悦的价值，而失去了战斗的功能。

　　过去的犬保留着犬的本色，所以就出现过不少义犬报恩、义犬救主的故事。文中的义犬冒死救主，除暴安良，就是一例。因为义犬的作为合于人伦道德，自然受到尊重，也应该受到尊重。于是故事流传开来，载于书卷，传于口头。

　　警犬是忠诚的"战士"；宠物犬是娇生惯养的"少爷"、"小姐"。警犬听从的是命令；宠物犬听到的是软语娇声的安慰。同为一犬，天壤之别。

半幅亭试茗记 廖　燕①

　　亭在韵轩西之南，声影寂寥，方嫌花翻②鸟语之多事也。萝垣苔砌，修竹施③绕，亭赘④其中，而缺其半，如郭恕先⑤画云峰缥缈，仅得半幅而已，因以为名。

　　亭空闲甚，似无事于主人，主人亦无事于客，然客至不得不须主，主亦不能不揖客⑥。客之来，勇于谈，谈渴则宜茗。而亭适空闲无事，遂以茗之事委焉，安鼎瓯窑瓶汲器之属于其中。主无仆，恒亲其役⑦。

　　每当琴罢酒阑，汲新泉一瓶，箑⑧动炉红，听松涛飕飕，不觉两腋习习生风。举瓷徐啜，味入襟解⑨，神魂俱韵，岂知人间尚有烟火哉？

　　地宜竹下，宜莓苔，宜精庐，宜石砰⑩上；时宜雨前，宜朗月，宜书倦吟成⑪后；侣则非眠云跂石⑫人不预也。品茗之法甚微，予从高士某得其传，备录藏之，不述也。独记其清冷幽寂，茗之理倘宜如是乎？

《二十七松堂文集》

【注释】

　　①廖燕（1644～1705）：初名燕生，字人也，号柴舟，曲江（今广东韶关）人。不参加科举考试，不图仕进，一生布衣。是清初具有异端色彩的思想家、文学家。他一生潦倒，在文学上颇有成就。有《二十七松堂集》十卷，并有杂剧《醉画图》、《诉琵琶》等。

②花翻：花翻飞舞动。

③迤（yì）：蔓延，延续。

④赘：聚集，连缀。

⑤郭恕先：名忠恕，字恕先，又字国宝。宋初画家、文字学家。善画山水。

⑥揖客：对客行揖礼，表示礼貌。

⑦役：劳役，干活。

⑧箑（shà）：扇子。

⑨味入襟解：茶香弥漫，胸怀开阔。

⑩砰：应为"枰"。枰，棋盘。

⑪书倦吟成：书写困倦，吟诵告一段落。

⑫眠云跂（qì）石：云中眠，石上坐。跂，垂足而坐，脚不着地。

【赏读】

饮酒，兴高采烈时是痛饮，抑郁不快时是喝闷酒，总是和强烈的感情联系在一起。饮茶不同，它不在于饮，也不在于茶，而在于饮茶时散淡悠闲心情的享受，饮茶时总是平和安静的。

文中可谓得饮茶真谛。饮茶要做到有雅景、雅处、雅时、雅人。

雅景：声影寂寥，萝垣苔砌，修竹迤绕。

雅处：宜竹下，宜莓苔，宜精庐，宜石砰上。

雅时：宜雨前，宜朗月，宜书倦吟成后。

雅人：眠云跂石之人。

此时细品茶香，松涛阵阵，两腋生风，欲乘风而去，自然忘机而不知有人间烟火。

作者最后说："品茗之法甚微，予从高士某得其传，备录藏之，不述也。"卖了一个关子，但是已经泄露了天机，正如我们上面所述，其得饮茶三昧矣。

周璕①画龙 王应奎②

周璕,字崑来,江宁③人,善丹青。康熙中,以画龙著名。

尝以所画张于黄鹤楼,标其价曰"一百两"。有臬司某者,登楼见之,赏玩不置,曰:"诚须一百两。"璕即卷赠之,曰:"某非必欲得百金也,聊以觇④世眼耳!公能识之,是某知己也,当为知己赠。"由是遂知名。

其画龙烘染云雾,几至百遍,浅深远近,隐隐隆隆,诚足悦目。

或谓画龙以云胜固为得之,第烘染太过,犹非大雅所尚⑤耳。

《柳南续笔》

【注释】

①周璕:清代画家。擅画人物、花卉及龙马,而画龙尤妙。

②王应奎(1683~1759):字东溆,号柳南,清常熟(今属江苏)人。年少以诗名,科举屡屡失败,退隐山居著书。有《柳南随笔》、《柳南续笔》、《柳南诗文钞》、《海虞诗苑》等。《柳南随笔》及《续笔》仿宋洪迈《容斋随笔》之例。内容大致可归为两类:一是读书所得,随手札记;二是记自己所见所闻。

③江宁:今江苏南京。

④觇(chān):观测、窥视。

⑤大雅所尚:为高才之士所欣赏推崇。

【赏读】

　　且不说周璕画作的艺术价值如何，就从他善于炒作看，就一定会成名。先把价格标高，以画价抬身价。正好遇上一位官员非常欣赏他的画作，且一口肯定确实物有所值。官员的赞许已经有了推广效应。而周璕非常懂得"市场营销"术，当场就赞美臬司有审美眼光，是伯乐，是知己，并把画赠给了他。于是这位官员就成了他的义务宣传员，自然"到处逢人说项斯"，"由是遂知名"。周璕是借官家炒作。

　　有的人不一定有此机缘，那么就只好自己推销自己。唐诗人陈子昂刚到长安时，谁也不知道他。一天，有一个卖胡琴的要价百万，豪门贵族争着传看，谁也不识货。陈子昂突然站出来，高价买了这把琴。众人惊问他，他回答：我善于拉胡琴。大家要听听他的演奏。他说：明天大家都到宣阳里去。第二天，大家都来了。一看，酒肴俱备，胡琴放在面前。吃喝完以后，陈子昂捧着琴说："蜀人陈子昂，有文百轴，驰走京毂，碌碌尘土，不为人知。此乐贱工之役，岂宜留心？"举起来把琴摔碎了。然后把他的作品当场分发。一天之内，声名满京华，马上做了建安王的书记。炒作一举成功。

　　当然，是瓦砾炒作不成金子；是金子若不炒作，也可能被视同瓦砾，永远沙埋。

题 画 郑燮①

　　三间茅屋,十里春风,窗里幽竹,窗外修竹:此是何等雅趣,而安享之人不知也。懵懵懂懂,没没墨墨②,绝不知乐在何处。

　　惟劳苦贫病之人,忽得十日五日之暇,闭柴扉,扫竹径,对芳兰,啜苦茗。时有微风细雨,润泽于疏篱仄径之间,俗客不来,良朋辄至,亦适适然自惊为此日之难得也。

　　凡吾画兰、画竹、画石,用以慰天下之劳人,非以供天下之安享人也。

《板桥全集》

【注释】

　　①郑燮(1693~1765):字克柔,号板桥,兴化(今属江苏)人。清书画家、文学家。乾隆进士。曾任范县(今属河南)、潍县(今山东潍坊)知县。做官前后,均在扬州卖画。善画兰竹。是"扬州八怪"之一。有《板桥全集》。

　　②没没墨墨:愚昧无知。没没,沉溺。墨墨,昏暗貌。

【赏读】

　　有雅趣的景致,还要有欣赏的雅人,"三间茅屋,十里春风,窗里幽竹,窗外修竹。"如此雅趣景色,安享富贵的人,却没有雅兴,身在福中而不知。只有劳苦之人才能体会到休闲的乐趣,所以郑板桥说，他的画是"用以慰天下之劳人，非以供天下之安享人也"。但是从"对芳兰，啜苦茗"，"俗客不来，良朋辄至"的生活方式、情趣看，他说的"劳人"，大概也只限于他圈子里的士大夫阶层的脑力劳动者，广大的劳动人民哪里会有此等条件和兴致。

游 江 郑 燮

　　昨游江上，见修竹数千株，其中有茅屋，有棋声，有茶烟飘扬而出，心窃乐①之。次日过访其家，见琴书几席，净好无尘，作一片豆绿色，盖竹光相射故也。静坐许久，从竹缝中向外而窥，见青山大江，风帆渔艇，又有苇洲，有耕犁，有饁②妇，有二小儿戏于沙上，犬立岸旁，如相守者，直是小李将军③画意，悬挂于竹枝竹叶间也。

　　由外望内，是一种境地；由中望外，又是一种境地。学者诚能八面玲珑，千古文章之道不出于是，岂独画乎？

　　乾隆戊寅清和月④，板桥郑燮画竹后又记。

《板桥全集》

【注释】

　　①心窃乐：心里暗暗地喜欢。

　　②饁（yè）：往田里送饭。

　　③小李将军：即李昭道，唐代画家。唐宗室，画家彭国公李思训之子。擅长青绿山水，世称小李将军。传世作品有《春山行旅图》。

　　④清和月：农历四月。

【赏读】

　　郑燮游江，见岸上一户人家有琴棋书茶之雅，竹林茅舍之幽，

"心窃乐之"。次日,在没有一面之交的情况下,就唐突造访。这就是作者的任性放达的性格,这就是他的雅兴和对美的渴求。

第一天他是由外向内看。看到的是竹林茅屋的小画面。次日,他从茅屋主人家里,透过竹缝,由里向外看,是青山大江,风帆渔艇,苇洲耕犁,馌妇小儿的开阔画面。他总能在别人不经意处,有新的发现和领悟,

一处景色,角度不同,可以从两面欣赏。他可以把竹林茅舍当做一幅绘画小品观,又可以从这幅小品里探头向外张望,发现一幅万里江山图。在这位艺术家的眼里处处都是景致,时时赏心悦目。美,无处不在。

竹 石 郑　燮

十笏茅斋①，一方天井，修竹数竿，石笋数尺，其地无多，其费亦无多也。而风中雨中有声，日中月中有影，诗中酒中有情，闲中闷中有伴，非唯我爱竹石，即竹石亦爱我也。

彼千金万金造园亭，或游宦四方，终其身不能归享。而吾辈欲游名山大川，又一时不得即往，何如一室小景，有情有味，历久弥新乎！

对此画，构此境，何难敛之则退藏于密②，亦复放之可弥六合③也。

《郑板桥集》

【注释】

①十笏茅斋：郑板桥斋的名字。

②敛之则退藏于密：收敛自己的感情，则内心空净寂灭。"退藏于密"出于《易经·系辞》。

③放之可弥六合：放纵自己的感情，则可以充塞天地。弥，满，漫。六合，上、下、东、西、南、北六个方向。泛指天下、宇宙。

【赏读】

郑板桥热爱生活，善于在一草一木中发现美，寻找到乐趣，自得其乐。十笏茅斋只有"一方天井，修竹数竿，石笋数尺"，可是他享受到的却是：风中雨中的声，日中月中的影，诗中酒中的情，闲中闷中的伴。风中竹、雨中竹，声潇潇；月下竹、日下石，影参差；对竹吟，对竹饮，寄我情；闲对竹，闷对石，作友人。一竹一石总关情，胜过千金万金造园亭。一方天井，何陋之有？

他移情于竹石，赋竹石以生命，与竹石互相爱恋。无竹石，郑燮之情无所寄；无郑燮，竹石之美无人赏识。

广厦千万间闲而不用，等于没有；我虽一陋室，自有乐趣无穷。人活得要有弹性，有韧性，能随遇而安。

钱塘苏小是乡亲 袁 枚[①]

　　余戏刻一私印,用唐人"钱塘苏小是乡亲[②]"之句。某尚书[③]过金陵,索余诗册,余一时率意用之。

　　尚书大加呵责。余初犹逊谢[④],既而责之不休,余正色曰:"公以为此印不伦[⑤]耶?在今日观,自然公官一品,苏小贱矣。诚恐百年以后,人但知有苏小,不复知有公也。"一座辴然[⑥]。

《随园诗话》

【注释】

①袁枚(1716～1798):字子才,号简斋、随园老人,钱塘(今浙江杭州)人。清诗人,又能文。乾隆进士,曾任江宁等地知县。辞官后,侨居江宁,在小仓山筑园林,号"随园"。作品大多抒写闲情逸致。有《小仓山房集》、《随园诗话》、《子不语》等。《随园诗话》十六卷,补遗十卷。要求摆脱儒家"诗教"束缚,论诗提倡"性灵",称赏抒发闲情逸致之作。

②钱塘苏小是乡亲:唐诗人韩翃有《送王少府归杭州》诗,其中有"吴郡陆机称地主,钱塘苏小是乡亲"两句。钱塘,今浙江杭州。苏小,即苏小小,六朝齐著名歌妓,后世流传有许多以她为题材的诗词、小说。

③尚书:古代官名。明清时是政府各部门最高长官。

④逊谢:谦恭认错。

⑤不伦:不合伦理,不成体统。

⑥辴(chǎn)然:笑的样子。

【赏读】

"诚恐百年以后,人但知有苏小,不复知有公也。"这句话真是痛快。尚书大人的轻蔑激起了袁枚那股文人的狂介之气,其预言正是事实。如今关于苏小小的诗文传说连篇累牍:"千载芳名留古迹,六朝韵事著西泠",是赏叹;"桃花流水杳然去,油壁香车不再逢",是惋惜;"苏家小女旧知名,杨柳风前别有情",是钦慕……而那位"官一品"的尚书大人如今又有谁知?

"且看青冢留千古,漫道红颜本暂时",可与袁枚的话互相印证。

说读书 袁 枚

余少贫不能买书,然好之颇切。每过书肆,垂涎翻阅;若价贵不能得,夜辄形诸梦寐。曾作诗曰:"塾远愁过市,家贫梦买书。"及作官后,购书万卷,翻不暇读也。有如少时牙齿坚强,贫不得食;衰年珍羞满前,而齿脱腹果①,不能餍饫②,为可叹也!偶读《李氏山房藏书记》③,甚言少时得书之难,后书多而转无人读。正与此意相同。

《随园诗话》

【注释】

①腹果:肚子饱。

②餍饫(yàn yù):大大地饱食一顿。

③《李氏山房藏书记》:是苏轼为他的朋友李公择写的一篇赞扬他藏书的文章,目的是"使来者知昔之君子见书之难,而今之学者有书而不读为可惜也"。

【赏读】

缺少时,敝帚自珍;富裕时,金玉粪土。借的书,连夜读,有限期也;自己书,落尘土,备而用也。人之通病。穷困时想,现在没有将来一定要有,积极拼搏永向上,有动力;富足时想,过去没有现在终于有了,自满惰怠不再前。人们往往难以破此常规。

买妾者自取其辱 袁 枚

杭州赵钧台买妾苏州。有李姓女,貌佳而足欠裹。赵曰:"似此风姿,可惜土重。"土重者,杭州谚语:脚大也。媒妪曰:"李女能诗,可以面试。"赵欲戏①之,即以《弓鞋》命题。女即书云:"三寸弓鞋自古无,观音大士赤双跗②。不知裹足从何起,起自人间贱丈夫。"赵悚然而退。

《随园诗话》

【注释】

①戏:戏弄,戏耍。
②跗:同"跗",脚背,代指脚。

【赏读】

缠足是封建社会对妇女最残酷的戕害,这种恶俗满足了男人们的病态心理,满足了他们畸形的审美情趣。

赵某人故意让大足的李姓女子作诗赞美小脚,想以此嘲弄人家。李姓女子泼辣有才,以子之矛攻子之盾,"借题"发挥。首先说古代妇女是不缠足的,并以光脚的观音大士为证,最后痛斥缠足"起自人间贱丈夫",一语道破,骂得痛快,揭示了缠足深层次的社会原因,是男人们把女人当做玩物酿成的恶果。

赵某自讨没趣,搬起石头砸了自己的脚。

僧出家 袁 枚

有僧见阮亭^①先生,自称应酬之忙颇以为苦。先生戏云:"和尚如此烦扰,何不出家?"闻者大笑。余按杨诚斋^②有句云:"袈裟未着嫌多事,着了袈裟事更多。^③"

《随园诗话》

【注释】

①阮亭:即王士禛,字子真,一字贻上,号阮亭,又号渔洋山人,清诗人。

②杨诚斋:名万里,字廷秀,号诚斋。南宋大诗人。与尤袤、范成大、陆游齐名,称"南宋四家"。

③"袈裟"二句:出自杨万里《赠抄经头陀》诗:"刺血抄经奈若何?十年依旧一头陀。袈裟未着嫌多事,着了袈裟事更多。"

【赏读】

真正的出家人,就要看破红尘,摆脱一切俗务,摒除一切人间烦恼。既然"自称应酬之忙颇以为苦",就说明还是没有真正"出家",所以阮亭的"戏言"没有错,是对某些"出家"人的辛辣讽刺。穿上袈裟,不等于出家。身在寺院心在市,那是假和尚。这就需要二次"出家",彻底摆脱滚滚红尘,一心皈依佛门净土。做到这点并不容易,故而就像杨万里诗所说:出家之前嫌尘世间烦扰多事,出家之后才发现应酬烦恼更多。

箍桶匠的诗 袁 枚

有箍桶匠老矣,其子时时冻馁之。子又生孙,老人爱孙,常抱于怀。人笑其痴。老人吟云:"曾记当年养我儿,我儿今又养孙儿。我儿饿我凭他饿,莫遣孙儿饿我儿!"此诗用意深厚,较之因子不孝,抱孙图报仇者,更进一层。

《随园诗话》

【赏读】

我们在为箍桶匠伟大的父爱所感动。他既爱孙子,又爱儿子。儿子虽然不孝顺,他却仍然以德报怨,爱孙子仍然是为爱儿子,是为了将来儿子老有所养。如果儿子天良还没有完全丧尽,理当有所省悟。

这让我们想起了另外一个故事。儿子厌倦了对瘫痪母亲的赡养,要把她背到深山里扔掉。在路上,母亲手里拿着一些柳枝,走一段就扔一支,走一段就扔一支。儿子问她为什么这样做。她回答:孩子,我怕你回去的时候迷了路,扔柳枝给你作个记号。

父爱如山,母爱如水,"谁言寸草心,报得三春晖"(孟郊《游子吟》)。

老媪乞药 纪 昀①

吴惠叔②言,医者某生素谨厚,一夜,有老媪③持金钏一双就买堕胎药,医者大骇,峻拒④之。次夕,又添持珠花两枝来,医者益骇,力挥去。

越半载余,忽梦为冥司所拘,言有诉其杀人者。至,则一披发女子,项勒红巾,泣陈⑤乞药不与状。医者曰:"药医活人,岂敢杀人以渔利。汝自以奸败,于我何有?"女子曰:"我乞药时,孕未成形,倘得堕之,我可不死;是破一无知之血块,而全一待尽之命也。既不得药,不能不产,以致子遭扼杀,受诸痛苦,我亦见逼而就缢。是汝欲全一命,反戕两命矣。罪不归汝,反谁归乎?"

冥官喟然曰:"汝之所言,酌乎时势⑥;彼所执⑦者则理也。宋以来固执一理,而不揆⑧时势之利害,独此人也哉?汝且休矣!"拊几有声,医者悚然而悟⑨。

《如是我闻》

【注释】

①纪昀(1724~1805):字晓岚,一字春帆,直隶献县(今属河北)人。乾隆进士,官至礼部尚书、协办大学士,谥文达。曾任四库全书馆总纂官,并纂定《四库全书总目提要》。能诗,善写骈文。有《纪文达公文遗集》,撰有《阅微草堂笔记》等。《阅微草堂笔记》分《滦阳消夏录》、《如是我闻》、《槐西杂志》、《姑妄听

之》、《滦阳杂录》五种。多写鬼怪神异故事，间有考辨。

②吴惠叔：纪晓岚学生。

③老媪（ǎo）：老年妇女。

④峻拒：坚决拒绝。

⑤陈：陈说。

⑥酌乎时势：斟酌现实情况。

⑦执：坚持。

⑧揆（kuí）：推测揣度。

⑨悟：通"寤"，睡醒。

【赏读】

就医生来说，"药医活人，岂敢杀人以渔利"。这是医生遵循的医德准则，所以他拒售堕胎药。对女子来说，她认为，如果你给我堕胎药，当时只是一无知血块，还没有生命，舍他还可以保全我。结果，孩子生下来了，被扼杀，我也被逼自杀，最终是杀害了两条生命。

这是一个悖论命题。作者不好判断是非，于是借冥官之判决不了了之。从医生的操守来看，不能堕胎，应该生下来；从女子的现实处境来看，必须堕胎。作者对宋以来的理学提出了批判，只知守"理"，不能权变灵活，以至于如"医者"一样"杀人"。

伏 虎 纪 昀

族兄中涵知旌德县①时，近城有虎暴，伤猎户数人，不能捕，邑人请曰："非聘徽州②唐打猎，不能除此患也。"

休宁③戴东原④曰："明代有唐某，甫新婚而戕于虎，其妇后生一子，祝⑤之曰：'尔不能杀虎，非我子也。后世子孙，如不能杀虎，亦皆非我子孙也。'故唐氏世世能捕虎。"乃遣吏持币往，归报："唐氏选艺至精者二人，行且⑥至。"至则一老翁，须发皓然，时咯咯作嗽，一童子十六七耳。大失望，姑命具食。老翁察中涵意不满，半跪启曰："闻此虎距城不五里，先往捕之，赐食未晚也。"遂命役导往。

役至谷口，不敢行，老翁哂曰："我在，尔尚畏耶？"入谷将半，老翁顾童子曰："此畜似尚睡，汝呼之醒。"童子作虎啸声，果自林中出，径搏老翁。老翁手一短柄斧，纵八九寸，横半之，奋臂屹立，虎扑至，侧首让之，虎自顶上跃过，已血流仆地。视之，自颔下至尾闾，皆触斧裂矣。乃厚赠遣之。

老翁自言炼臂十年，炼目十年，其目以毛帚扫之不瞬⑦，其臂使壮夫攀之，悬身下缒不能动。庄子曰："习伏众神，巧者不过习者之门。"⑧信夫！尝见史舍人嗣彪⑨，暗中捉笔书条幅，与秉烛无异。又闻静海⑩励文恪⑪公，剪方寸纸一百片，书一字其上，片片向日叠映，无一笔丝毫出入。均习而已矣，非别有谬巧⑫也。

《槐西杂志》

【注释】

①旌德县：今属安徽。

②徽州：今安徽黄山市。

③休宁：今属安徽。

④戴东原：即戴震，字东原。清思想家、学者。对天文、数学、历史、地理都有深入研究。又精通古音。对经学、语言学有重大贡献。

⑤祝：叮咛，嘱咐。

⑥且：将。

⑦不瞬：不眨眼。

⑧"习伏"二句：意谓技术精湛才能服人，有技艺的人不敢从技高艺精人的门前过，即不敢班门弄斧。现《庄子》不见此两句，可能是作者误用。

⑨史舍人嗣彪：舍人，官名，即中书舍人。史嗣彪，清金坛（今属江苏）人。乾隆间官内阁中书。善画山水，能速写端正小楷，日写万字。

⑩静海：今属天津。

⑪励文恪：名杜讷，字近公。卒谥文恪。幼孤贫，在静海大族杜氏家佣工，得主人赏识，令伴其诸子读书，取名杜讷。康熙二年（1663）编纂《世祖实录》选拔善书写者，杜讷考试第一。

⑫谬巧：有违常理的诀窍。

【赏读】

旌德的老虎厉害，几家猎户都让它伤了。这几家猎户就像戏曲里的龙套，衬托着唐打猎的登场，寄托着人们的希望。

没想到，来的却是一个须发苍苍、连咳带喘一老头，带着一个十六七岁的毛孩子。就凭这一老一小还打老虎?欲扬之先抑之,给后来的杀虎预作铺垫。

一只伤了数家猎户的猛虎,一个咳嗽不止的皤然老翁,强势弱势对比明显。而后者却战胜了前者,原因就在于以力量为基础的巧干和经验。十年练目,目不转睛,能全神贯注准确判断老虎扑上来的方向和高度;十年练臂,举斧挺然,能把老虎劈作两半而屹然挺立,纹丝不动。

宝剑锋从磨砺出,梅花香自苦寒来,几分耕耘几分收获,唐打虎的功夫再一次给这些格言做了诠释。

侠 妓 纪昀

张太守墨谷言,景、德①间有富室,恒积谷而不积金,防劫盗也。康熙、雍正间,岁频歉,米价昂贵,闭廪不肯粜升谷,冀价再增。乡人病②之,而无如之何。

有角妓③号"玉面狐"者,曰:"是易与④,第备钱以待可耳。"乃自诣⑤其家曰:"我为鸨母钱树子,鸨母顾⑥虐我,昨与勃谿⑦,约我以千金自赎,我亦厌倦风尘,愿得一忠厚长者托终身,念无如公者,公能捐千金,则终身执巾栉⑧。闻公不喜积金,即钱二千贯亦足抵。昨有木商闻此事,已回天津取资,计其到,当在半月外。我不愿随此庸奴。公能于十日内先定,则受德多矣。"

张故惑此妓,闻之惊喜。急出谷贱售。廪已开,买者纷至,不能复闭,遂空其所积,米价大平。

谷尽之日,妓遣谢富室曰:"鸨母养我久,一时负气相诟,致有是议。今悔过挽留,义不可负心。所言姑俟诸异日⑨。"富室原与私约,无媒无证,无一钱聘定,竟无如何也。

此事李露园⑩亦言之,当非虚谬。闻此妓年甫十六七,遽能办此,亦女侠哉。

《姑妄听之》

【注释】

①景、德:景州(今河北景县),德州(今属山东)。

②病：恨。
③角妓：古代的艺妓。
④是易与：这事好办。
⑤诣：到（某人所在的地方，某地方看人）。
⑥顾：反而。
⑦勃豀：家庭内部发生矛盾。
⑧执巾栉（zhì）：负责洗脸梳头等生活方面的事。
⑨所言姑俟诸异日：我答应你的事等以后再说。
⑩李露园：景州人，纪昀女婿同僚。

【赏读】

　　这位富室积谷不攒钱，有头脑；囤积居奇待涨价，够狠心；百姓买粮他不卖，很无奈。

　　角妓玉面狐听到这件事，说：这事好办，你们就准备钱等着买粮食吧。她所以如此有把握，是因为她掌握了富室的软肋——好色。所以她要投其所好，设个圈套。她编了一个故事：鸨母和她闹翻了，同意她拿千钱赎身从良。自己想找一个厚道老实人以托终身，想来想去没有比你更好的。先给富室灌点迷魂汤。为了让他快做决定快拿钱，又给他树立了一个"假想敌"——一位子虚乌有的木材商。这位富室色迷心窍，连个婚嫁的契约都没写，急急忙忙开仓低价粜米粮筹钱，等着迎新娘。

　　粮食卖完了，玉面狐翻脸不认账，婚姻没有契约，空口无凭，富室鸡飞蛋打上了当，吃了哑巴亏。真是强中更有强中手！

成 衣 钱 泳①

　　成衣匠②各省俱有，而宁波尤多。今京城内外成衣者，皆宁波人也。

　　昔有人持匹帛命成衣者裁剪，遂询主人之性情、年纪、状貌并何年得科第③，而独不言尺寸。其人怪之，成衣者曰："少年科第者，其性傲，胸必挺，需前长而后短；老年科第者，其心慵④，背必伛，需前短而后长。肥者其腰宽，瘦者其身仄。性之急者宜衣短，性之缓者宜衣长。至于尺寸，成法⑤也，何必问耶！"

　　余谓斯匠可与言成衣矣。今之成衣者，辄以旧衣定尺寸，以新样为时尚，不知短长之理，先蓄觊觎⑥之心。不论男女衣裳，要如杜少陵⑦诗所谓"稳称身⑧"者，实难其人焉。

《履园丛话》

【注释】

①钱泳（1759～1844）：原名钱鹤，字立群，号台仙，一号梅溪，清金匮（今江苏无锡）人。出身于名门望族，却一生不事科举，长期做幕客，足迹遍及大江南北。工诗词，善书画，著有《履园丛话》、《履园谭诗》、《兰林集》、《梅溪诗钞》等。《履园丛话》包罗人间万象，蔚为大观。

②成衣匠：裁缝。

③科第：科举考试及第，取得了功名。

④慵：慵懒，没精神。

⑤成法：现成的已经制定的法规（规定、格式）。

⑥觑觎（qù yú）：非分之想。

⑦杜少陵：即唐代大诗人杜甫。因在诗中自称"少陵野老"，故人称"杜少陵"。

⑧稳称身：杜甫诗《丽人行》有"背后何所见？珠压腰衱（jié）稳称身"句。衱，衣后襟，长度正与腰齐，故曰"腰衱"。腰衱上装饰珠玉很沉重，压之使衣后襟下垂，不致被风掀起，因之衣服既合身又贴身，所以称"稳称身"。

【赏读】

真正是行行出状元，事事有学问。这位宁波裁缝不但是成衣匠中之佼佼者，而且是位"社会学家"，其高于其他裁缝之处，就在于他能洞察世态人情。

缝纫本来是个技术活，与顾客的性情、年纪、状貌、何年得科第似乎风马牛不相及。然而经他一解释，原来此中大有学问。他做衣服的根据是对社会不同人群的深刻了解。最难的，也就是根据顾客的不同社会角色来"量人裁衣"。

这位成衣匠的言论，犹如庖丁解牛，轮扁斫轮，大有哲学意味。陆游告诫儿子说："汝果欲学诗，功夫在诗外。"成衣匠正是以"功夫在诗外"——了解社会各色人等的人文特点而动以刀尺的。

童　趣　沈　复①

　　余忆童稚时，能张目对日，明察秋毫；见藐小微物，必细察其纹理，故时有物外之趣。

　　夏蚊成雷，私②拟作群鹤舞空。心之所向，则或千或百，果然鹤也。昂首观之，项为之强。又留蚊于素帐中，徐③喷以烟，使其冲烟飞鸣，作青云白鹤观，果如鹤唳云端，怡然称快。

　　于土墙凹凸处、花台小草丛杂处，常蹲其身，使与台齐，定神细视，以丛草为林，以虫蚁为兽，以土砾凸者为丘，凹者为壑，神游其中，怡然自得。

　　一日，见二虫斗草间，观之正浓，忽有庞然大物拔山倒树而来，盖一癞蛤蟆也，舌一吐而二虫尽为所吞。余年幼，方出神，不觉呀然惊恐，神定，捉蛤蟆，鞭数十，驱之别院。

《浮生六记》节录

【注释】

　　①沈复（1763～1825）：字三白，号梅逸，苏州（今属江苏）人。清文学家，工诗画、散文。出身于幕僚家庭，没有参加过科举考试，曾以卖画维持生计。与妻子陈芸感情很好，因遭家庭变故，历经坎坷。妻子死后，他去四川做幕僚。著有自传体作品《浮生六记》，书共六篇，故名"六记"。今已佚其二。书中记闺房之乐、闲情雅趣、人生坎坷、人情世态、山水名胜、奇闻趣事。文笔洒脱，娓娓道来，如叙家常，语言清新灵动，人物形象鲜明。

②私:私下,暗地里,内心。
③徐:慢慢。

【赏读】

  这篇节录的短文,既有"童"的特点,又有"趣"的内容。只有儿童才会把蚊子放在蚊帐里养着,才会蹲在土墙凸凹处观察细草小虫,才会鞭打癞蛤蟆并驱逐出境。"趣"在于他以小作大的丰富想象,把蚊子当鹤,把草丛当森林,把虫蚁当野兽,把凸的土块当山丘、凹的当深壑,把癞蛤蟆看做庞然大物,还能把大人讨厌的"夏蚊成雷"当做"群鹤舞空"的美景,并能制造"青云白鹤"的景观。没有功利之心的童真,才会有此享受。

  孩子的内心世界,孩子的喜好,大人很难理解,大人往往以自己之所好强加于孩子,父母师长的"好心",掺进了过多的功利考量。结果孩子的童心被扼杀了,联想力、想象力没有了,美好的童年消失了,过早地老成持重。看见蚊子,知道它是"吸血鬼",千方百计把它关在蚊帐里拍死。看见虫蚁,担心它蜇人叮人,上去就碾死。癞蛤蟆身上有毒,一下子就打死。童心何在?

沧 酒 梁章钜[1]

沧酒之著名,尚在绍酒之前,而今人则但知有绍酒,而鲜言及沧酒者,盖末流之酿法,渐不知其初耳。阮吾山[2]谓沧州酒,止吴氏、刘氏、戴氏诸家,余不尽佳,盖藏至十年者,味始清洌云云。试思酒至十年,虽凡酒[3]亦未有不佳者。何必沧酒耶?相传沧州[4]城外酒楼,皆背城面河,列屋而居。明末有三老人,至楼上剧饮,醉去,不与值。次日复来饮,酒家亦不问也。三老复醉,临行以余酒倾泼门外河中,水色渐变,以之酿酒,味芳洌胜他处。中间仅数武[5],过此,南北水皆不佳,沧酒之得名以此。刘紫亭凤翔为阮吾山述之甚确,载在《茶馀客话》[6]。

余初次由运河舟旋[7],过沧州,至村中极意访之,始购得一壶归,饮之果佳。此后屡过其地,则皆饬仆往沽,无一如前味者矣。

《浪迹续谈》

【注释】

[1]梁章钜(1775~1849):字闳中,又字茝(chǎi)林,晚年自号退庵,祖籍长乐(今属福建),清初迁居福州。道光年间官至江苏巡抚,兼署两江总督。有《清书录》、《称谓录》、《金石书画题跋》。另有笔记类《归田琐记》、《浪迹丛谈》、《退庵随笔》等。一生著作七十余种。"浪迹"系列,讲述掌故传说,评论诗文书画,忆旧游,写名胜,述方物,内容涉及广泛。

②阮吾山：名葵生，字宝诚，号吾山。

③凡酒：一般的酒。

④沧州：今属河北。

⑤武：古时以六尺为步，半步为武。指距离很近。

⑥《茶馀客话》：阮吾山撰。内容广泛，涉及政治、史地、科学、工艺、文学、艺术等。有关清初典章制度和入关前后建置等记载有较高的史料价值。还辑录了不少戏曲、小说等方面的材料。

⑦舟旋：乘船回来，返回。

【赏读】

刘禹锡的《陋室铭》说："山不在高，有仙则名。水不在深，有龙则灵。"名山名水，必然附会以神话传说，增加其文化内涵。沧州三老人泼酒于河的故事，即为一例。

古人对一些现象无法解释，于是就产生了传说故事。今人则继承之，以之为旅游宣传的广告，"古为今用"，可以理解。可笑的是新开的旅游景点，一座水库，一处革命圣地，这里的一山一水，一树一石，居然也有了神话传说，导游讲得煞有介事，游客听得津津有味，专家一旁喷饭。话又说回来，千百年后，今之笑谈，不也就成了"古代"传说了吗？再也无人窃笑，无人考究。所以还是姑妄言之，姑妄听之吧。

作者说"而今人则但知有绍酒，而鲜言及沧酒者"，原因何在？其一是"末流之酿法，渐不知其初"，传统的酿造方法失传了。或者是只图简便多产，而抛弃了传统操作规程。其二，没有保住品牌。只有吴、刘、戴三家是正宗，其余皆不尽佳。作者由运河坐船过沧州，"至村中极意访之，始购得一壶归，饮之果佳"。此后屡过沧州，连一壶好酒也买不到了。品牌出了名，酿酒者趋之若鹜，大量生产，再无质量保证，砸了牌子，沧酒再无往日盛名。

苏杭游女　梁绍壬①

苏人风俗，凡妇女下山，舆②夫每倒抬而行。有人句云："妾自倒行郎自看，省却一步一回头。"

杭人风俗，凡妇女游湖，每逢上岸，观者如堵③。有人句云："郎自乞晴侬乞雨，要他微雨散闲人。"二语俱极风致。

《两般秋雨庵随笔》

【注释】

①梁绍壬（1792~?），字应来，号晋竹，钱塘（今浙江杭州）人。清道光辛巳（1821）举人。工诗善文，官内阁中书。著有《两般秋雨庵随笔》等。《两般秋雨庵随笔》内容包括稽古考辨、诗文评述、文坛逸事、风土名物等。

②舆：轿。

③堵：墙。

【赏读】

写风土习俗用散文，写感受用诗。二者紧密结合，诗情画意更浓。

爱美之心人皆有之，轿夫多为年轻小伙儿，总想找个机会回头多看几眼轿里的年轻娇娃。现在是倒着抬轿下山，轿里的女人正好和轿夫面对面，这是轿夫的眼福。所以轿里的女人就说："妾自倒行郎自看，省却一步一回头。"言含讥讽，怨而不怒，调侃取笑，落落大方，还有几分被人偷窥的得意。这是苏州的一道风景线。

再看杭州。能乘船游西湖的妇女，大多是官宦大家贵妇，她们珠翠摇曳，花团锦簇，上岸时自然引起人们好奇而围观。本来是欣赏西湖自然美景的，没想到意外地饱览了美女如云的亮丽人文风景。"闲上山来看野水，忽于水底见青山。"意外收获，大喜过望。被围观的女人有什么感受呢？那就是"郎自乞晴侬乞雨，要他微雨散闲人"。对围观的人来说，希望天天大晴天，天天看美女；美女盼望下点雨，赶走"闲人"。但是这两句诗表达得非常委婉，还透着一点被"郎"围观的"侬"的自得和满足。

文中所写风俗习惯，都涉及男女感情，诗句虽含调笑，但整个来说是"思无邪"、"乐而不淫"。

丧心语 梁绍壬

宋吴伯举守姑苏①,蔡京②一见大喜。入相首荐其才,三迁中书舍人。后以忤③京落职,知扬州。客或有以为言者,④京曰:"既作官,又要做好人,两者可得兼耶?"此真丧心病狂之语。

《两般秋雨庵随笔》

【注释】

①姑苏:今江苏苏州。
②蔡京:北宋权相之一,以贪渎闻名,被称为"六贼之首"。
③忤:不顺从,不和睦。
④"客或有"句:门客中有人在蔡京面前为他说话。

【赏读】

蔡京一语道破了贪官污吏上爬的诀窍,也是他发迹的经验之谈。在他看来"作官"和"做好人"是完全对立的,水火不相容。

唯上者官运亨通,在中国的封建社会,这大概可以称得上是官场潜规则,多少人因不懂得这个潜规则,或不屑于此,而惨遭陷害。另一为官之道,就是俗语说的:"当官不为民做主,不如回家卖红薯。"两条为官之道,自古至今,一直在博弈。历代冠冕堂皇倡导的都是后者,而实际盛行的多半是前者的潜规则。

作者梁绍壬骂蔡京"此真丧心病狂之语"。骂得痛快。但是我们也佩服蔡京的直率和勇气,道出了贪官污吏一直心照不宣、谁也不愿说出的秘密。

毒 谑 梁绍壬

明嘉靖①间，一内珰②衔命入浙，与司北关南户曹③，司南关北工曹④饮宴。珰欲侮缙绅，乘酒酣为对云："南管北关，北管南关，一过手，再过手，受尽四方八面商商贾贾，辛苦东西。⑤"

此珰故卑微，曾司内阍⑥，工部⑦君所素识者，因答曰："我须相报，但勿嗔乃可。"遂云："前掌后门，后掌前门，千磕头，万磕头，叫了几声万岁爷爷娘娘，站立左右。"

珰怒愤攘臂，至欲自裁⑧。二司力劝而止。虽属毒谑，实侮由自取也。

《两般秋雨庵随笔》

【注释】

①嘉靖：明世宗年号。

②内珰（dāng）：宫内太监。

③户曹：掌管籍账、婚姻、田宅、杂徭、道路等事。

④工曹：掌管工务的官。

⑤"南管"六句：意谓这些关口一次次克扣、接受来自四面八方的商人的血汗辛苦钱。

⑥内阍：宫中看门人。

⑦工部：掌管各项工程、工匠、屯田、水利、交通等政令。

⑧自裁：自杀。

【赏读】
　　地方官员对太监是又恨又怕，鄙视其职位，又畏惧其权势。在官里他唯唯诺诺，是奴才，是羔羊。一出官门，小人得势，是"钦差"，是豺狼。尤其是太监"衔命"到地方办事，更是狐假虎威，作威作福，飞扬跋扈。所以这位看官门出身的太监，借着酒遮面，半开玩笑地故意讥讽当地官员有贪渎行为，借此敲诈勒索，让地方送礼进贡。没想到对方也反戈一击，揭了他的老底，一闷棍打下了他的嚣张气焰。偷鸡不着蚀把米，搞得他无地自容，惹得他老羞成怒，声言要自杀。自杀是作秀，找个台阶下。
　　作者说"实侮由自取也"，好像太监输得精光，其实是两败俱伤。因为双方互相揭了底，讲的都是实情，彼此彼此，半斤八两。倒让读者看了一场狗咬狗的好戏。

秘　方　陆以湉①

杭州吴山有售秘方者,一人以三百钱购三条,曰"持家必发"、"饮酒不醉"、"生虱断根",固封慎重而与之,云:"此诀至灵,慎勿浪②传人也。"

归家视之,则曰"勤俭"、曰"早散"、曰"勤捉"而已。大悔恨,然理不可易③,终无能诘难也。

《冷庐杂识》

【注释】

①陆以湉（1802~1865）：字敬安,号定甫,桐乡（今属浙江）人,一说吴兴（今浙江湖州）人。清道光丙申（1836）进士。曾任浙江台州教授、杭州教授,充杭州紫阳书院讲席。又专心医学,颇有造诣。著作有《冷庐医话》、笔记《冷庐杂识》等。《冷庐杂识》记载了一些文人学者的轶事,以及文史地理、金石书画、医理药方等方面的研究成果,另有兵法论述、三吴景色记述等。

②浪：随便。

③理不可易：道理不可否定。

【赏读】

按正常思维推定,"秘方"肯定是非常人所知,定有绝招,因之诱发购买的欲望。

没想到"持家必发"、"饮酒不醉"、"生虱断根"的"秘方"却是"勤俭"、"早散"、"勤捉",都是人人皆知的道理,但确实又是行之有效的方法,也不好说他骗人。

笑话、脑筋急转弯的特点之一,就是摒除正常思维,从特殊角度切入。但人们又很难挣脱正常思维的惯性,所以找不到答案。一经点明,才发现原来这么简单,答案就在身边,却去天涯找,舍近求远。

马三立有个单口相声段子《家传秘方》,专治皮肤瘙痒,有人买了,晚上打开三十多层包装纸,一看是两个字"挠挠"。和《秘方》有异曲同工之妙。

买　梦　黄钧宰[①]

江宁[②]秦仲原屡得噩梦,恶之。乃多备冥镪[③],焚之城隍庙。为文以祷之,略谓:"人世繁华,数由前定,一梦之顷,无关重轻,今奉金钱若干,愿买吉梦。"祷毕,鬼声啾啾,如相争夺。自是梦境殊恬[④]。

余谓买梦事甚新。书籍所载,惟新罗王金春秋后[⑤],幼年处室,其女兄宝姬,梦登西山坐旋[⑥],流遍国内。觉以语后。后曰:"吾买姊梦[⑦]。"即奉锦裙为值。后春秋纳之[⑧],果应贵征[⑨]。古人买梦者,只此一见。

第[⑩]仲原买之于鬼,后则买之于人,彼卖者可自主乎?买卖而及于梦,足见多金之无往不宜也。

《金壶七墨》

【注释】

①黄钧宰:约1826~1895年间在世。一名振钧,字宰平,号钵池山农,别号天河生。淮安(今属江苏)人。清中后期戏剧家、文学家。出身书香,喜好辞赋而厌恶科考八股,所以一生偃蹇。著有《比玉楼传奇四种》、笔记《金壶七墨》等。《金壶七墨》记录了黄钧宰自道光甲午(1834)至同治癸酉(1873)四十年间耳闻目见的可惊可愕之事,写出了他生平悲欢离合的遭际,涉及的层面和人物极为广泛。可读性强,具有很强的现实性和文学性。

②江宁:今江苏南京。

③冥镪：冥币。镪，钱串。

④恬：身心安适。

⑤新罗王金春秋后：即古朝鲜新罗国国王金春秋的文明王后。

⑥坐旋：蹲下小便。旋，小便。

⑦吾买姊梦：金春秋后向姐姐宝姬买梦事，见朝鲜史书《三国史记》、《三国遗事》。

⑧春秋纳之：金春秋收她为妻子。

⑨贵征：富贵的征兆。

⑩第：但是。

【赏读】

流行语：钱不是万能的，没钱是万万不能的。

有钱能使鬼推磨，钱几乎能买到任何物质的东西；但钱不是万能的，它买不到精神的东西，像道德、正义、亲情、爱情、友情、人心、爱国心。

没钱又是万万不能的，没钱就人穷、家穷、国家穷，活得没有尊严。小则个人不能存活，大则国家不能强盛。钱"失之则贫弱，得之则富昌"；"危可使安，死可使活"。

新罗国金春秋后的姐姐宝姬，做梦在山顶上撒了一泡尿，流溢全国。金春秋后慧眼识好梦，此梦有吉兆。用一条裙子买了这个梦。果真此梦非一般，金春秋后做了王后。一条裙子换了一个王后，而宝姬得了一条裙子，却丢了一个王后，懊恼！

秦仲原买梦只是梦中空欢喜，醒来依然故我；金春秋后买梦，却是大富大贵，美梦成真。

雁 黄钧宰

禽类中雁为最义，生有定偶，丧其一，终不复匹。飞则独后其群，宿则群雁环止一处，而孤雁彻夜周巡，若人之侦察者然。

弋人①以柴扉蔽身，缓步而进，孤雁惊鸣，弋人遽伏。及群雁四顾不见人迹，怒而啄之。如是者二三次，愈啄愈甚，不敢复声。弋人逼近发铳②，十得五六。其幸而逸③去者，复啄孤雁。虽损颈折翼，不去其类，亦终不乱其群也。

《金壶七墨》

【注释】

①弋（yì）人：猎人。弋，射鸟的带有绳子的箭。
②铳：一种旧式火器。
③逸：逃逸，逃走。

【赏读】

猎人动一动，藏一藏，造成孤雁报警的一次次"失误"。最后孤雁受到严厉惩罚，几次"失误"，也失掉了信心，害怕再受惩罚，不敢再报警，于是猎人得手。

雁，可怜的孤雁，忠于职守的孤雁，任劳任怨的孤雁，不被理解的孤雁，忍气吞声的孤雁，不弃不离群体的孤雁，人情十足的孤雁。人，狡猾的人，可恶的人，善于伪装欺诈的人，行动诡秘的人，滥杀无辜的人，为口福不惜灭绝鸟类生命的人，兽性十足的猎人。

相形之下，人鸟兽乎？鸟兽人乎？

祭 文 黄钧宰

某医士卒，或①祭以文云：公医，公名医；公疾，公自医，公薨②。

《金壶七墨》

【注释】

①或：有人。

②薨（hōng）：古代称诸侯或大臣死。此处有讥讽的意思。

【赏读】

既然是祭文，就避不开介绍逝者的职业和对"死"的表达。这篇祭文都做到了，不过经过文字的编排，一反祭文多美言的惯例，而成了一种讽刺揶揄。

"公医，公名医"，祭文在颂扬死者，符合祭文规则。"公疾，公自医"，在说明一个事实，也没什么问题。但是，"公疾，公自医，公薨"三词直接排列，小品的喜剧讽刺意味就出来了——"名医"自己把自己治死了。

十二个字概括其一生。句句有"公"，重复五次；"医"字重复四次。句子音节组合是：二，三，二，三，二，很有节奏感，一气呵成，不可中断。

染　布　独逸窝退士①

　　有人买布一匹,价百五十,令染人青焉。既染矣,逾年而不能取。染人牵而索之曰:"若②负我钱三百,何久不与?吾讼汝。"买布者跽③而请曰:"我布钱百五十矣,再益④百五十,其免我乎?"染人得钱,而释之。

《笑笑录》

【注释】

　　①独逸窝退士:吴下(今江苏苏州一带)人,生平不详。有《笑笑录》六卷,其自序写于光绪六年(1880),说辑录三十年而成,当发轫于道光末年(1849)。因多年身体有病,所以写这本书,是为了"博大雅一粲,亦供我之祛愁排病而已"。该书上而辑录古籍,下而采集近闻,集滑稽谐谑之谈,令人捧腹。

　　②若:你。

　　③跽:双膝着地,上身挺直,跪着。

　　④益:增加。

【赏读】

　　染布的赔了布,还要下跪赔礼求饶恕,庆幸达成协议,免了一场官司;染坊得了便宜卖乖,同意私了,表现出了宽宏大量。

　　是非的颠倒,合理外衣掩盖下的愚蠢,取得了让人啼笑皆非的滑稽效果。

告 荒   独逸窝退士

有告荒①者,官问麦收若干,曰:"三分。"又问棉花若干,曰:"二分。"又问稻收若干,曰:"二分。"官怒曰:"有七分年岁,尚捏称荒耶?"对曰:"某活一百几十岁矣,实未见如此奇荒。"官问之,曰:"某年七十余,长子四十余,次子三十余,合而算之,有一百几十岁。"哄堂大笑。

《笑笑录》

【注释】

①告荒:报告荒年情况。

【赏读】

这位不会算账的糊涂官,让人看了哭笑不得,对付这样的糊涂虫,只能以其人之道还治其人之身。他说我活一百几十岁了,还没见过这么严重的灾荒。人活七十古来稀,你怎么会这么大年纪?自然引起昏官的好奇,想细听究竟,这样昏官就进套了。然后他才说了他和两个儿子年龄相加的事。三人年岁相加算作一个人的年龄,太可笑,太荒谬,那么麦子、棉花、稻米三种作物加起来算收成,不同样太可笑,太荒谬吗?告荒者就用一目了然的荒谬,类推至迷惑人的荒谬,迷惑人的谬误也就变得十分清晰了,昏官也就懂了。

巴黎观画记 薛福成[1]

光绪十六年春闰二月甲子,余游巴黎蜡人馆。见所制蜡人,悉仿生人,形体态度,发肤颜色,长短丰瘠,无不毕肖。自王公卿相以至工艺杂流,凡有名者,往往留像于馆。或立或卧,或坐或俯,或笑或哭,或饮或博。骤视之,无不惊为生人者。余亟叹其技之奇妙。

译者称:"西人绝技尤莫逾油画,盍[2]驰往油画院,一观《普法交战图》乎?"

其法为一大圜室,以巨幅悬之四壁,由屋顶放光明入室。人在室中,极目四望,则见城堡、冈峦、溪涧、树林,森然[3]布列。两军人马杂逻,驰者,伏者,奔者,追者,开枪者,燃炮者,搴[4]大旗者,挽炮车者,络绎相属[5]。每一巨弹堕地,则火光迸裂,烟焰迷漫;其被轰击者,则断壁危楼,或黔其庐,或赭其垣。而军士之折臂断足,血流殷地,偃仰僵仆者,令人目不忍睹。

仰视天,则明月斜挂,云霞掩映;俯视地,则绿草如茵,川原无际。几自疑身外即战场,而忘其在一室中者。迨以手扪之,始知其为壁也,画也,皆幻也。

余闻法人好胜,何以自绘败状,令人丧气若此?译者曰:"所以昭炯戒[6],激众愤,图报复也。"则其意深长矣。

夫普法之战,迄今虽为陈迹,而其事信而有征。然则此画果真邪？幻邪？幻者而同于真邪？真者而托于幻邪？斯二者，盖皆有之。

《庸庵全集》

【注释】

①薛福成（1838～1894）：字叔耘，号庸庵，无锡（今属江苏）人。曾出使英、法、意、比等国。

②盍（hé）：何不。

③森然：密集众多。

④搴（qiān）：拔。

⑤属（zhǔ）：连续，连缀。

⑥昭炯戒：彰显教训。

【赏读】

描写这幅环形全景式的油画技法之高、感人之深，采用了两种方法。

首先是对画的内容作了全面描绘。军队的行进，兵士的搏杀、死伤，炮弹爆炸的瞬间，建筑物的破坏，城堡、冈峦、溪涧、树林，森然、斜月、云霞、草地的背景。

然后是通过观画者的感受：忘记了身居何处，怀疑身外就是战场。甚至用手抚摸，亲自感知一下，到底是画还是真实？这种夸张的描写，突出了画的逼真、感人和艺术技法的高明。

由油画绘法国败状，触发了我们的联想。宣传过去的辉煌，是可以振奋人心，从而不断前进，所以我们要宣讲中华五千年的文明；展示往日的失败，是勿忘国耻，卧薪尝胆，吸取教训，所以我们宣传曾经的丧权辱国，割地赔款。

消夏湾看荷花　顾　禄[1]

洞庭西山[2]之址消夏湾,谓荷花最深处,夏末舒华,灿若锦绣。游人放棹纳凉,花香云影,皓月澄波,往往留梦湾中,越宿而归。

《清嘉录》

【注释】

①顾禄:生卒年不详,字铁卿,自署茶蘑山人,清苏州吴县(今江苏苏州)人。著有《清嘉录》和《桐桥倚棹录》。《清嘉禄》十二卷,一月一卷,按月份条记吴中掌故、节令风俗、风尚传闻。

②洞庭西山:太湖中最大的岛屿。

【赏读】

美景使人流连忘返,不言夜宿,而说"留梦"湾中,似乎游人为美景所陶醉,而不能自持,昏昏然入梦。在花香云影,皓月澄波中进入梦乡,梦也云影样缥缈,梦也澄波般清凉,梦也荷花样芬芳。消夏湾的怡人还须更多笔墨吗?

游春玩景 顾 禄

春暖园林，百花竞放，阍人①索扫花钱少许，纵人流览。士女杂沓，罗绮如云。园中畜养珍禽异卉。静院明轩，挂名贤书画，陈设彝鼎②图书。又或添种名花，布幕芦帘，提防雨淋日炙。亭观台榭，妆点一新。

寻芳讨胜③之子，极意留连。随处皆有买卖赶趁④。香糖果饼，皆可人口。琐碎玩具，以诱悦儿曹者所在成市。

游玩天平⑤、灵岩⑥诸山者，探古迹，访名胜，兜⑦舆骏马，络绎于途。虎丘山⑧下，白堤⑨七里，彩舟画楫，衔尾⑩以游。南园北园⑪，菜花徧放，而北园为尤盛。暖风烂漫，一望黄金。

到处皆绞缚芦棚，安排酒炉茶桌，以迎游冶。青衫白袷，错杂其中。夕阳在山，犹闻笑语。盖春事半在绿荫芳草之间，故招邀伴侣，及时行乐。俗谓之游春玩景。

《清嘉录》

【注释】

①阍人：看门人。
②彝鼎：泛指古代祭器。彝，古代盛酒的器具。
③讨胜：比赛争胜。
④赶趁：指江湖献演杂技。
⑤天平：天平山位于苏州古城西南，太湖之滨。
⑥灵岩：灵岩山位于古城苏州西南。

⑦兜：即"兜子"，又叫"兜担"。一种只有座位而没有轿厢的软轿。

⑧虎丘山：在苏州西北。

⑨白堤：白居易在苏州做刺史时修筑。

⑩衔尾：一个接一个紧挨着。

⑪南园北园：苏州两处地名，过去多种可榨油的油菜，花开时金黄一片，是游人游览的好去处。

【赏读】

闭目遐想，这不就是一篇苏州的《清明上河图》的文字版吗？

馋 人 林纾[1]

有所谓馋人者,忘其名,凡朋友聚饮,彼必与席。调诙谐狎弄,恣人所侮,惟一饱之图。久之,颇见恶于人。聚饮时,必择其幽僻处,不令馋人知之,然皆能得,若蝇之逐臭而至。

一日,众饮于江楼之上,馋人踵[2]至岸上,知不得渡。适人家有巨筒置岸左,馋人推至水中,容与[3]而达与舷次[4],众欲难之,乃下酒令曰:"今日能作韵语者,始入座。"馋人请问其目,首座曰:"模模糊糊,明明白白,容容易易,艰艰难难,十六字为母,其上加以韵语。如天之未雪也,模模糊糊;雪之下天也,明明白白;雪之化水也,容容易易;水更成雪也,艰艰难难。"

馋人曰:"易耳。吾之未得汝也,模模糊糊;及以筒就舷也,明明白白;汝之请我也,容容易易;我之报礼也,艰艰难难。"

众相顾失色,无如之何。

《畏庐琐记》

【注释】

①林纾(1852~1924):原名群玉,字琴南,号畏庐、冷红生,福建闽县(今福建福州)人。清光绪举人,任教于京师大学堂。曾依靠口述,以古文翻译欧美诸国小说一百七十余种,不少是外国名著。译笔流畅,于时颇具影响。能诗画,有《畏庐文集》、《畏庐诗存》及传奇、小说、笔记等多种。

②踵:追随,跟着。

③容与：悠闲自得，从容不迫。
④次：停留，停下。

【赏读】

　　小小篇幅，却塑造了一个士人堕落而成的无赖。他是个没有尊严的二皮脸，"恣人所侮，惟一饱之图"；他是一个无所事事，若蝇之逐臭，整天探听饭局，处处打秋风的馋痨；他是一个"无如之何"的万人嫌，一只躲不开的苍蝇，赶不走的蚊子，任你躲进江楼，他也能"如约"而至。

　　由此不禁让人想起了现在的"会虫"。"会虫"的一种是在大的研讨会上或大的饭局中，人们互相不认识，偷偷摸摸混进去，冒充参与者，签个到，领取点纪念品，混上餐桌吃顿饭。一种是"大师级""会虫"，什么研讨会都能看到他，堂而皇之进会场，跟这个点头，跟那个打招呼。热情得不好意思不跟他说话，热心得没法拒绝他参与。一屁股坐在专家权威旁边，先送上名片，认识不认识的就跟人家聊，谁还敢小视！名片上密密麻麻的头衔，奇奇怪怪的职务。就知道他无所不通，无所不晓，堪称杂家大师。不知他从何处来，不知他到何处去。云游四方，吃个肚圆，混个面熟。这就是进化了的现代"馋人"。

令人不忍欺 李宝嘉①

曾文正②在军中，礼贤下士，大得时望。

一日，有客来谒，公立见之。其人衣冠古朴，而理论甚警③，公颇倾动。与谈当世人物，客曰："胡润芝④办事精明，人不能欺；左季高⑤执法如山，人不敢欺；公虚怀若谷，爱才如命，而又待人以诚，感人以德，非二公可同日语，令人不忍欺。"

公大悦，留之营中，款为上宾，旋授以巨金，托其代购军火。其人得金后，去同黄鹤⑥。

公顿足云："令人不忍欺，令人不忍欺！"

《南亭笔记》

【注释】

①李宝嘉（1867～1907）：字伯元，别署南亭亭长。江苏常州人，晚清小说家。累应省试不第。后到上海，先后办《指南报》、《游戏报》、《绣像小说》等报纸杂志。是谴责小说的代表作家，有《官场现形记》、《文明小史》等。另有笔记《南亭笔记》。

②曾文正：即曾国藩，字涤生，谥文正。有《曾文正公全集》。

③警：敏悟，机警。

④胡润芝：即胡林翼，字贶生，号润芝，与曾国藩并称"曾胡"。

⑤左季高（1812～1885）：即左宗棠，字季高。

⑥黄鹤：传说中仙人乘的一种鹤。唐人崔颢《黄鹤楼》诗：

"昔人已乘黄鹤去，此地空余黄鹤楼。黄鹤一去不复返，白云千载空悠悠。"后因以"黄鹤"比喻一去不返。

【赏读】

曾国藩可谓阅人多矣，见识广矣，却栽倒在一个骗子手里。不能不说这是一位超级巨骗。

首先他知道曾国藩礼贤下士，求才若渴，"有客来见，公立见之"，这就为他施展骗术提供了条件。其次，善于伪装自己，既然曾国藩礼贤下士，自己就要有"士"的样子。外表"衣冠古朴"，给人以诚实可信的印象。其三，也是最重要的，他有一定的文化修养。谈话机警，反应敏捷。月旦人物，三言两语，恰当恳切。其四，投其所好，送予高帽。"公虚怀若谷，爱才如命，而又待人以诚，感人以德，非二公可同日语，令人不忍欺。"曾国藩乐滋滋戴上了高帽。

于是"公大悦"，于是公上钩。待到曾国藩知道受骗后，顿足重复骗子的话："令人不忍欺，令人不忍欺！"一个动作一句话，非常令人玩味。是恼怒？是悔恨？是哭笑不得？是自嘲？"令人不忍欺"者却被欺，曾国藩脸面扫地，情何以堪！

灵岩[1]古梅　李宝嘉

乾隆南巡，驻跸苏州灵岩。灵岩有古梅，大逾合抱。时正繁花似雪，乾隆摩挲爱惜之。内大臣察尔奔泰忽拔佩刀作欲斫状，乾隆大惊止之，曰："汝何恨？"察伏地奏曰："恨其不生于京师圆明园，致圣主有跋涉江湖之险也。"

乾隆闻奏默然。于是察尔奔泰善谏之名，乃大著于世。

《南亭笔记》

【注释】

①灵岩：苏州西有灵岩山、灵岩寺。乾隆六次南巡至苏州，都到灵岩，并有行宫。

【赏读】

察尔奔泰精细人也。乾隆皇帝正在那里对古梅摩挲爱惜之际，他却拔出佩刀作欲砍状。察尔奔泰的作秀，都在一个"状"字上。"状"者，做做样子也。皇帝那么喜爱的一株古梅，他哪有豹子胆挥刀就砍。这"状"就是为了引起乾隆的"大惊"，进而查问何以如此。然后他才能借机言事。

"恨其不生于京师圆明园，致圣主有跋涉江湖之险也。"这两句话，说得很有技巧，做足了冠冕堂皇背后的反面文章，是一副"双面绣"。正面看是臣子对主子圣安的关心体贴；反面看是暗讽乾隆万里长途跋涉劳民伤财"南巡"，竟然就是为了欣赏一株古梅。